见字如面

笔尖融铸中华情

——书信里的集体记忆

李 奕 李红强 / 主编

人民美術出版社
北 京

图书在版编目（C I P）数据
见字如面：笔尖融铸中华情：书信里的集体记忆 / 李奕，李红强主编．-- 北京：人民美术出版社，2025. 7.
-- ISBN 978-7-102-09716-9
Ⅰ．I267.5
中国国家版本馆 CIP 数据核字第 2025U6M776 号

主　编：李　奕　李红强
副主编：黄宗亮　葛巨众
编　委：范忠伟　贺　捷　曹　洋　金萌萌　高英杰　刘亚刚　田菲菲　罗　曼

见字如面：笔尖融铸中华情——书信里的集体记忆

JIAN ZI RU MIAN : BIJIAN RONGZHU ZHONGHUA QING——SHUXIN LI DE JITI JIYI

编辑出版　人民美術出版社
（北京市朝阳区东三环南路甲 3 号 邮编：100022）
http://www.renmei.com.cn
发行部：（010）67517799
网购部：（010）67517743

主　　编：李　奕　李红强
封面题字：叶培贵
责任编辑：刘亚刚　罗　曼
文字编辑：刘　磊　孟祥宇
装帧设计：卜翠红
插　　画：马　颖
责任校对：李　杨　朱康莉
责任印制：胡月梅
制　　版：卜翠红
印　　刷：鑫艺佳利（天津）印刷有限公司
经　　销：全国新华书店

开　本：710mm × 1000mm 1/16
印　张：26.5
字　数：150 千
版　次：2025 年 7 月 第 1 版
印　次：2025 年 7 月 第 1 次印刷
ISBN 978-7-102-09716-9
定　价：98.00 元
如有印装质量问题影响阅读，请与我社联系调换。（010）67517850

序

“京蒙同心，见字如面。”北京和内蒙古的一批中学生热情参与这别具一格的研学活动，互相写信，问候对方，表达对“远方”的思念与向往，抒发对自然、对文化、对历史、对传统、对友谊、对各种生命体验的感悟与赞美，思考民族国家、天下大同等重大命题……这一活动颇具创意。而人民美术出版社选取其中一部分书信，编辑成书，自然也是一个很有创意的出版行为。若干年后，也许有人写一本《中国书信史》，此书是不是该成为其中一章？

中国书信历史源远流长，有若干美丽的典故，更有许多关于书信的永恒诗句：“烽火连三月，家书抵万金。”“洛阳城里见秋风，欲作家书意万重。复恐匆匆说不尽，行人临发又开封。”“江水三千里，家书十五行。”“红笺寄与添烦恼。细写相思多少。醉后几行书字小。泪痕都揾了。”“欲寄彩笺兼尺素，山长水阔知何处？”“云中谁寄锦书来，雁字回时，月满西楼。”“鸿雁向西北，因书报天涯。”……中国无疑是一个书信大国。若这些书信没有因为岁月的风化、侵蚀或战火等原因而导致绝大部分已经化为尘埃，堆积起来一定是非常壮观的书信之山，而对这些信件的研究，一定是有众多学者参与的大学问。因为它们会复活历史，复活生动的人生岁月，会向今日世界提供无数的生存之道、生命释义和生活经验。

我们现在所见到的这些孩子们的书信，历史上却并不多见。从前的书信大多不具社会性、公开性，是私人的，甚至是私密的，其中许多可能会永远隐藏而永不见天日。回头看上面的诗句，便可感觉到信与家的关系，与亲人、密友的关系。而这些孩子们的信，却是可以公开的——众多人参加的书写，本身就是一个公开的行为。说是写给某个具体同学的信，其实是“公开信”。我们在读这些书信时，既感受到私人之间的友谊，又感受到集体性的情感、思想和若干意识。书名中“书信里的集体记忆”一句，是对这种书信非常准确的概括。翻看这些书信，孩子们是“社会的”“国家的”孩子，他们的关注点固然有个人的，但更多的关注点，是首都的历史与现在、辽阔的祖国边疆和大好河山。这与从前的那种思念故乡、思念家人、思念知己、看上去生活空间十分有限的私人书信有着重要区别。当然，其中也有一些“私人性”的表述，或是一个北京孩子诚挚邀请一个呼伦贝尔草原的孩子来京做客并想请他吃“庞各庄西瓜”，或是一个呼伦贝尔的孩子向一个北京的孩子讲述自己在草原上的家、牧羊生活，或是一个北京孩子向一个内蒙古孩子讲述自己对钢琴的由衷喜爱，或是一个内蒙古草原的孩子向一个北京的孩子描述杜鹃谷以及身处杜鹃谷时的个人感受。这种有“私”有“公”的自然转换，读来既令人觉得亲切，又让人觉得大气、心胸开阔。

在漫长的书信写作过程中，书信逐步形成了一种特有的文体。这种文体，并不只属于作家，也属于所有识字的人，甚至属于不识字的人。我们都还记得几十年前的乡村小镇上或是小城的街头上，有人专门为那些不识字的人代写书信的情景。信，连接了不同空间中的人。如果将那时的邮局收寄信的路线呈现出来，一定比精心织成的蜘蛛网还要稠密。书信的发达，是因为那个时候还没有其他的联系方式。但人们喜欢书信，更重要的原因是它能令人满意地传达思念之情、爱慕之情和各种信息。人们喜欢书信，还因为它的叙述者是“我”，对象是“你”，是两个人之间的诉说与倾听，非常真实，也非常温暖。而小说等文体的叙述者固然有“我”，后来还有书信体小说，但读者都很明白，这是虚构的文字世界，其故事的主人公是“他”，而不是“我”，哪怕以“我”的名义在叙述，也会被读者看成是“他”，并且这个“他”，并不只属于“你”，而属于“你们”，是大众的。书信的书写者和接受者，通常确有其人，让人感觉到了一份“真实”。哪怕写信的人在撒谎，那也是真实的——真实的谎言。喜欢“真实”，是人的天性，这就是人们总有一种想看到他人信件的原因。这本书中所有信件的内容，都是真实的——真实的情感、真实的思考、真实的承诺、真实的场景。我们会不由自主地翻看这一封又一封或长或短的信，听其心声。阅读这些信件会由始至终处在真实感中。这也许就是书信的魅力。

有些信件，其实本身已经是完美的文章。它们体现了孩子们良好的文字能力。其中不少信件，甚至都有了自己的文字风格。有一篇古风浓浓的信，出自一个中学生之手，其老练真的很让人感到惊讶。有些文字，已经可以称得上“优美”：“当我看到‘天下第一曲水’的莫日格勒河时，我被深深震撼了：绿色的草地与远处的山脉无缝连接，隐约地露出了一丝不真实之感；草随风动，仿佛一道道绿色的波浪；远处漫步的三河牛群，好像大自然在蓝天下勾勒的点点笔触，尽现生机与悠然……”如此文字，我们可以在不少信中领略到。一些关于人生、关于身体、关于人与动物之关系、关于运动、关于美的见解，虽然不免有点儿稚嫩，但那份不带杂质的纯真思考，会给人留下美好印象。

书信曾在人类的文明进程中发挥了无可估量的作用。许多书信已经成为经典，成为佳话。不说古代，就现当代来讲，《亲爱的提奥》（凡·高写给弟弟提奥的信）、《鲁迅书信》《傅雷家书》，还有陀思妥耶夫斯基的若干信件，等等，至今都是可以反复阅读的文本。然而，书信时代已经式微。我们像一群被驱赶的羊群，在不停地奔跑，时间已经变成无数碎片。我们依然还在与他人联系，但已经没有了从前的安闲和耐心，这种所谓的联系在现代化的通信工具上所呈现出的文字，已经是电报条文式的短促与无趣。记得在看陀思妥耶夫斯基的大量信件时，看到的差不多都是长信。他几次在信中抱怨对方给他的回信太短——其实，对方写给他的已经是一封篇幅很长的信。我们的时间被潮水般毫无价值的信息挤压了。这可能是不幸的事情。现在看到孩子们的书信，特别是看到其中一些篇幅较长，文字很沉着、很讲究的书信，心中不免喜欢。

最后引用其中一个孩子信中的文字："我是一个热爱文字的人，喜欢用笔端在生活的广袤画卷中不断探索、体悟。于我而言，文字有着非凡的魅力。它不仅能细腻地记录生活的美好，更具备触动人心的强大力量。文字能够跨越千山万水，在不同的心灵之间架起一座座共鸣的桥梁。"

曹文轩

2025年6月25日于橡树湾住宅

张梓桐 旭仁

薛茹晏 彭靖程

张颀 田恩泽 胡睿

高美涛

张悦涵 程

章晓雪 萨茹拉

田文

于曦庭 庞皓铭

周

温都日 张雅轩 任宛菡

宋梓涵 刘禹

邢一涵

牛梓萱 李翰

张雅欣

赵媛淇 文

赵芮圻

李文萱

泽 董睿祺 张书姚

王梓涵

桐

周玥彤

怡 王硕

姚圣楠

苏妙筠 李晨曦

周文婕

孙艺帆

孙昫蕊

崔珍珍

尹奕然

孙小敬萱

心

孙嘉城 孙艺萌

林儒

李欣芸 张伊诺

于坤钰

张悟宁

目录

第一章　我们一定会成为很好的朋友

第二章 相信努力就能实现梦想

第三章　我们一起好好学习

第四章　我们一起成长

见字如面

第一章

我们一定会成为很好的朋友

我们一定会成为很好的朋友

郭嘉会（北京市怀柔区第五中学）
指导教师：刘红英

奈日格同学：

你好！

我是一个热爱生活、充满活力的中学生。当我得知你的爱好后，我感到十分惊喜。因为我们之间有很多共同的爱好。我非常喜欢球类运动，喜欢在球场上尽情挥洒汗水，感受运动带来的快乐和激情。而唱歌是我放松心情的方式，我喜欢用歌声表达自己的情感。看书和学习更是我生活中不可或缺的一部分。

说起我脑海中的呼伦贝尔，那真是一片令人心驰神往的土地。呼伦贝尔大草原，广阔无垠，就像一块巨大的绿色地毯铺展在天地之间。微风吹过，青草摇曳，仿佛大自然在演奏一首悠扬的交响曲。蓝天白云下，远处的牛羊如同绿色海洋中的浪花，悠闲自得地享受着大自然的宁静与美好。

大兴安岭简直是一座绿色的宝库。茂密的森林里，树木参天，枝繁叶茂。漫步在那里，呼吸着清新的空气，感受着大自然的馈赠，无疑是一种享受。白桦林更是一道独特的风景。洁白的树干笔直挺拔，树叶在微风中沙沙作响，仿佛在诉说着古老的故事。还有那些可爱的驯鹿，它们既温顺又灵动。看着它们在森林中自由地穿梭，仿佛进入奈日格同学：

你好！

我是一个热爱生活、充满活力的中学生。当我得知你的爱好后，我感到十分惊喜。因为我们之间有很多共同的爱好。我非常喜欢球类运动，喜欢在球场上尽情挥洒汗水，感受运动带来的快乐和激情。而唱歌是我放松心情的方式，我喜欢用歌声表达自己的情感。看书和学习更是我生活中不可或缺的一部分。

说起我脑海中的呼伦贝尔，那真是一片令人心驰神往的土地。呼伦贝尔大草原，广阔无垠，就像一块巨大的绿色地毯铺展在天地之间。微风吹过，青草摇曳，仿佛大自然在演奏一首悠扬的交响曲。蓝天白云下，远处的牛羊如同绿色海洋中的浪花，悠闲自得地享受着大自然的宁静与美好。

大兴安岭简直是一座绿色的宝库。茂密的森林里，树木参天，枝繁叶茂。漫步在那里，呼吸着清新的空气，感受着大自然的馈赠，无疑是一种享受。白桦林更是一道独特的风景。洁白的树干笔直挺拔，树叶在微风中沙沙作响，仿佛在诉说着古老的故事。还有那些可爱的驯鹿，它们既温顺又灵动。看着它们在森林中自了一个童话世界。而俄罗斯套娃色彩斑斓，充满了异域风情。它们是呼伦贝尔与俄罗斯文化交流的象征。

我对呼伦贝尔充满了期待，渴望有一天能够亲自踏上那片土地，感受它的美丽与神奇。我想在草原上奔跑，去追逐那自由的风；我想走进大兴安岭，去探索那神秘的森林；我想与驯鹿亲密接触，去感受它们的可爱与灵动。

同时，我也真诚地欢迎你来北京。北京是一座历史悠久、文化底蕴深厚的城市。这里有古老的故宫、雄伟的长城，还有充满现代气息的高楼大厦。

亲爱的奈日格，我相信我们一定会成为很好的朋友。我们可以一起去看一场精彩的球赛，在赛场上为我们喜爱的球队呐喊助威；我们可以一起唱歌，用歌声表达我们的喜悦；我们还可以一起去图书馆看书，分享彼此的读书心得。期待着未来我们能够在呼伦贝尔或者北京相见，共同创造一段美好的回忆。

祝

学习进步，身体健康，一帆风顺！

郭嘉会

2024 年 9 月 9 日

由地穿梭，仿佛进入了一个童话世界。而俄罗斯套娃色彩斑斓，充满了异域风情。它们是呼伦贝尔与俄罗斯文化交流的象征。

我对呼伦贝尔充满了期待，渴望有一天能够亲自踏上那片土地，感受它的美丽与神奇。我想在草原上奔跑，去追逐那自由的风；我想走进大兴安岭，去探索那神秘的森林；我想与驯鹿亲密接触，去感受它们的可爱与灵动。

同时，我也真诚地欢迎你来北京。北京是一座历史悠久、文化底蕴深厚的城市。这里有古老的故宫、雄伟的长城，还有充满现代气息的高楼大厦。

亲爱的奈日格，我相信我们一定会成为很好的朋友。我们可以一起去看一场精彩的球赛，在赛场上为我们喜爱的球队呐喊助威；我们可以一起唱歌，用歌声表达我们的喜悦；我们还可以一起去图书馆看书，分享彼此的读书心得。期待着未来我们能够在呼伦贝尔或者北京相见，共同创造一段美好的回忆。

祝

学习进步，身体健康，一帆风顺！

郭嘉会

2024年9月9日

我对内蒙古的印象中自此多了一抹香气

张悦涵（北京市文汇中学）
指导教师：刘芳

致亲爱的王梓涵：

你好！

其实，我也没有想到会以书信的方式再次与你交流。感谢这次海拉尔研学活动让我们相识，让我认识了一位热情善良的内蒙古朋友。希望你还记得我，记得我们度过的时光。上次你送我的冰箱贴还一直贴在我家冰箱上，时刻提醒着我关于海拉尔研学的一切难忘回忆。

呼伦贝尔大草原，我曾经对它的幻想非常模糊，只知道它广阔、壮观。但那天飞机降落的刹那，一切都具象化了，如同动画片照进现实般的美景，让人难忘。放眼望去，那里到处是青青嫩草，三两只白色牛羊点缀其间。什么都不做，站在那里就万分舒心。自由、宁静，是我在城市中从未有过的美妙感受，让内蒙古、海拉尔在我心中留下了极好的印象。

你和其他内蒙古朋友的热情，加深了我对内蒙古的印象。还记得，在莫日格勒河边野餐是我第一次与你们交流，那次的烤全羊盛宴令我至今难以忘记。自此，我对内蒙古的印象中多了一抹香气。

后两天的参观，尤其是参观满洲里国门和博物馆，让我感受到了这座城市历史文化底蕴的深厚。国门巍峨耸立、庄严肃穆，彰显着祖国的繁荣富强；博物馆里的文物精美而富有意义，述说着中华文明的博大精深。这让我的心中又多了一份对内蒙古的敬意。

总而言之，内蒙古自由开阔又历史悠久，内蒙古人民热情奔放又开朗好客。我爱内蒙古，爱它的草原，爱它深厚的底蕴。

再次感谢你，感谢你们，让我认识了你的家乡，认识了你！

当然，我的家乡首都北京，也是一座不错的城市。欢迎你来我的家乡做客。这次，换我为你导游，带你看看天坛——我儿时经常玩耍的景点，带你尝尝烤鸭——我喜欢的饼卷鸭的味道。

希望我们可以多以书信互通有无。期待你的回信！

祝

学业进步，身体健康！

张悦涵

2024 年 9 月 9 日

致亲爱的王梓涵：

你好！

其实，我也没有想到会以书信的方式再次与你交流。感谢这次海拉尔研学活动让我们相识，让我认识了一位热情善良的内蒙古朋友。希望你还记得我，记得我们度过的时光。上次你送我的冰箱贴还一直贴在我家冰箱上，时刻提醒着我关于海拉尔研学的一切难忘回忆。

呼伦贝尔大草原，我曾经对它的幻想非常模糊，只知道它广阔、壮观。但那天飞机降落的刹那，一切都具象化了，如同动画片照进现实般的美景，让人难忘。放眼望去，那里到处是青青嫩草，三两只白色牛羊点缀其间。什么都不做，站在那里就万分舒心。自由、宁静，是我在城市中从未有过的美妙感受，让内蒙古、海拉尔在我心中留下了极好的印象。

你和其他内蒙古朋友的热情，加深了我对内蒙古的印象。还记得，在莫日格勒河边野餐是我第一次与你们交流，那次的烤全羊盛宴令我至今难以忘记。自此，我对内蒙古的印象中多了一抹香气。

后两天的参观，尤其是参观满洲里国门和博物馆，让我感受到了这座城市历史文化底蕴的深厚。国门巍峨矗立、庄严肃穆，彰显着祖国的繁荣富强；博物馆里的文物精美而富有意义，述说着中华文明的博大精深，这让我的心中又多了一份对内蒙古的敬意。

总而言之，内蒙古自由开阔又历史悠久，内蒙古人民热情奔放又开朗好客。我爱内蒙古，爱它的草原，爱它深厚的底蕴。

再次感谢你，感谢你们，让我认识了你的家乡，认识了你！

当然，我的家乡首都北京也是一座不错的城市。欢迎你来我的家乡做客。这次，换我为你导游，带你看看天坛——我儿时经常玩耍的景点，带你尝尝烤鸭——我喜欢的饼卷鸭的味道。

希望我们可以多以书信互通有无。期待你的回信！

祝

学业进步，身体健康！

张悦涵

2024年9月9日

想对你说的话还有很多

滑思瑾（北京汇文中学朝阳学校）
指导教师：张佳佳

亲爱的章晓雪同学：

你好！

很高兴能收到你的来信！我叫滑思谨。虽然你我素未谋面，但彼此仿佛多年未见的老友在向对方诉说自己崭新的生活。

有的时候不得不承认缘分妙不可言！我在学吉他之前，学过很长一段时间的尤克里里。沉浸在音乐中，让我感觉十分奇妙。每次我弹琴时，身边的事物仿佛都静止了。那一刻我的世界只有音乐，一切都是那么安静、美好。所以我希望当你心情不好的时候，有音乐能代替我伴你左右，舒缓你的情绪。当然，你也可以把你的烦恼告诉我。我十分愿意聆听你的倾诉。

暑假里，我接受邀请前往内蒙古。现实中的内蒙古与我印象中的不尽相同。我印象中内蒙古有无边无垠的大草原，有成群结队的牛羊，更有无数热情好客的内蒙古人民。但这趟旅程，让我不仅仅见识到了这些，还见识到了内蒙古别样的风光。我看到了中俄交界的国门，看到了充满异域风采的满洲里，了解了内蒙古深厚的历史，同时也看到亲爱的章晓雪同学：

你好！

很高兴能收到你的来信！我叫滑思瑾。虽然你我素未谋面，但彼此仿佛多年未见的老友在向对方诉说自己崭新的生活。

有的时候不得不承认缘分妙不可言！我在学吉他之前，学过很长一段时间的尤克里里。沉浸在音乐中，让我感觉十分奇妙。每次我弹琴时，身边的事物仿佛都静止了。那一刻我的世界只有音乐，一切都是那么安静、美好。所以我希望当你心情不好的时候，有音乐能代替我伴你左右，舒缓你的情绪。当然，你也可以把你的烦恼告诉我。我十分愿意聆听你的倾诉。

暑假里，我接受邀请前往内蒙古。现实中的内蒙古与我印象中的不尽相同。我印象中内蒙古有无边无垠的大草原，有成群结队的牛羊，更有无数热情好客的内蒙古人民。但这趟旅程，让我不仅仅见识到了这些，还见识到了内蒙古别样的风光。我看到了中俄交界的国门，看到了充满异域风采的满洲里，了解了内蒙古深厚了你信中提到的莫日格勒河。在那里，我还得到了一些意外收获。我清楚地记得，那天正好下雨，天空中布满乌云，有一束光从那层层叠叠的乌云中洒下来，像是困境中的一抹希望。这个画面直到现在我仍记忆犹新。真希望有机会能让你看到我用相机记录下的那美好瞬间。除了美景，我还记得在内蒙古的美事。那是到内蒙古的第一天晚上，我们在基地举行了篝火晚会。大家载歌载舞，还看了烟花。你们的热情感染了我，让我不禁期待这会是一段多么难忘的旅途呢！事实确实如此，那段内蒙古之行深深地留在了我的脑海中，至今我都常常回忆起那段时光。

“北京欢迎你，在太阳下分享呼吸。”不知你是否听过《北京欢迎你》这首歌？就像歌中所唱，北京欢迎每一位朋友的到来。在北京，你能感受首都的深厚文化底蕴，也能体会到现代都市的发展。作为“双奥之城”的北京，还有着令人流连忘返的景色。春回大地时的玉渊潭、炎炎夏日中的颐和园、秋风送爽时的香山、大雪纷飞中的紫禁城，不的历史，同时也看到了你信中提到的莫日格勒河。在那里，我还得到了一些意外收获。我清楚地记得，那天正好下雨，天空中布满乌云，有一束光从那层层叠叠的乌云中洒下来，像是困境中的一抹希望。这个画面直到现在我仍记忆犹新。真希望有机会能让你看到我用相机记录下的那美好瞬间。除了美景，我还记得在内蒙古的美事。那是到内蒙古的第一天晚上，我们在基地举行了篝火晚会。大家载歌载舞，还看了烟花。你们的热情感染了我，让我不禁期待这会是一段多么难忘的旅途呢！事实确实如此，那段内蒙古之行深深地留在了我的脑海中，至今我都常常回忆起那段时光。

“北京欢迎你，在太阳下分享呼吸。”不知你是否听过《北京欢迎你》这首歌？就像歌中所唱，北京欢迎每一位朋友的到来。在北京，你能感受首都的深厚文化底蕴，也能体会到现代都市的发展。作为“双奥之城”的北京，还有着令人流连忘返的景色。春回大地时的玉渊潭、炎炎夏日中的颐和园、秋风送爽时的香山、同时节的北京各有各的美。真希望你有机会来北京见证这一切。

你在来信中对我的关心让我感受到温暖。在内蒙古的你也要注意健康。希望你课余时间能够好好休息。“有梦想谁都了不起，有勇气就会有奇迹。”送给你一句《北京欢迎你》的歌词，愿你在青春的道路上勇敢追梦。想对你说的话还有很多，希望我们有机会再见面，也欢迎你来到北京游玩。我非常期待与你分享北京的美景与见闻，还有前文的照片。

祝

学业有成，万事顺遂！

滑思谨

2024 年 9 月 26 日

大雪纷飞中的紫禁城，不同时节的北京各有各的美。真希望你有机会来北京见证这一切。

你在来信中对我的关心让我感受到温暖。在内蒙古的你也要注意健康。希望你课余时间能够好好休息。"有梦想谁都了不起，有勇气就会有奇迹。"送给你一句《北京欢迎你》中的歌词，愿你在青春的道路上勇敢追梦。想对你说的话还有很多，希望我们有机会再见面，也欢迎你来到北京游玩。我非常期待与你分享北京的美景和见闻，还有前文的照片。

祝

学业有成，万事顺遂！

涓思谨

2024年9月26日

盼把臂同游，尽享风光

梁珈铭（北京教育学院附属丰台实验学校）
指导教师：周紫宣

健东吾友：

见字如晤，展信舒颜。

余，姓梁名珈铭，生于华夏之地，家居京都之南。幼承庭训，勤读诗书，欲游历四方，以见万千。少时，曾游历名山大川，访古探幽，立志为国效力。

南而眺京，西以见新，夹甘、秦、俄而坐西北于蒙者，君之所也。得之天时地利，满载于目，皆盛状也，叹未曾往而以网观之，所览者，珍于心而寓之文也。

乃见广袤无垠之地，天朗气清，悠悠白云而临于日上。草色润泽，望之萋萋而风吹低者，牛羊现也。春秋更迭，寒往暑来，王孙乐游，幽人向往。景随时异，其乐亦无穷。至于嫣春来而万物苏时，见吐绿而幽香者，蜂蝶翩也，是为阴阳之所独爱，众神之所逸逸也。夏之炎，其熠熠而炽烈者，金乌也。虽无成荫之柏，静噪蝉于林，缀鲜花万朵，满溢芳芬，亦足以畅叙幽情。远望粼粼波光而回环者，溪川奔也。顿感浩瀚而宇宙无穷，心领奥妙而灵曜辉也。至若金素白藏，玉轮高悬，健东吾友：

见字如晤，展信舒颜。

余，姓梁名珈铭，生于华夏之地，家居京都之南。幼承庭训，勤读诗书，欲游历四方，以见万千。少时，曾游历名山大川，访古探幽，立志为国效力。

南而眺京，西以见新，夹甘、秦，俄而生西北于蒙者，君之所也。得之天时地利，满载于目，皆盛状也，叹未曾往而以阅观之，所览者，珍于心而寓之文也。

乃见广袤无垠之地，天朗气清，悠悠白云而临于日上，草色润泽，望之萋萋而风吹低者，牛羊现也。春秋更迭，寒往暑来，王孙乐游，幽人向往。景随时异，其乐亦无穷。至于婚春来而万物苏时，见吐绿而幽香者，蜂蝶翩也，是为阴阳之所独爱，众神之所逸逸也。夏之炎，其熠熠而炽烈者，金乌也。虽无成荫之柏，静噪蝉于林，缀鲜花万朵，满溢芳芬，亦足以畅叙幽情。远望粼粼波光而回环者，溪川奔也。顿感浩瀚而宇宙无穷，心领奥妙而灵曜辉也。

清风徐来，丹桂飘香，赏秋月而聆春风也。故长卧于原上，望天狼以诵《九歌》，观北斗而吟《离骚》，触景生情，不负秋色。北风至，霜雪降，其雱其凉，白草萧索，天地寂寥。冰河斗折，山川凛凛，银装素裹，分外妖娆。嘻！江山如此多娇！

中华大地往来者万千，惟今日所更盛。何则？千里炊烟袅袅，高原山地，荒漠变草场，可上九天揽月，可下五洋捉鳖，无处不安居乐业、丰衣足食。然，且看百年前，中原大地，狼烟四起，烽火连天，生灵涂炭，列强侵袭，民不聊生。所幸开天辟地，有党，中华面貌，焕然一新，书昨日之英勇，谱今朝之盛世，续光辉之复兴，福生民于万世。

鄙人敝言浅陋，弗能述尽宝地之风光，唯盼有日能幸得前往，观盛景也。若君肯拨冗来京，吾等定竭诚欢迎，把臂同游，尽享京都风光，必将充实而归，是为增团结、进友谊，助中华之复兴。鄙人定不胜荣幸。

梁珈铭

时二〇二四年九月十一日

至若金素白藏，玉轮高悬，清风徐来，丹桂飘香，赏秋月而聆春风也。故长卧于原上，望天狼以诵《九歌》，观北斗而吟《离骚》，触景生情，不负秋色。北风至，霜雪降，其雾其凉，白草萧索，天地寂寥。冰河斗折，山川凛凛，银装素裹，分外妖娆。嘻！江山如此多娇！

中华大地往来者万千，惟今日所更盛。何则？千里炊烟袅袅，高原山地，荒漠变草场，可上九天揽月，可下五洋捉鳖，无处不安居乐业、丰衣足食。然，且看百年前，中原大地，狼烟四起，烽火连天，生灵涂炭，列强侵袭，民不聊生。所幸开天辟地，有党，中华面貌，焕然一新，书昨日之英勇，谱今朝之盛世，续光辉之复兴，福生民于万世。

鄙人敝言浅陋，弗能述尽宝地之风光，唯盼有日能幸得前往，观盛景也。若君肯拨冗来京，吾等定竭诚欢迎，把臂同游，尽享京都风光，必将充实而归，是为增团结、进友谊，助中华之复兴。鄙人定不胜荣幸。

梁珈铭

时二〇二四年九月十一日

北京欢迎你

李翰棠（北京十一学校）
指导教师：王晓霞

亲爱的内蒙古自治区呼伦贝尔市海拉尔区第五中学八年级的同学：

你好！我是一名来自北京的中学生，很高兴可以跟你写信聊一聊。

虽然我没有去过内蒙古，但是去内蒙古看一看，感受一下草原的风光是我的愿望之一。我觉得北京和内蒙古两个地方会有不少差别，因此欢迎你来北京旅行，相信你会有许多不一样的体验。

北京是个多元化的城市。你可以在故宫、颐和园等景点感受皇家气派，当然也可以了解很多文化和历史。颐和园的风景很棒，我每年春天都会去那儿走一走。大片大片的桃花、杏花、梨花，为颐和园、为北京增添了春天独有的美丽。在昆明湖划划船、赏赏景，放松一下心情也是不错的选择。你也可以去市中心逛逛商场、看看高楼大厦，感受城市的独特魅力以及科技的发展。不少地方会有科技相关的展览，在那里你会发现一些新奇的东西。如果你对科技非常感兴趣，一定要去中国科学技术馆，那里丰富的展品和展览会满足你的探索欲望。像亲爱的内蒙古自治区呼伦贝尔市海拉尔区第五中学八年级的同学：

你好！我是一名来自北京的中学生，很高兴可以跟你写信聊一聊。

虽然我没有去过内蒙古，但是去内蒙古看一看，感受一下草原的风光是我的愿望之一。我觉得北京和内蒙古两个地方会有不少差别，因此欢迎你来北京旅行，相信你会有许多不一样的体验。

北京是个多元化的城市。你可以在故宫、颐和园等景点感受皇家气派，当然也可以了解很多文化和历史。颐和园的风景很棒，我每年春天都会去那儿走一走。大片大片的桃花、杏花、梨花，为颐和园、为北京增添了春天独有的美丽。在昆明湖划划船、赏赏景，放松一下心情也是不错的选择。你也可以去市中心逛逛商场、看看高楼大厦，感受城市的独特魅力以及科技的发展。不少地方会有科技相关的展览，在那里你会发现一些新奇的东西。如果你对科技非常感兴趣，一定要去中国科学技术馆，那前门大街、各式胡同也非常值得一游。这些地方烟火气浓郁，京味小吃、特色物件应有尽有，是最能感受到北京人热情、好客的。

如果有机会，我很想去内蒙古看看美丽的草原和成群结队的牛羊，也希望你来到北京，感受不一样的城市气息。北京永远欢迎你！

祝

天天开心，事事如意！

李翰棠

2024 年 9 月 15 日

里丰富的展品和展览会满足你的探索欲望。像前门大街、各式胡同也非常值得一游。这些地方烟火气浓郁，京味小吃、特色物件应有尽有，是最能感受到北京人热情、好客的。

如果有机会，我很想去内蒙古看看美丽的草原和成群结队的牛羊，也希望你来到北京，感受不一样的城市气息。北京永远欢迎你！

祝

天天开心，事事如意！

李翰棠

2024年9月15日

期待与你共游“北京中轴线”

王梓丞（北京市第二十七中学）
指导教师：张艾

亲爱的梁绍龙同学：

见字如晤，展信舒颜。这封信马上要带着我的问候与祝福，随着信封，载着邮票被邮递员送到你的手中。当你打开信的一瞬间，希望它能将我所有的祝福都实现。

先自我介绍一下。我叫王梓丞，和你一样热爱学习，善于交流，关心同学，不会因为一些小问题而不开心或是气馁。很高兴认识你这个开朗、大方、乐于助人的同学！

我的学校坐落在故宫东华门外，前身是由蔡元培校长建立的孔德学校。“高雅、明德、慎思、力行”是我们的校训。同时，我们学校日常开设了许多有趣的社团活动，比如航空航天类、信息素养类以及民乐团类等。我的同学们乐于助人、关爱他人，很容易相处，班级氛围轻松、愉快。

非常期待你能来到我的学校，为我们讲述你在美丽的海拉尔发生的精彩故事。让我们一起努力，好好学习！相信我们终会见面。

给你讲讲我记忆里的内蒙古吧。前几年，爸爸带我去过一次那里。

亲爱的梁绍龙同学：

见字如晤，展信舒颜。这封信马上要带着我的问候与祝福，随着信封，载着邮票被邮递员送到你的手中。当你打开信的一瞬间，希望它能将我所有的祝福都实现。

先自我介绍一下。我叫王梓丞，和你一样热爱学习，善于交流，关心同学，不会因为一些小问题而不开心或是气馁。很高兴认识你这个开朗、大方、乐于助人的同学！

我的学校坐落在故宫东华门外，前身是蔡元培校长建立的孔德学校。“高雅、明德、慎思力行”是我们的校训。同时，我们学校日常开设了许多有趣的社团活动，比如航空航天类、信息素养类以及民乐团类等。我的同学们乐于助人、关爱他人，很容易相处，班级氛围轻松、愉快。

非常期待你能来到我的学校，为我们讲述你在美丽的海拉尔发生的精彩故事。让我们一起努力，好好学习！相信我们终会见面。

给你讲讲我记忆里的内蒙古吧。前几年，

呼伦贝尔无边的草原辽阔而粗犷，那骏马飞驰、牛羊遍地的景色无不吸引着我。在大草原上我见到了洁白的蒙古包，品尝了香甜的奶酪，还第一次欣赏了令人震撼的草原日出。这些场景时常浮现在我的脑海之中。

除了草原，大兴安岭的景色也让我向往。我曾见到有人这样描述大兴安岭："站在高高的大兴安岭上，俯瞰山峦的浑厚与临海的恢宏在这里欣然相遇，不愧是中国最珍贵的绿色宝库，不断地散发着她不可抗拒的原生态之美。"作家老舍以"高岭苍茫低岭翠，幼林明媚母林幽"的美丽诗句来描写和赞颂这片中国最辽阔的原始森林。据此，我对大兴安岭的向往油然而生，很想找个机会一睹她的真容。

这是我对内蒙古仅有的一些认识。接下来我给你讲讲我所在的城市吧。北京是首都，是我们伟大祖国的政治中心、文化中心、国际交流中心、科技创新中心。这里有悠久的历史、深厚的文化底蕴和数之不尽的名胜古迹。

爸爸带我去过一次那里。呼伦贝尔无边的草原辽阔而粗犷，那骏马飞驰、牛羊遍地的景色无不吸引着我。在大草原上我见到了洁白的蒙古包，品尝了香甜的奶酪，还第一次欣赏了令人震撼的草原日出。这些场景时常浮现在我的脑海之中。

除了草原，大兴安岭的景色也让我向往。我曾见到有人这样描述大兴安岭："站在高高的大兴安岭上，俯瞰山峦的浑厚与临海的恢宏在这里欣然相遇，不愧是中国最珍贵的绿色宝库，不断地散发着她不可抗拒的原生态之美。"作家老舍以"高岭苍茫低岭翠，幼林明媚母林幽"的美丽诗句来描写和赞颂这片中国最辽阔的原始森林。据此，我对大兴安岭的向往油然而生，很想找个机会一睹她的真容。

这是我对内蒙古仅有的一些认识。接下来我给你讲讲我所在的城市吧。北京是首都，是我们伟大祖国的政治中心、文化中心、国际交流中心、科技创新中心。这里有悠久的历史、深厚的文化底蕴和数不尽的名胜古迹。

在此，让我自豪地给你推荐“北京中轴线”。就在2024年7月27日，这条全长7.8公里、世界上最长的城市轴线——“北京中轴线”被列入了世界遗产名录。这条“线”纵贯北京老城南北，始建于13世纪，形成于16世纪，由古代皇家宫苑建筑、古代皇家祭祀建筑、古代城市管理设施、国家礼仪和公共建筑以及居中道路遗存五大类遗存共同组成。其选址、格局、城市形态和设计体现了《周礼·考工记》所记载的都城范式，展现了中国古代王朝制度和城市规划传统，见证了北京城市的发展演变。

等你来了，我陪你探索故宫和天坛，它们都距离我的学校很近。故宫是“北京中轴线”重要的组成部分。它是我国保存最为完好的皇宫，也是世界上最大的古代宫殿建筑群。还有天坛，它是我国现存规模最大、保存最为完整的明清时期皇家祭天建筑群，其建筑景观设计与营造展现出中国古人的世界观，是中国古代皇家祭祀建筑的杰作，承载着明清两代国家的祭天礼仪与文化传统。

在此，让我自豪地给你推荐"北京中轴线"。就在2024年7月27日，这条全长7.8公里、世界上最长的城市轴线——"北京中轴线"被列入了《世界遗产名录》。这条"线"纵贯北京老城南北，始建于13世纪，形成于16世纪，由古代皇家宫苑建筑、古代皇家祭祀建筑、古代城市管理设施、国家礼仪和公共建筑以及居中道路遗存五大类遗存共同组成。其选址、格局、城市形态和设计体现了《周礼·考工记》所记载的都城范式，展现了中国古代王朝制度和城市规划传统，见证了北京城市的发展演变。

等你来了，我陪你探索故宫和天坛，它们都距离我的学校很近。故宫是"北京中轴线"重要的组成部分。它是我国保存最为完好的皇宫，也是世界上最大的古代宫殿建筑群。还有天坛，它是我国现存规模最大、保存最为完整的明清时期皇家祭天建筑群，其建筑景观设计与营造展现出中国古人的世界观，是中国古代皇家祭祀建筑的杰作，承载着明清两代国家的祭天礼仪与文化传统。

“北京中轴线”从北到南穿过历史悠久的北京市中心，由皇家宫殿、园林、祭祀建筑、仪式场所和公共建筑组成。这些建筑共同见证了北京城的发展历史，展示了中国古代的王朝制度和城市规划的演变。期待与你共游“北京中轴线”！

信言至此，楮墨有限，不尽欲言。期待有朝一日你到来之时，我再带你一边穿梭一条条古老的胡同，一边慢慢道来。

祝

身体健康，学习进步！

王梓丞

2024 年 9 月 10 日

"北京中轴线"从北到南穿过历史悠久的北京市中心，由皇家宫殿、园林、祭祀建筑、仪式场所和公共建筑组成。这些建筑共同见证了北京城的发展历史，展示了中国古代的王朝制度和城市规划的演变。期待与你共游"北京中轴线"！

信言至此，楮墨有限，不尽欲言。期待有朝一日你到来之时，我再带你一边穿梭一条条古老的胡同，一边慢慢道来。

祝

身体健康，学习进步！

王梓丞

2024年9月10日

想去感受呼伦贝尔的灿烂文化与人间烟火

孙艺帆（北京一零一中）
指导教师：过俊

亲爱的李程程同学：

你好！

我是来自北京一零一中的孙艺帆。我热爱美食，喜欢读小说，偶尔会用文字记录当下的想法和感受，还向往一次去往远方的旅途。

我在北京一所美丽的校园读书。每当我静坐于招凉水榭，沐荷风阵阵；每当我伫立在浩然亭中，看朝云飘起；每当我绕少年湖而行，听夏蝉吟唱咏叹调；每当我沿着草坪小径漫步，与梅花鹿并肩仰望天空……我都深深地动容于那种宁静与美好，那种淡淡的诗意。

在这所拥有百年历史的学校中，不仅有别致的景色，也留存着伟大的红色精神。我们愿团结一致，携手各个民族，一同奔赴光明的未来！

在呼伦贝尔那遥远而神秘的土地上，一定有着更多美好的风光与动人的故事。我多想去认真聆听，多想去细细探索！那广袤沉静的大草原、幽蓝平和的呼伦湖、生机盎然的额尔古纳湿地，那金色的白桦林、紫红的杜鹃花、闲逸的羊群、驰骋的马儿……我真想亲眼去看看！

亲爱的李程程同学：

你好！

我是来自北京一零一中的孙艺帆。我热爱美食，喜欢读小说，偶尔会用文字记录当下的想法和感受，还向往一次去往远方的旅途。

我在北京一所美丽的校园读书。每当我静坐于招凉水榭，沐荷风阵阵；每当我伫立在浩然亭中，看朝云飘起；每当我绕少年湖而行，听夏蝉吟唱咏叹调；每当我沿着草坪小径漫步，与梅花鹿并肩仰望天空……我都深深地动容于那种宁静与美好，那种淡淡的诗意。

在这所拥有百年历史的学校中，不仅有别致的景色，也留存着伟大的红色精神。我们愿团结一致，携手各个民族，一同奔赴光明的未来！

在呼伦贝尔那遥远而神秘的土地上，一定有着更多美好的风光与动人的故事。我多想去认真聆听，多想去细细探索！那广袤沉静的大草原、幽蓝平和的呼伦湖、生机盎然的额尔古纳湿地、那金色的白桦林、紫红的杜鹃花、闲真想去吹吹草原上那干爽宜人的风，听听鸟儿自由而雀跃的歌声；真想站在那宏伟的满洲里国门之下，感受心灵的震撼；真想站在那绵延的大兴安岭脚下，眺望远方的蓝天！

希望有朝一日我们能够相见。我会去邂逅自己所向往的林海雪原与碧草蓝天，去感受呼伦贝尔的灿烂文化与人间烟火，同时也欢迎你来到北京，拥抱不一样的风景！我们不见不散！

祝

学业有成！

你的朋友：孙艺帆

2024 年 9 月 23 日

逸的羊群、驰骋的马儿……我真想亲眼去看看！真想去吹吹草原上那干爽宜人的风，听听鸟儿自由而雀跃的歌声；真想站在那宏伟的满洲里国门之下，感受心灵的震撼；真想站在那绵延的大兴安岭脚下，眺望远方的蓝天！

希望有朝一日我们能够相见。我会去邂逅自己所向往的林海雪原与碧草蓝天，去感受呼伦贝尔的灿烂文化与人间烟火，同时也欢迎你来到北京，拥抱不一样的风景！我们不见不散！

祝

学业有成！

你的朋友：孙艺帆

2024年9月23日

憧憬站在额尔古纳河畔

孙凡晰（北京一零一中）
指导教师：王力鹏

亲爱的王禹泽：

展信佳！

我是来自北京一零一中的孙凡晰。我是一个热爱文字的人，喜欢用笔端在生活的广袤画卷中不断探索、体悟。于我而言，文字有着非凡的魅力。它不仅能细腻地记录生活的美好，更具备触动人心的强大力量。文字能够跨越千山万水，在不同的心灵之间架起一座座共鸣的桥梁。

我深知每个地区都有自己的文化，而每种文化皆蕴含深厚的内涵和底蕴。江南，是那小桥流水、粉墙黛瓦间的一颦一笑；云南，是那彩云之南、山河锦绣的盎然生机；北京，则是那故宫的红墙黄瓦、长城的蜿蜒盘旋，见证了岁月的辉煌与沧桑。

在我的心中，呼伦贝尔宛如一幅波澜壮阔的画卷。我尽情地想象着呼伦贝尔草原的广袤无垠；我憧憬着站立在额尔古纳河畔，静静地感受它的宁静致远；我幻想着站在大兴安岭的红叶之下，阳光氤氲出紫檀的微香，一条不绝尘的小路把我带向迢迢远方。

亲爱的王禹泽：

展信佳！

我是来自北京一零一中的孙凡晰。我是一个热爱文字的人，喜欢用笔端在生活的广袤画卷中不断探索、体悟。于我而言，文字有着非凡的魅力。它不仅能细腻地记录生活的美好，更具备触动人心的强大力量。文字能够跨越千山万水，在不同的心灵之间架起一座座共鸣的桥梁。

我深知每个地区都有自己的文化，而每种文化皆蕴含深厚的内涵和底蕴。江南，是那小桥流水、粉墙黛瓦间的一颦一笑；云南，是那彩云之南、山河锦绣的盎然生机；北京，则是那故宫的红墙黄瓦、长城的蜿蜒盘旋，见证了岁月的辉煌与沧桑。

在我的心中，呼伦贝尔宛如一幅波澜壮阔的画卷。我尽情地想象着呼伦贝尔草原的广袤无垠；我憧憬着站立在额尔古纳河畔，静静地感受它的宁静致远；我幻想着站在大兴安岭的红叶之下，阳光氤氲出紫檀的微香，一条不绝恍惚间，我看到了一个个赶路的牧人，他们在风雨中赶着羊群，偶然路过一个个正支起帐篷的货摊；恍惚间，我看到一个个尚未褪去稚色但已身强体健的孩子，他们在带着春天的希望，奔向未知的远方；恍惚间，我看到那达慕大会上参赛者们的奋勇奔跑，大地上布满了他们的脚印，他们的心永远属于远方。

虽相隔千里，但我深知，呼伦贝尔必然有属于自己的深厚文化底蕴。作为蒙古族文化的摇篮，这里不但自然风光旖旎如画，更有着源远流长的文化传承。我热切地渴望通过你的笔触去了解那达慕大会的热烈激情，聆听马头琴的悠扬深邃，感受蒙古包内的脉脉真情。

期待你的回信，愿它带着草原上的清风和温暖的阳光，早日抵达！

祝

学业有成，身体健康！

孙凡晰

2024 年 9 月 23 日

尘的小路把我带向遥遥远方。

恍惚间，我看到了一个个赶路的牧人，他们在风雨中赶着羊群，偶然路过一个个正支起帐篷的货摊；恍惚间，我看到一个个尚未褪去稚色但已身强体健的孩子，他们在带着春天的希望，奔向未知的远方；恍惚间，我看到那达慕大会上参赛者们的奋勇奔跑，大地上布满了他们的脚印，他们的心永远属于远方。

虽相隔千里，但我深知，呼伦贝尔必然有属于自己的深厚文化底蕴。作为蒙古族文化的摇篮，这里不但自然风光旖旎如画，更有着源远流长的文化传承。我热切地渴望通过你的笔触去了解那达慕大会的热烈激情，聆听马头琴的悠扬深邃，感受蒙古包内的脉脉真情。

期待你的回信，愿它带着草原上的清风和温暖的阳光，早日抵达！

祝

学业有成，身体健康！

孙凡晰

2024年9月23日

向往那些不曾体验过的风景

卓兰图雅（北京一零一中）
指导教师：过俊

亲爱的王睿暄同学：

你好！

在得知这项和呼伦贝尔市海拉尔区第五中学的通信交流活动后，我对寄出和收到信件的期待溢于言表。相信读到这封信件的你，一定十分好奇我这个来自北京的陌生人是谁，是怎样一个人。

我想在此正式向你介绍一下自己：我是来自北京一零一中的卓兰图雅，是蒙古族人，我的名字是由蒙语音译而来的。我喜欢跳舞，从民族舞、古典舞到芭蕾舞等，都有所涉猎。作为一名蒙古族姑娘，我学习了舒缓的《鸿雁》舞蹈，也学习了奔放的《踏马》舞蹈。我也喜欢芭蕾舞，很享受像天鹅一样优雅、如鹅毛一般轻盈的舞蹈动作，并在英国皇家舞蹈学院的高阶基础芭蕾舞考试中获得了金牌。

我的家乡在赤峰的巴林右旗，但我却从未有机会去全面地了解那里，更不用说整个内蒙古我都很少涉足。可以说，我从小到大都在高楼林立的城市中生活，只在图片中看到过辽阔的呼伦贝尔草原、奔驰的骏马和温驯的牛羊……这些不曾体验过的风景，让我无限向往。

亲爱的王睿暄同学：

你好！

在得知这项和呼伦贝尔市海拉尔区第五中学的通信交流活动后，我对寄出和收到信件的期待溢于言表。相信读到这封信件的你，一定十分好奇我这个来自北京的陌生人是谁，是怎样一个人。

我想在此正式向你介绍一下自己：我是来自北京一零一中的卓兰图雅，是蒙古族人，我的名字是由蒙语音译而来的。我喜欢跳舞，从民族舞、古典舞到芭蕾舞等，都有所涉猎。作为一名蒙古族姑娘，我学习了舒缓的《鸿雁》舞蹈，也学习了奔放的《赌马》舞蹈。我也喜欢芭蕾舞，很享受像天鹅一样优雅、如鹅毛一般轻盈的舞蹈动作，并在英国皇家舞蹈学院的高阶基础芭蕾舞考试中获得了金牌。

我的家乡在赤峰的巴林右旗，但我却从未有机会去全面地了解那里，更不用说整个内蒙古我都很少涉足。可以说，我从小到大都在高楼林立的城市中生活，只在图片中看到过辽阔的呼伦贝尔草原、奔驰的骏马和温驯的牛羊……这些不曾体验过的风景，让我无限向往。

我读过的书中描写了呼伦贝尔的异彩纷呈：生机勃勃的呼伦贝尔河，一望无际的大草原，充满故事的额尔古纳河右岸，白雪皑皑的大兴安岭，神奇壮美的白桦林，神秘灵动的驯鹿，香嫩可口的手把肉……

语文老师曾为我们播放过《航拍中国》的内蒙古片段，让我们身临其境地从南到北，在“空中”领略了呼伦贝尔的风景、文化与习俗。我印象最深刻的是摔跤的画面。在冰天雪地中，穿着厚重的呼伦贝尔人民兴高采烈地围成一个大圆圈，中间是几位赤身青年，他们不惧严寒，洋溢着青春与梦想，使屏幕前的我也受到鼓舞。

尽管我对呼伦贝尔充满了无限的向往，但我也十分喜爱北京，很想邀请你来北京了解首都的文化，也让我们有机会打破“笔友”的千里之隔，得以相见。这次的通信活动让我们结下了不解的缘分。即使相隔千里，我也能在生活中感知到你的存在。纸短情意重，期待你的回信！

祝

学业进步！

你的朋友：卓兰图雅

2024 年 9 月 15 日

我读过的书中描写了呼伦贝尔的异彩纷呈：生机勃勃的呼伦贝尔河，一望无际的大草原，充满故事的额尔古纳河右岸，白雪皑皑的大兴安岭，神奇壮美的白桦林，神秘灵动的驯鹿，香嫩可口的手把肉……

语文老师曾为我们播放过《航拍中国》的内蒙古片段，让我们身临其境地从南到北，在"空中"领略了呼伦贝尔的风景、文化与习俗。我印象最深刻的是摔跤的画面。在冰天雪地中，穿着厚重的呼伦贝尔人民兴高采烈地围成一个大圆圈，中间是几位赤身青年，他们不惧严寒，洋溢着青春与梦想，使屏幕前的我也受到鼓舞。

尽管我对呼伦贝尔充满了无限的向往，但我也十分喜爱北京，很想邀请你来北京了解首都的文化，也让我们有机会打破"笔友"的千里之隔，得以相见。这次的通信活动让我们结下了不解的缘分。即使相隔千里，我也能在生活中感知到你的存在。纸短情意重，期待你的回信！

祝

学业进步

你的朋友：卓兰图雅

2024年9月15日

很开心能与你分享我的一切

魏子淇（北京一零一中）
指导教师：赵嫚莉

亲爱的张格闻同学：

你好！

有幸听闻过贵校的名字，能与你交流是我的荣幸！呼伦贝尔是个好地方，湖水清澈，草原辽阔，当属人间之仙境。

我是来自北京一零一中的魏子淇，很开心能有机会和你分享我的一切。我向往无垠的草原风光，渴望在蓝天下自由奔跑。我的父亲曾去那里游历过一次。他被当地的文化和民俗深深地感染，回到北京后就开了一家餐厅，专门发扬内蒙古美食文化。我喜欢你们咸中带香的奶茶，薄薄的奶皮子上浮着金黄的炸米，别有一番风味，令人欲罢不能。

我早些时候听闻过一首歌——《站在草原望北京》。本是因游戏和互联网而走红的歌曲，却恰好解释了我们的状态。我常常打开父亲在旅游时寄回的明信片。其上印刷着阳光明媚、草原辽阔、牛羊成群的醉人景色。远处有一个牧羊人，他背对着太阳，眺望着蓝天和空旷无垠的远方。另一张明信片上印着夜晚的蒙古包，里面透出微弱的灯亲爱的张格闻同学：

你好！

有幸听闻过贵校的名字，能与你交流是我的荣幸！呼伦贝尔是个好地方，湖水清澈，草原辽阔，当属人间之仙境。

我是来自北京一零一中的魏子淇，很开心能有机会和你分享我的一切。我向往无垠的草原风光，渴望在蓝天下自由奔驰。我的父亲曾去那里游历过一次。他被当地的文化与民俗深深地感染，回到北京后就开了一家餐厅，专门发扬内蒙古美食文化。我喜欢你们咸中带香的奶茶，薄薄的奶皮子上浮着金黄的炸米，别有一番风味，令人欲罢不能。

我早些时候听闻过一首歌——《站在草原望北京》。本是因游戏和互联网而走红的歌曲，却恰好解释了我们的状态。我常常打开父亲在旅游时寄回的明信片。其上印刷着阳光明媚，草原辽阔，牛羊成群的醉人景色。远处有一个牧羊人，他背对着太阳，眺望着蓝天和空旷无垠的远方。另一张明信片上印着夜晚的蒙古包，光，马儿在外面低头静静吃草，安静祥和……看着手上的明信片，我感觉清风仿佛刚刚从身边温柔地拂过。我盼望着今后的每一天都充满希望，充满生机与活力。

你那里真正的风光究竟如何呢？我的朋友，请你一定要告诉我。我向往着有一天能够暂时离开城市中的忙碌生活，前往梦想中的绿草地，伴着清风和野花的呼吸睡去。

同时，也欢迎你来北京游玩。北京是一座千年古城，在这里你可以透过故宫的红墙黄瓦，体会“庭院深深深几许”的中式浪漫与风采……

期待你的回信！

祝

学业进步！

魏子淇

2024 年 9 月 15 日

里面透出微弱的灯光马儿在外面低头静静吃草，安静祥和……看着手上的明信片，我感觉清风仿佛刚刚从身边温柔地拂过。我盼望着今后的每一天都充满希望，充满生机与活力。

你那里真正的风光究竟如何呢？我的朋友，请你一定要告诉我。我向往着有一天能够暂时离开城市中的忙碌生活，前往梦想中的绿草地伴着清风和野花的呼吸睡去。

同时，也欢迎你来北京游玩。北京是一座千年古城，在这里你可以透过故宫的红墙黄瓦，体会"庭院深深深几许"的中式浪漫与风采……

期待你的回信！

祝

学业进步！

魏子淇

2024年9月15日

希望一睹内蒙古美丽的风光

王馨苒（北京一零一中）
指导教师：孙军艳

亲爱的韩镇邦同学：

你好！

我是来自北京一零一中初二（12）班的王馨苒。我非常高兴能通过“京蒙同心，见字如面”活动，有机会与你展开书信交流。我没有去过内蒙古，但对内蒙古有些许了解，也有些许好奇，希望有机会可以一睹内蒙古美丽的风光，听你讲解那些新奇的人和事。

在一望无际的大草原上，有奔驰的骏马，有成群的牛羊，微风拂过，可以张开双臂与风拥抱，感受风拂过的凉爽。这就是我想象中的美丽、自由的内蒙古，是否和真正的内蒙古一样？在那达慕大会上，牧民们是不是真的会骑在骏马上飞奔着赛马，开展激动人心的射击比赛，进行让人热血澎湃的摔跤比赛，以此来表达丰收的喜悦？蒙古族的“呼麦”也是我比较好奇的，听说是你们那里一种古老的歌唱方式——一个人用自己的发声器官同时唱出两个及以上声部。第一次听说这种歌亲爱的韩镇邦同学：

你好！

我是来自北京一零一中初二(12)班的王馨苒。我非常高兴能通过"京蒙同心见字如面"活动，有机会与你展开书信交流。我没有去过内蒙古，但对内蒙古有些许了解，也有些许好奇，希望有机会可以一睹内蒙古美丽的风光，听你讲解那些新奇的人和事。

在一望无际的大草原上，有奔驰的骏马，有成群的牛羊。微风拂过，可以张开双臂与风拥抱，感受风拂过的凉爽。这就是我想象中的美丽、自由的内蒙古，是否和真正的内蒙古一样？在那达慕大会上，牧民们是不是真的会骑在骏马上飞奔着赛马，开展激动人心的射击比赛，进行让人热血澎湃的摔跤比赛，以此来表达丰收的喜悦？蒙古族的"呼麦"也是我比较好奇的，听说是你们那里一种古老的歌唱方式——一个人用自己的发声器官同时唱出两个及以上声部。第一次听说这种歌唱方式的时候，我十分震惊。一个人是怎么发出两个及以上声部的

唱方式的时候，我十分震惊。一个人是怎么发出两个及以上声部的呢？真是太有趣、太厉害了！不知道你们那里现在还有没有人会这种神奇的歌唱方式？另外，有一次我在视频中看到一位内蒙古的交警骑在马上管理大草原的秩序。这种方式既让我觉得十分新奇，也让我觉得好处颇多。这样既可以有效地管理交通秩序，又可以很好地保护内蒙古大草原的生态环境，还凸显了地域特色，让人眼前一亮！

说到这，我对内蒙古的向往又增添了几分。如果有机会，我一定会到那里看一看那美丽清新、新奇自由的内蒙古大草原。当然也欢迎你到北京来，看看北京美丽的景象。

祝

学业顺利！

王馨苒

2024 年 9 月 15 日

呢？真是太有趣、太厉害了！不知道你们那里现在还有没有人会这种神奇的歌唱方式？另外，有一次我在视频中看到一位内蒙古的交警骑在马上管理大草原的秩序。这种方式既让我觉得十分新奇，也让我觉得好处颇多。这样既可以有效地管理交通秩序，又可以很好地保护内蒙古大草原的生态环境，还凸显了地域特色，让人眼前一亮！

说到这，我对内蒙古的向往又增添了几分。如果有机会，我一定会到那里看一看那美丽清新、新奇自由的内蒙古大草原。当然也欢迎你到北京来，看看北京美丽的景象。

祝

学业顺利！

王馨苒

2024年9月15日

我对呼伦贝尔大草原心向往之

刘宏睿（北京市怀柔区第三中学）
指导教师：柏栩松

吉浩宇同学：

你好！

来自呼伦贝尔大草原的朋友，很高兴以书信的方式在此与你交流。首先，我来介绍一下自己，我是一名来自北京怀柔的初中学生。我喜欢下各种棋，如围棋、象棋、五子棋；我喜欢各种运动，如篮球、羽毛球等；我还喜欢去往各地旅游，欣赏人文景观，体会风土人情。

呼伦贝尔大草原上“天苍苍，野茫茫，风吹草低见牛羊”的美景，我听闻许久，却未曾一见。接下来，让我讲述一下我脑海中的呼伦贝尔吧。

我想象自己站在草原之上，视野变得无比开阔，从脚下绵延至天边的绿色，是大自然用最纯粹的绿色铺成的。微风轻拂，青草如海浪般涌动，一览无余，发出沙沙的细响，像在诉说着古老的故事。

我抬头望向天，天空湛蓝如宝石，洁白的云朵如同棉花般柔软，变化出各种奇妙的形状。我向远处望去，成群的牛羊在草地上悠闲地吃草、漫步。骏马时而静走，时而奔腾，扬起阵阵尘土，展现着无尽吉浩宇同学：

　　你好！

　　来自呼伦贝尔大草原的朋友，很高兴以书信的方式在此与你交流。首先，我来介绍一下自己，我是一名来自北京怀柔的初中生。我喜欢下各种棋，如围棋、象棋、五子棋；我喜欢各种运动，如篮球、羽毛球等；我还喜欢去往各地旅游，欣赏人文景观，体会风土人情。

　　呼伦贝尔大草原上"天苍苍，野茫茫，风吹草低见牛羊"的美景，我听闻许久，却未曾一见。接下来，让我讲述一下我脑海中的呼伦贝尔吧。

　　我想象自己站在草原之上，视野变得无比开阔，从脚下绵延至天边的绿色，是大自然用最纯粹的绿色铺成的。微风轻拂，青草如海浪般涌动，一览无余，发出沙沙的细响，像在诉说着古老的故事。

　　我抬头望向天，天空湛蓝如宝石，洁白的云朵如同棉花般柔软，变化出各种奇妙的形状。我向远处望去，成群的牛羊在草地上悠闲地吃草、的活力与奔放。

草原上的湖泊犹如大地的眼睛，清澈明亮。湖水倒映着天空中的云朵和周围的美景。湖边五颜六色的小花散落在旁，散发着阵阵迷人的香味儿，为草原增添一抹独特的景致。

我希望你有机会能来北京，一览这里的独特景色。故宫的红墙黄瓦，尽显皇家威严；长城蜿蜒于山间，雄伟壮观；胡同里充满着烟火气息和四合院的宁静古韵；国家体育场“鸟巢”和国家游泳中心“水立方”彰显着时代的魅力……它们都在这里等待着你的到来。

刘宏睿

2024 年 9 月 13 日

漫步。骏马时而静走，时而奔腾，扬起阵阵尘土，展现着无尽的活力与奔放。

草原上的湖泊犹如大地的眼睛，清澈明亮。湖水倒映着天空中的云朵和周围的美景。湖边五颜六色的小花散落在旁，散发着阵阵迷人的香味儿，为草原增添一抹独特的景致。

我希望你有机会能来北京，一览这里的独特景色。故宫的红墙黄瓦，尽显皇家威严；长城蜿蜒于山间，雄伟壮观；胡同里充满着烟火气息和四合院的宁静古韵；国家体育场"鸟巢"和国家游泳中心"水立方"彰显着时代的魅力……它们都在这里等待着你的到来。

刘宏睿

2024年9月13日

我很担心交不到朋友

周文婕（北京一零一中）
指导教师：殷晓燕

亲爱的裴雪雅：

你好！

暑假的研学，让我记忆犹新。研学之前，我很担心交不到朋友。但就是这次研学，开启了我们友谊的小船。还记得吗？我们是在篝火晚会上认识的，大家手挽着手，围着篝火跳舞，象征“京蒙”一家亲。

呼伦贝尔大草原，拥有一种难以言喻的魅力与诗意，是我心中向往的自由和梦想之地。白天的草原上，蓝天白云，水天一色，成群结队的牛羊悠闲地吃着草，享受着大自然赐予的美味佳肴。夕阳西下，金色的阳光洒满草原，整个世界就像染上了一层柔软的光辉。在这里，时间好像凝固了，让我只想沉浸在这美好的画面中。夜晚的草原更加静谧，星空璀璨夺目，闪烁着神秘的光芒，而我们一起见证了这一刻。

虽然我们相隔千山万水，但我们的心却永远紧密相连。呼伦贝尔大草原这个美丽的好地方，让我对自然充满敬畏与热爱。如果有时间，我一定会回到这个令人心驰神往的地方。当然，我也期待着你的到来，北京欢迎你！

祝

学习进步，友谊天长地久！

周文婕

2024 年 9 月 15 日

亲爱的裴雪雅：

你好！

暑假的研学，让我记忆犹新。研学之前，我很担心交不到朋友。但就是这次研学，开启了我们友谊的小船。还记得吗？我们是在篝火晚会上认识的，大家手挽着手，围着篝火跳舞，象征"京蒙"一家亲。

呼伦贝尔大草原，拥有一种难以言喻的魅力与诗意，是我心中向往的自由和梦想之地。白天的草原上，蓝天白云，水天一色，成群结队的牛羊悠闲地吃着草，享受着大自然赐予的美味佳肴。夕阳西下，金色的阳光洒满草原，整个世界就像染上了一层柔软的光辉。在这里，时间好像凝固了，让我只想沉浸在这美好的画面中。夜晚的草原更加静谧，星空璀璨夺目，闪烁着神秘的光芒，而我们一起见证了这一刻。

虽然我们相隔千山万水，但我们的心却永远紧密相连。呼伦贝尔大草原这个美丽的好地方，让我对自然充满敬畏与热爱。如果有时间，我一定会回到这个令人心驰神往的地方。当然，我也期待你的到来，北京欢迎你！

祝

学习进步，友谊天长地久！

周文婕

2024年9月15日

期待你能来北京做客

胡睿鑫（北京市文汇中学）
指导教师：米彦

亲爱的高睿凡同学：

你好！

我是胡睿鑫，来自北京市文汇中学初二（6）班。虽然我们之间相隔千山万水，但书信像一根神奇的线，将我们的心紧紧相连，搭建起我们友谊的桥梁。

首先，让我简单介绍一下自己吧。我活泼、开朗，热爱探索未知的世界。平日里除了学习，我还喜欢阅读、辩论等。

以前，每当我翻开地图，看到那标注着“呼伦贝尔”字样的大片草原时，我的心就像被一股无形的力量牵引着，无比渴望踏上那片广袤无垠的大草原。幸运的是，这个暑假我终于实现了这个梦想。呼伦贝尔的美，至今令我难以忘怀。

一提到呼伦贝尔，我的脑海中立刻浮现出那无垠的大草原。它就像一幅巨大的绿色画卷，铺展在天地之间，让人的心情豁然开朗。清晨，当第一缕阳光洒在翠绿的草地上，草叶上的露珠闪烁着晶莹的光芒。记得那天，我们驱车穿越草原，车窗外成群的牛羊正悠闲地吃着草，偶尔还能见到几匹骏马在草原上飞驰而过，留下一串串欢快的蹄声。远处是湛蓝的天空，配上些棉花糖般的白云，还有连绵不绝的山丘。大兴安岭的轮廓在迷雾中若隐若现，就像一位慈祥的老者，守护着这片大地上的生灵。

走入白桦林中，又是一番童话世界般的别样景象。看着那些挺拔的白桦树，树干上布满了岁月的痕迹。阳光透过枝叶，洒在地上，形成了斑驳的光影。在林间漫步，每一步都能踏出宁静与祥和。最让我难忘的，莫过于与驯鹿的亲密接触，它们温顺的眼神中充满了灵性。当我轻轻抚摸它们柔软皮毛的那一刻，仿佛与大自然建立了最纯粹的连接。

亲爱的高睿凡同学：

你好！

我是胡睿鑫，来自北京市文汇中学初二(6)班。虽然我们之间相隔千山万水，但书信像一根神奇的线，将我们的心紧紧相连，搭建起我们友谊的桥梁。

首先，让我简单介绍一下自己吧。我活泼、开朗，热爱探索未知的世界。平日里除了学习，我还喜欢阅读、辩论等。

以前，每当我翻开地图，看到那标注着“呼伦贝尔”字样的大片草原时，我的心就像被一股无形的力量牵引着，无比渴望踏上那片广袤无垠的大草原。幸运的是，这个暑假我终于实现了这个梦想。呼伦贝尔的美，至今令我难以忘怀。

一提到呼伦贝尔，我的脑海中立刻浮现出那无垠的大草原。它就像一幅巨大的绿色画卷，铺展在天地之间，让人的心情豁然开朗。清晨，当第一缕阳光洒在翠绿的草地上，草叶上的露珠闪烁着晶莹的光芒。记得那天，我们驱车穿越草原，车窗外成群的牛羊正悠闲地吃着草，偶尔还能见到几匹骏马在草原上飞驰而过，留下一串串欢快的蹄声。远处是湛蓝的天空，配上些棉花糖般的白云，还有连绵不绝的山丘。大兴安岭的轮廓在迷雾中若隐若现，就像一位慈祥的老者，守护着这片大地上的生灵。

走入白桦林中，又是一番童话世界般的别样景象。看着那些挺拔的白桦树，树干上布满了岁月的痕迹。阳光透过枝叶，洒在地上，形成了斑驳的光影。在林间漫步，每一步都能踏出宁静与祥和。最让我难忘的，莫过于与驯鹿的亲密接触，它们温顺的眼神中充满了灵性。当我轻轻抚摸它们柔软皮毛的那一刻，仿佛与大自然建立了最纯粹的连接。

当然，呼伦贝尔也满载异域风情。说到这，又怎能不提那充满俄罗斯风情的套娃广场呢？一走入满洲里套娃广场，便可看见一个巨大的套娃，它周边的建筑也都是俄罗斯风格，见证着中俄两国的深厚友谊与文化交流。从满洲里套娃广场到满洲里国门大概有4千多米的距离。站在国门前，我深感祖国的强大与和平的来之不易，心中更是充满了作为中国人的自豪与对祖国的感激。

高睿凡同学，虽然我已经通过文字向你描述了我记忆中的呼伦贝尔，但我知道我认知之外的呼伦贝尔一定更加美丽、富饶且多彩。我多么希望能有机会再次踏上呼伦贝尔的土地，更深入地了解你们的生活和文化。同时，我也热切地期待着你能来北京做客。在这里，我们可以一起游览故宫，感受这千年古都的厚重历史底蕴；攀登长城，眺望祖国的壮丽河山；漫步在胡同里，品尝地道的北京小吃……我相信，无论是呼伦贝尔的辽阔还是北京的繁华，都会成为我们最宝贵的青春记忆。

期待你的回信，更期待在不久的将来，我们能面对面地分享自己的故事，也期待我们的友谊能像呼伦贝尔的大草原一样，深厚而美好。

愿早日与你相见！

胡睿鑫

2024年9月18日

当然，呼伦贝尔也满载异域风情。说到这，又怎能不提那充满俄罗斯风情的套娃广场呢？一走入满洲里套娃广场，便可看见一个巨大的套娃，它周边的建筑也都是俄罗斯风格，见证着中俄两国的深厚友谊与文化交流。从满洲里套娃广场到满洲里国门大概有44米的距离。站在国门前，我深感祖国的强大与和平的来之不易，心中更是充满了作为中国人的自豪与对祖国的感激。

高睿凡同学，虽然我已经通过文字向你描述了我记忆中的呼伦贝尔，但我知道我认知之外的呼伦贝尔一定更加美丽、富饶且多彩。我多么希望能有机会再次踏上呼伦贝尔的土地，更深入地了解你们的生活和文化。同时，我也热切地期待着你能来北京做客。在这里，我们可以一起游览故宫，感受这千年古都的厚重历史底蕴；攀登长城，眺望祖国的壮丽河山；漫步在胡同里，品尝地道的北京小吃……我相信，无论是呼伦贝尔的辽阔还是北京的繁华，都会成为我们最宝贵的青春记忆。

期待你的回信，更期待在不久的将来，我们能面对面地分享自己的故事，也期待我们的友谊能像呼伦贝尔的大草原一样，深厚而美好。

愿早日与你相见！

胡睿鑫

2024年9月18日

当你站在长城上俯瞰

邹雨禾（北京市文汇中学）
指导教师：颜辉

亲爱的刘玟琪：

你好！

我叫邹雨禾，是北京市文汇中学初二（15）班的一名学生。我的性格活泼开朗，兴趣爱好广泛。我喜欢弹钢琴、听音乐、阅读和打羽毛球，尤其喜欢听音乐和阅读。因为阅读能够让我沉浸在知识的海洋中，而音乐可以让我放松心情。

通过这一次研学活动，我对呼伦贝尔产生了一些新认识。在这之前，我印象中的呼伦贝尔只是一片一望无际的草原。然而，在来到呼伦贝尔后，我发现这里不仅有美丽的自然风景，还有悠久的人文历史。研学旅程的第一天晚上，我学习了内蒙古的民族舞蹈，和同学们一起参加了篝火晚会。我们一起围着篝火载歌载舞，其乐融融，让我更深刻地了解到了内蒙古的风俗文化。来到额尔古纳河和白桦林时，我被那里优美的风景深深地震撼了。来到满洲里国门，看着那高大的国门，我心中不由得升起一股自豪感，感叹祖国的发展越来越好，现在的幸福生活来之不易。

同时，我也十分期待你来北京游玩。北京拥有悠久的历史文化，有着许多历史文化遗产，如故宫、天坛、颐和园等。在这里，你可以感受到浓厚的历史文化底蕴，也可以感受到繁华都市的魅力。当你站在长城上俯瞰山下的壮丽景色，或站在天安门广场上看五星红旗冉冉升起时，必定会为你是一名中国人而感到骄傲和自豪。欢迎你走进北京，感受北京的魅力。

祝

身体健康，学业有成！

邹雨禾

2024 年 9 月 13 日

亲爱的刘玟琪：

你好！

我叫邹雨禾，是北京市文汇中学初二(13)班的一名学生。我的性格活泼开朗，兴趣爱好广泛。我喜欢弹钢琴、听音乐、阅读和打羽毛球，尤其喜欢听音乐和阅读。因为阅读能够让我沉浸在知识的海洋中，而音乐可以让我放松心情。

通过这一次研学活动，我对呼伦贝尔产生了一些新认识。在这之前，我印象中的呼伦贝尔只是一片一望无际的草原。然而，在来到呼伦贝尔后，我发现这里不仅有美丽的自然风景，还有悠久的人文历史。研学旅程的第一天晚上，我学习了内蒙古的民族舞蹈，和同学们一起参加了篝火晚会。我们一起围着篝火载歌载舞，其乐融融，让我更深刻地了解到了内蒙古的风俗文化。来到额尔古纳河和白桦林时，我被那里优美的风景深深地震撼了。来到满洲里国门，看着那高大的国门，我心中不由得升起一股自豪感，感叹祖国的发展越来越好，现在的幸福生活来之不易。

同时，我也十分期待你来北京游玩。北京拥有悠久的历史文化，有着许多历史文化遗产，如故宫、天坛、颐和园等。在这里，你可以感受到浓厚的历史文化底蕴，也可以感受到繁华都市的魅力。当你站在长城上俯瞰山下的壮丽景色，或站在天安门广场上看五星红旗冉冉升起时，必定会为你是一名中国人而感到骄傲和自豪。欢迎你走进北京，感受北京的魅力。

祝

身体健康，学业有成！

邹雨禾

2024年9月13日

年 月 日 第 页

诚挚邀请你来到北京

王乐易（北京市文汇中学）
指导教师：颜辉

伊兰妮同学：

你好！

我叫王乐易，是北京市文汇中学的一名学生。我擅长素描与水粉画，喜爱阅读文学小说，很高兴能与你进行书信往来。

在研学活动的第一天，我们刚下飞机，便看到了欢迎我们的火红横幅。这让我有些激动，又很欣喜。到了营地，我们又收到了蓝色的哈达。我了解到蓝色哈达在内蒙古文化中代表着“智慧与健康”。后来在食堂，我们品尝了鲜美的奶茶。这里的奶茶与北京的不太一样。北京的奶茶比这里的茶味更淡，甜味更重。食堂阿姨还给我们盛了许多美味的饭菜，让我不禁感慨你们的热情好客。

内蒙古的风景真是绚丽多彩！在莫日格勒河，我看到了与北京截然不同的景色。北京的云很高很薄，而内蒙古的云则又低又厚，就像头顶上触手可及的大朵大朵厚重的棉花。绿意盎然的草原宽阔无垠，一眼望不到头。草原上，牛羊成群，宛如流动的田园画卷。傍晚，夕阳的余晖照在远山之上，将山峦的轮廓映衬得更加峻峭、硬朗，同时也给它们披上了一层薄薄的金纱，好似仙境般美丽。这风景是北京没有的。

内蒙古的历史与北京一样源远流长，而且两地历史渊源深厚。两地的东西部协作从 1996 年开始，至今已经有近 30 年水乳交融的情谊。

我诚挚邀请你来到北京，感受首都的历史文化和人文景观。北京永远欢迎你！

祝

学业有成，长乐未央！

王乐易

2024 年 9 月 11 日

伊兰妮同学：

你好！

我叫王乐易，是北京市文汇中学的一名学生。我擅长素描与水粉画，喜爱阅读文学小说，很高兴能与你进行书信往来。

在研学活动的第一天，我们刚下飞机，便看到了欢迎我们的火红横幅。这让我有些激动，又很欣喜。到了营地，我们又收到了蓝色的哈达。我了解到蓝色哈达在内蒙古文化中代表着“智慧与健康”。后来在食堂，我们品尝了鲜美的奶茶。这里的奶茶与北京的不太一样。北京的奶茶比这里的茶味更淡，甜味更重。食堂阿姨还给我们盛了许多美味的饭菜，让我不禁感慨你们的热情好客。

内蒙古的风景真是绚丽多彩！在莫日格勒河，我看到了与北京截然不同的景色。北京的云很高很薄，而内蒙古的云则又低又厚，就像头顶上触手可及的大朵大朵厚重的棉花。绿意盎然的草原宽阔无垠，一眼望不到头。草原上，牛羊成群，宛如流动的田园画卷。傍晚，夕阳的余晖照在远山之上，将山峦的轮廓映衬得更加峻峭、硬朗，同时也给它们披上了一层薄薄的金纱，好似仙境般美丽。这风景是北京没有的。

内蒙古的历史与北京一样源远流长，而且两地历史渊源深厚。两地的东西部协作从1996年开始，至今已经有近30年水乳交融的情谊。

我诚挚邀请你来到北京，感受首都的历史文化和人文景观。北京永远欢迎你！

祝

学业有成，长乐未央！

王乐易

2024年9月11日

我感受到了前所未有的欢快与温暖

刘寓清（北京市文汇中学）
指导教师：李金玉

尹奕然：

你好！

很高兴能与你通信，一起交流！

这个暑假，我有幸跟随北京市研学团一起前往海拉尔，开启了一场酣畅淋漓的“海拉尔之旅”。第一天的篝火晚会让我感受到了前所未有的欢快与温暖。我们手拉着手，围着篝火欢歌起舞，诉说着快乐和烦恼。忽然一声巨响，天空中绽放了五彩斑斓的烟花。我们怀着激动且喜悦的心情对着烟花许下心愿，憧憬着我们美好的未来。美好的夜晚在欢声笑语中结束，而那一团熊熊烈火见证了我们友谊的开始。

莫日格勒河令我印象极其深刻。这是我第一次来到一望无际的草原，我对它的初印象正如老舍先生在《草原》中所写：“空气是那么清鲜，天空是那么明朗。”风吹过我的脸颊，仿佛母亲的手抚摸着我。太阳从洁净的云朵中探出头来，将阳光洒在绿油油的草地上，使人心旷神怡。傍晚，我们坐在一起，享受着内蒙古的特色美食——烤全羊。

尹奕然：

你好！

很高兴能与你通信，一起交流！

这个暑假，我有幸跟随北京市研学团一起前往海拉尔，开启了一场酣畅淋漓的"海拉尔之旅"。第一天的篝火晚会让我感受到了前所未有的欢快与温暖。我们手拉着手，围着篝火欢歌起舞，诉说着快乐和烦恼。忽然一声巨响，天空中绽放了五彩斑斓的烟花。我们怀着激动且喜悦的心情对着烟花许下心愿，憧憬着我们美好的未来。美好的夜晚在欢声笑语中结束，而那一团熊熊烈火见证了我们友谊的开始。

莫日格勒河令我印象极其深刻。这是我第一次来到一望无际的草原，我对它的初印象正如老舍先生在《草原》中所写："空气是那么清鲜，天空是那么明朗。"风吹过我的脸颊，仿佛母亲的手抚摸着我。太阳从洁净的云朵中探出头来，将阳光洒在绿油油的草地上，使人心旷神怡。傍晚，我们坐在一起，享受着内蒙古的特色美食——烤全羊。令我记忆犹新的是，这顿烤全羊

令我记忆犹新的是，这顿烤全羊吃得并不“容易”。在此期间，我们经历了三次雷阵雨，三次到车上躲雨。雨水一次又一次地冲刷着草地，也一次又一次地阻碍我们享受美食。但在躲雨的时候，你们热心地帮我们搬椅子、拿随身物品。这一点一滴的细节中流露出了你们的真挚与热情。我发自内心地感谢你们的帮助，为我的旅程减少了麻烦，给予了温暖。经历了阵雨带给我们的忙碌，这顿烤全羊也更香了呢！

饭后，我们一起学唱《站在草原望北京》。一段段优美的旋律回荡在莫日格勒河的大草原上，也永久地留存在我的心中。“我站在草原望北京”，多么美妙的歌词啊！它不仅唱出了我们内心的热情和期待，更架起了一座京蒙之间的桥梁。在欢快的歌声中，我们迎着彩虹，伴随夕阳的余晖，在草原上尽情奔跑，绽放青春的无限活力。

8月2日晚，我们在当地少年宫开展了京蒙交流联欢会。大家互相交换信件、采访交流……随着一个个精彩节目的结束，本次活动也吃得并不"容易"。在此期间，我们经历了三次雷阵雨，三次到车上躲雨。雨水一次又一次地冲刷着草地，也一次又一次地阻碍我们享受美食。但在躲雨的时候，你们热心地帮我们搬椅子、拿随身物品。这一点一滴的细节中流露出了你们的真挚与热情。我发自内心地感谢你们的帮助，为我的旅程减少了麻烦，给予了温暖。经历了阵雨带给我们的忙碌，这顿烤全羊也更香了呢！

饭后，我们一起学唱《站在草原望北京》。一段段优美的旋律回荡在莫日格勒河的大草原上，也永久地留存在我的心中。"我站在草原望北京"，多么美妙的歌词啊！它不仅唱出了我们内心的热情和期待，更架起了一座京蒙之间的桥梁。在欢快的歌声中，我们迎着彩虹，伴随夕阳的余晖，在草原上尽情奔跑，绽放青春的无限活力。

8月2日晚，我们在当地少年宫开展了京蒙交流联欢会。大家互相交换信件、采访交流……随着一个个精彩节目的结束，本次活动也画上画上了圆满的句号。我很荣幸能与于子萱同学一起演唱了《敕勒歌》，在海拉尔留下了一份美好而珍贵的记忆。

虽然我们现在相隔千里，但我相信未来我们一定有机会再次见面！

这次，我将一枚记录秋日天安门美景的冰箱贴赠予你。当然，北京不只有天安门，还有故宫、圆明园、天坛……希望你有空可以亲自来北京感受这里的文化和美景。希望收到你的回信！

祝

心想事成，天天开心！

刘寓清

2024 年 9 月 17 日

了圆满的句号。我很荣幸能与于子萱同学一起演唱了《敕勒歌，在海拉尔留下了一份美好而珍贵的记忆。

虽然我们现在相隔千里，但我相信未来我们一定有机会再次见面！

这次，我将一枚记录秋日天安门美景的冰箱贴赠予你。当然，北京不只有天安门，还有故宫、圆明园、天坛……希望你有空可以亲自来北京感受这里的文化和美景。希望收到你的回信！

祝

心想事成，天天开心！

刘禹清

2024年9月17日

想和你在大草原上驰骋

田恩泽（北京市文汇中学）
指导教师：杜丹

张志东同学：

你好！很高兴认识你！

我先来自我介绍吧。我是北京市文汇中学的田恩泽。在校园中，我在与同学们的交往中收获了很多乐趣，也培养了很多兴趣爱好。我比较擅长打羽毛球、篮球，热爱绘画与设计。在学习方面，我平时上课会紧跟老师的节奏，专心听讲、积极发言、认真记笔记。

在我的认知中，呼伦贝尔是一块绚丽多彩的宝地，让人有无限遐想。我想象着在无边无际、郁郁葱葱的大草原上，牧民赶着牛羊在草地上漫步，成群的牛羊惬意地吃着青草；我想象着在茂密的林海中，树木在阳光的照耀下尽显生命的本色；我想象着在冬天的白桦林里，一棵棵白桦树在厚厚的积雪中傲然挺立，顽强不屈地迎接着春天的到来；我想象着在大兴安岭的森林中，鄂温克人骑着被誉为“林海之舟”的驯鹿飞驰着……我知道，呼伦贝尔不仅有着独特的自然风光，还有着深厚的文化底蕴。所以，我一直想找个机会到内蒙古看看，感受当张志东同学：

你好！很高兴认识你！

我先来自我介绍吧。我是北京文汇中学的田恩泽。在校园中，我在与同学们的交往中收获了很多乐趣，也培养了很多兴趣爱好。我比较擅长打羽毛球、篮球，热爱绘画与设计。在学习方面，我平时上课会紧跟老师的节奏，专心听讲、积极发言、认真记笔记。

在我的认知中，呼伦贝尔是一块绚丽多彩的宝地，让人有无限遐想。我想象着在无边无际、郁郁葱葱的大草原上，牧民赶着牛羊在草地上漫步，成群的牛羊惬意地吃着青草；我想象着在茂密的林海中，树木在阳光的照耀下尽显生命的本色；我想象着在冬天的白桦林里，一棵棵白桦树在厚厚的积雪中傲然挺立，顽强不屈地迎接着春天的到来；我想象着在大兴安岭的森林中，鄂温克人骑着被誉为“林海之舟”的驯鹿飞驰着……我知道，呼伦贝尔不仅有着独特的自然风光，还有着深厚的文化底蕴。所以，我一直想找个机会去内蒙古看看，感受当地的优美环境和独特文化魅力。

在北京，人们的生活节奏较快，繁华的街区中高楼林立，有着大城市的热闹与蓬勃发展。欢迎你来北京参观游览，逛遍大街小巷，赏遍文化古迹，尝遍特色小吃！我也期待有朝一日能再到内蒙古，和你一起在大草原上驰骋！

田恩泽

2024 年 9 月 18 日

地的优美环境和独特的文化魅力。

在北京，人们的生活节奏较快，繁华的街区中高楼林立，有着大城市的热闹与蓬勃发展。欢迎你来北京参观游览，逛遍大街小巷，赏遍文化古迹，尝遍特色小吃！我也期待有朝一日能到内蒙古，和你一起在大草原上驰骋！

田恩泽

2024年9月18日

和你一起看一看更广阔的世界

李欣芸（北京市文汇中学）
指导教师：杜丹

亲爱的娜咪斯：

你好！

很高兴能给你写信！虽然我们未曾谋面，但你的名字让我觉得你一定是一位热情开朗的少数民族女孩，你的性格一定就像草原上奔腾的马儿一样自由奔放。我叫李欣芸，来自北京市文汇中学，是一个善良乐观的女孩，喜欢在闲暇时间弹弹钢琴。了解到你喜欢听音乐，我也一样。我还知道你喜欢打篮球，相信你一定是篮球场上挥汗如雨、英姿飒爽的主力呢！

虽然我没有去过呼伦贝尔，但在我的想象中，那是一个有着淳朴民风、美丽富饶的地方。我脑海中的呼伦贝尔少不了广袤无垠的草原，它像一块绿色的丝绒地毯，在阳光的照耀下熠熠生辉。那里有成群的牛羊，悠扬的牧歌。我脑海中的呼伦贝尔少不了大兴安岭的高山之巅，那里是树的海洋，雪的世界。白桦树与冷杉交相辉映，让美丽的大兴安岭宛如仙境。我想象着站在山巅俯瞰连绵起伏的山峦和林海，不禁心旷神怡。我脑海中的呼伦贝尔还少不了灵动的驯鹿。林深见鹿，它们与大自然和谐共生，是这片土地上的精灵，让这片神奇静谧的土地充满了生机，拥有了那份原始、纯净的美丽。我脑海中的呼伦贝尔更少不了满洲里国门。我了解的满洲里国门高大、壮观，不禁让人想起无数为国捐躯的英雄烈士用自己的生命保卫着祖国的每一寸土地。想到这儿，我心中的敬意与自豪油然而生。

亲爱的娜咪斯：

你好！

很高兴能给你写信！虽然我们未曾谋面，但你的名字让我觉得你一定是一位热情开朗的少数民族女孩，你的性格一定就像草原上奔腾的马儿一样自由奔放。我叫李欣芸，来自北京市文汇中学，是一个善良乐观的女孩，喜欢在闲暇时间弹弹钢琴。了解到你喜欢听音乐，我也一样。我还知道你喜欢打篮球，相信你一定是篮球场上挥汗如雨、英姿飒爽的主力呢！

虽然我没有去过呼伦贝尔，但在我的想象中，那是一个有着淳朴民风，美丽富饶的地方。我脑海中的呼伦贝尔少不了广袤无垠的草原，它像一块绿色的丝绒地毯，在阳光的照耀下熠熠生辉。那里有成群的牛羊，悠扬的牧歌。我脑海中的呼伦贝尔少不了大兴安岭的高山之巅，那里是树的海洋，雪的世界。白桦树与冷杉交相辉映，让美丽的大兴安岭宛如仙境。我想象着站在山巅俯瞰连绵起伏的山峦和林海，不禁心旷神怡。我脑海中的呼伦贝尔还少不了灵动的驯鹿。林深见鹿，它们与大自然和谐共生，是这片土地上的精灵，让这片神奇静谧的土地充满了生机，拥有了那份原始、纯净的美丽。我脑海中的呼伦贝尔更少不了满洲里国门。我了解的满洲里国门高大壮观，不禁让人想起无数为国捐躯的英雄烈士用自己的生命保卫着祖国的每一寸土地。想到这儿，我心中的敬意与自豪油然而生。

很遗憾，我没能参与上次的研学活动，但我有机会一定会去看看呼伦贝尔这个城市，欣赏那里独特的美景，品尝那里美味的佳肴，参观爱国主义教育基地。我很期待到呼伦贝尔旅行，相信它一定会让我印象深刻。我也诚挚地邀请你来北京游玩。

希望我们可以一起看一看彼此的城市和更广阔的世界，开阔视野，共同成长！

祝

身体健康，心想事成！

李欣芸

2024 年 9 月 12 日

很遗憾，我没能参与上次的研学活动，但我有机会一定会去看看呼伦贝尔这个城市，欣赏那里独特的美景，品尝那里美味的佳肴，参观爱国主义教育基地。我很期待到呼伦贝尔旅行，相信它一定会让我印象深刻。我也诚挚地邀请你来北京游玩。

希望我们可以一起看一看彼此的城市和更广阔的世界，开阔视野，共同成长！

祝

身体健康，心想事成！

李欣芸

2024年9月12日

想去“额尔古纳河右岸”看你

邓悦彤（北京市文汇中学）
指导教师：刘芳

亲爱的内蒙古同学：

你好！

我是来自北京市文汇中学初二（4）班的邓悦彤。我喜欢唱歌、弹钢琴、朗诵和旅行。今天我写这封信，是想和你分享我脑海中的呼伦贝尔。

去年，我读了《额尔古纳河右岸》。在这本书中，我惊叹于世间那天造的美景。“太阳已经落了一半，它把向西的水面染黄了。所以那条河看上去好像一分为二了，一面是青蓝色的，一面是乳黄色的。”这是光的晕染。我喜欢在水中嬉戏的堪达罕，我也喜欢仿佛披着白色纱裙的白桦树。那里的秋一定是极美的，那里的夏一定是热烈的，那里的冬一定是严寒却又孕育着春的。我虽从未踏足过这片充满自由、活力和生机的土地，但呼伦贝尔大草原在我心中就像一块镶嵌在北国的绿色宝石。那里有蓝天白云，有山川河流，有广袤无垠的草原，有马儿在绿野上恣意奔跑。置身其中，仿佛诗中仙境般让人无法自拔，好似还可以感受到“风吹草低见牛羊”的诗意。

亲爱的内蒙古同学：

你好！

我是来自北京市文汇中学初二(4)班的邢悦彤。我喜欢唱歌、弹钢琴、朗诵和旅行。今天我写这封信，是想和你分享我脑海中的呼伦贝尔。

去年，我读了《额尔古纳河右岸》。在这本书中，我惊叹于世间那天造的美景。“太阳已经落了一半，它把向西的水面染黄了。所以那条河看上去好像一分为二了，一面是青蓝色的，一面是乳黄色的。”这是光的晕染。我喜欢在水中嬉戏的堪达罕，我也喜欢仿佛披着白色纱裙的白桦树。那里的秋一定是极美的，那里的夏一定是热烈的，那里的冬一定是严寒却又孕育着春的。我虽从未踏足过这片充满自由、活力和生机的土地，但呼伦贝尔大草原在我心中就像一块镶嵌在北国的绿色宝石。那里有蓝天白云，有山川河流，有广袤无垠的草原，有马儿在绿野上恣意奔跑。置身其中，仿佛诗中仙境般让人无法自拔，好似还可以感受到“风吹此外，呼伦贝尔特有的景致更是让我心驰神往。大兴安岭的白桦林，如同守护神一般矗立在山岭之间，默默诉说着自然的力量和生命的坚韧。满洲里套娃广场是仿照俄罗斯传统的套娃造型设计的，色彩鲜艳，图案精美，高达数十米。这不仅是中国与俄罗斯的边界标志，更是一座融合了中俄两国文化特色的建筑奇观。

还有呼伦贝尔大草原上的驯鹿，它们披着一身灰褐色的皮毛，头上长着一对像树枝一样的大角，显得格外引人注目。它们在草原上自由自在地生活，更为这片土地增添了几分独特的韵味。这些绚丽的风景让我对呼伦贝尔充满喜爱与期待。

与此同时，我也非常期待你的到来！我们可以共同参观庄严肃穆的天安门广场，观看一次振奋人心的升旗仪式；我们可以去恢宏壮丽的故宫，了解六百年的紫禁城文化；我们可以攀爬雄伟壮观的长城，领略古人的独特智慧。当然，民以食为天，我还会带你品尝北京的美食：

草低见牛羊”的诗意。

此外，呼伦贝尔特有的景致更是让我心驰神往。大兴安岭的白桦林，如同守护神一般矗立在山岭之间，默默诉说着自然的力量和生命的坚韧。满洲里套娃广场是仿照俄罗斯传统的套娃造型设计的，色彩鲜艳，图案精美，高达数十米。这不仅是中国与俄罗斯的边界标志，更是一座融合了中俄两国文化特色的建筑奇观。

还有呼伦贝尔大草原上的驯鹿，它们披着一身灰褐色的皮毛，头上长着一对像树枝一样的大角，显得格外引人注目。它们在草原上自由自在地生活，更为这片土地增添了几分独特的韵味。这些绚丽的风景让我对呼伦贝尔充满喜爱与期待。

与此同时，我也非常期待你的到来！我们可以共同参观庄严肃穆的天安门广场，观看一次振奋人心的升旗仪式；我们可以去恢宏壮丽的故宫，了解六百年的紫禁城文化；我们可以攀爬雄伟壮观的长城，领略古人的独特智慧。当然，民以食为天，我还会带你品尝北京的美烤鸭、炸酱面、驴打滚……别提多好吃了。我们也会在胡同中一起感受老北京的韵味。

最后，我再次期待你的到来，也期待有一天能去你的家乡呼伦贝尔看一看。让我们共同努力谱写青春的篇章，感受青春的快乐，共创美好的未来！

祝

学业有成！

北京市文汇中学的邓悦彤

2024 年 9 月 18 日

食：烤鸭、炸酱面、驴打滚……别提多好吃了。我们也会在胡同中一起感受老北京的韵味。

最后，我再次期待你的到来，也期待有一天能去你的家乡呼伦贝尔看一看。让我们共同努力谱写青春的篇章，感受青春的快乐，共创美好的未来！

祝

学业有成！

北京市文汇中学的邓悦彤

2024年9月18日

畅想有朝一日与你相见

陈妙筠（北京市文汇中学）
指导教师：刘丹

马子豪同学：

你好！

见字如晤，展信舒颜。虽然我们未曾见过面，但我已经开始期待你收到这封信时，嘴角微微上扬、眉眼弯弯的模样了。

我们年纪相仿，想来你也应当是个机敏有趣的人吧，不知我们是否拥有相同的志趣和爱好。你的名字“子豪”很好听，想必叔叔阿姨一定很爱你，对你有很多的期许，希望你自信、阳光，同时也为你感到自豪。

我了解到你有游泳的爱好，那你一定拥有强健的体魄和百折不挠的精神吧。希望你能继续保持这份对运动的热爱。

我没有去过呼伦贝尔，很遗憾未曾见过那里的壮美景象。不知那里是否真的如书上所说，天空辽阔、碧草万顷？不知当风掠过那片大草原上的青草地时，能否看到成群结队的牛羊？能在湛蓝的天空下呼吸新鲜的空气，不失为一件幸事。大兴安岭的山脉连绵起伏，坚韧的白桦树挺立在黑土之上，扎根在祖国的边疆。满洲里国门、套娃广场，马子豪同学：

你好！

见字如晤，展信舒颜。虽然我们未曾见过面，但我已经开始期待你收到这封信时，嘴角微微上扬、眉眼弯弯的模样了。

我们年纪相仿，想来你也应当是个机敏有趣的人吧，不知我们是否拥有相同的兴趣和爱好。你的名字"子豪"很好听，想必叔叔阿姨一定很爱你，对你有很多的期许，希望你自信阳光，同时也为你感到自豪。

我了解到你有游泳的爱好，那你一定拥有强健的体魄和百折不挠的精神吧。希望你能继续保持这份对运动的热爱。

我没有去过呼伦贝尔，很遗憾未曾见过那里的壮美景象。不知那里是否真的如书上所说，天空辽阔、碧草万顷？不知当风掠过那片大草原上的青草地时，能否看到成群结队的牛羊？能在湛蓝的天空下呼吸新鲜的空气，不失为一件幸事。大兴安岭的山脉连绵起伏，坚韧的白桦树挺立在黑土之上，扎根在祖国的边疆。满欢迎着八方来客领略内蒙古的大好河山。我期待有朝一日可以踏足祖国的边疆，将那份震撼铭记于心。

我也期待未来你可以来到北京，与我一起在故宫的红墙黄瓦间漫步，看白鸽掠过青色的屋檐；站在天安门广场上，仰望五星红旗冉冉升起。北京这座繁华的城市，目之所及皆是车水马龙、华光溢彩。相信你一定会喜欢这里。期待你的回信！

祝

万事顺遂！

陈妙筠

2024 年 9 月 18 日

洲里国门、俄罗斯套娃广场，欢迎里八方来客领略内蒙古的大好河山。我期待有朝一日可以踏足祖国的边疆，将那份震撼铭记于心。

我也期待未来你可以来到北京，与我一起在故宫的红墙黄瓦间漫步，看白鸽掠过青色的屋檐；站在天安门广场上，仰望五星红旗冉冉升起。北京这座繁华的城市，目之所及皆是车水马龙，华光溢彩。相信你一定会喜欢这里。期待你的回信！

祝

万事顺遂！

陈妙筠

2024年9月18日

愿文字能代替我们跨越千山万水相见

李晨曦（内蒙古自治区呼伦贝尔市海拉尔区第九中学）
指导教师：杨琳 孙旭亮

蒋依诺同学：

你好！

见字如晤。很高兴成为你的笔友。纵使我们素不相识，但你我在同一片蓝天下成长，仍可通过书信向彼此交流自己的情感。我叫李晨曦，同学们也经常叫我“马晨曦”。我很喜欢打羽毛球，但从未进行过专门的练习；喜欢写钢笔字，但写得时好时坏，是个典型的“半吊子选手”。

你所生活的城市——北京，在我心中一直是座古老而又现代的城市。而关于她，我有许多话想向你表达。我曾在电视里看到过天安门广场上迎着朝阳冉冉升起的五星红旗，也见过残缺破碎后焕然一新的圆明园遗址；望见过那拥有六百余年历史的故宫，也瞧见过“双奥”赛场国家体育场“鸟巢”；看过街道上叫卖的老北京豆汁儿，也见过地下商城里的老北京布鞋……我的身边处处有北京的痕迹。我和北京之间的距离好像很近，又好像很远。所以我的内心深处，一直藏着一张通往北京的车票。

关于我的家乡——呼伦贝尔，你可能也有所耳闻。你一定听说过广袤无垠的呼伦贝尔大草原、绚丽壮观的额尔古纳湿地，以及魔幻迷人的满洲里套娃广场……还有数不胜数的特色美食，牛肉干、烤全羊、奶豆腐……如果有机会，希望你能来体验这里的一切。

蒋依诺同学：

你好！

见字如晤。很高兴成为你的笔友。纵使我们素不相识，但你我在同一片蓝天下成长，仍可通过书信向彼此友谊自己的情感。我叫李晨曦，同学们也经常叫我"马晨曦"。我很喜欢打羽毛球，但从未进行过专业的练习；喜欢写钢笔字，但写得时好时坏，是个典型的"半吊子选手"。

你所生活的城市——北京，在我心中一直是座古老而又现代的城市。而关于她，我有许多话想对你表达。我曾在电视里看到过天安门广场上迎着朝阳冉冉升起的五星红旗，也见过残缺破碎后焕然一新的圆明园遗址；望见过那拥有六百余年历史的故宫，也瞧见过"双奥"赛场国家体育场"鸟巢"；看过街道上叫卖的老北京豆汁儿，也见过地下商城里的老北京布鞋……我的身边处处有北京的痕迹。我和北京之间的距离好像很近，又好像很远。所以我的内心深处，一直藏着一张通往北京的车票。

关于我的家乡——呼伦贝尔，你可能也有所耳闻。你一定听说过广袤无垠的呼伦贝尔大草原、绚丽壮观的额尔古纳湿地，以及魔幻迷人的满洲里套娃广场……还有数不胜数的特色美食，牛肉干、烤全羊、奶豆腐……如果有机会，希望你能来体验这里的一切。

愿在以后的日子里能有机会去北京。届时，还望你能多多关照。也欢迎你随时来感受这里的民俗风情，呼伦贝尔永远欢迎你。最后，愿文字能代替我们跨越千山万水相见，使你我越过南北距离成为要好的朋友。

祝

浅予深深，长乐未央！

你的笔友：李晨曦

2024 年 9 月 14 日

愿在以后的日子里能有机会去北京。届时还望你能多多关照。也欢迎你随时来感受这里的民俗风情，呼伦贝尔永远欢迎你。最后，愿文字能代替我们跨越千山万水相见，使你我越过南北距离成为要好的朋友。

祝

浅予深深，长乐未央！

你的笔友：李晨曦

2024年9月14日

请带我去“云游”北京

孙艺萌（内蒙古自治区呼伦贝尔市海拉尔区第五中学）
指导教师：马建丽

亲爱的朋友：

你好！

当我坐在书桌前，怀着激动的心情写下这封信时，我的脑海中涌现出无数的问题。

亲爱的朋友，你现在正在干什么呢？你是在上学、在运动，还是在做作业？又或者你在想距离北京一千多公里远的海拉尔？哦！如果你确实在想“海拉尔是什么样子的呢”“大家是否都生活在大草原上呢”这样的问题，那么我可以回答你。

亲爱的朋友，呼伦贝尔市是世界上面积最大的地级市，而海拉尔区是呼伦贝尔市的“全景会客厅”。它因海拉尔河而得名。在蒙古语中，海拉尔意为“流下来的桃花水”。它还有一个广为人知的意思——野韭菜丛生的地方。海拉尔河两旁总是长满了野韭菜，让牧民的牛羊吃得膘肥体壮。

亲爱的朋友，在你的印象中，海拉尔人一定都生活在一望无际的呼伦贝尔大草原上吧。其实不然，我们大部分人生活在城区中，少数的牧民生活在草原。他们牧羊、骑马、织布，像在传承一首淳朴热烈的草原之歌。他们一直留在草原上，守卫着祖国的边疆。

亲爱的朋友，通过我的讲述，你一定对我的家乡有了一定的了解，而我也常常在深夜幻想着北京的样子。请你也写一封信，带我去“云游”北京吧。愿凉爽的秋风把我的思念带到天安门广场！

祝

学业有成！

孙艺萌

2024 年 9 月 16 日

亲爱的朋友：

你好！

当我坐在书桌前，怀着激动的心情写下这封信时，我的脑海中涌现出无数的问题。

亲爱的朋友，你现在正在干什么呢？你是在上学，在运动，还是在做作业？又或者你在想距离北京一千多公里远的海拉尔？哦！如果你确实在想"海拉尔是什么样子呢""大家是否都生活在大草原上呢"这样的问题，那么我可以回答你。

亲爱的朋友，呼伦贝尔市是世界上面积最大的地级市，而海拉尔区是呼伦贝尔市的"全景会客厅"。它因海拉尔河而得名。在蒙古语中，海拉尔意为"流下来的桃花水"，但它还有一个广为人知的意思——野韭菜丛生的地方。海拉尔河两旁总是长满了野韭菜，让牧民的牛羊吃得膘肥体壮。

亲爱的朋友，在你的印象中，海拉尔人一定都生活在一望无际的呼伦贝尔大草原上吧。其实不然，我们大部分人生活在城区中，少数的牧民生活在草原。他们牧羊、骑马、织布，传承一首淳朴热烈的草原之歌。他们一直留在草原上，守卫着祖国的边疆。

亲爱的朋友，通过我的讲述，你一定对我的家乡有了一定的了解，而我也常常在深夜幻想着北京的样子。请你也写一封信，带我去"云游"北京吧。愿凉爽的秋风把我的思念带到天安门广场！

祝

学业有成！

孙艺萌

2024年9月16日

致心灵契合的朋友

赵信伊（内蒙古自治区呼伦贝尔市海拉尔区第五中学）
指导教师：徐霞

未知的你：

你好！

很高兴能写下这封信。相信当你看完这封信后，我们一定能成为好朋友，并且在未来的某一天，也一定能见面。在此之前，请允许我简单介绍一下自己：我是一名中学生，在内蒙古自治区呼伦贝尔市海拉尔区第五中学就读。目前正处于一个繁忙而多彩的年级——八年级。

在空闲时间，我很喜欢读书、弹奏钢琴曲。每当如流水般舒缓的旋律从我的指尖流淌而出的时候，我的心情就如山间倾泻而下的泉水般舒畅。如果你也有相同的爱好，不知是否也与我有同样的感觉？我相信，我们一定会成为志趣相投的朋友。如果有一天，你来到我的家乡，一定会大吃一惊。虽然这里没有磅礴的大海，更没有像黄果树瀑布那样的奇观，但我们有辽阔无垠的大草原。如果你在金秋时节来到这里，看到的会是最美的风景。满地的草儿迎风摇曳，草尖是黄的，草根是绿的，远望如金黄色的麦田，近看便是青青草原。呼吸一口清新的空气，便足以让人流连忘返。期待你能来到这里！

虽然我在信中多次提到"朋友"两个字，但在生活中我最好的朋友只有一个，只有她符合我对"朋友"的理解。朋友，是真正志趣相投的人，是真正心灵契合的人，是在寒冷时能相互依偎的人，是在温暖时能相互分享的人。朋友不仅是益友，更是良师。所以我的朋友并不多。希望我们能成为朋友，也希望我符合你对朋友的期望！

祝

学业有成！

赵信伊

2024 年 9 月 18 日

未知的你：

你好！

很高兴能写下这封信，相信当你看完这封信后，我们一定能成为好朋友，并且在未来的某一天，也一定能见面。在此之前，请允许我简单介绍一下自己：我是一名中学生，在内蒙古自治区呼伦贝尔市扎拉尔区第五中学就读，目前正处于一个繁忙而多彩的年级——八年级。

在空闲时间，我很喜欢读书，弹奏钢琴曲。每当如流水般舒缓的旋律从我的指尖流淌而出的时候，我的心情就如山间倾泻而下的泉水般舒畅。如果你也有相同的爱好，不知你是否也与我有同样的感觉？我相信，我们一定会成为志趣相投的朋友。如果有一天，你来到我的家乡，一定会大吃一惊。虽然这里没有磅礴的大海，更没有像黄果树瀑布那样的奇观，但我们有辽阔无垠的大草原。如果你在金秋时节来到这里，看到的会是最美的风景。满地的草儿迎风摇曳，草尖是黄的，草根是绿的，远望如金黄色的麦田，近看便是青青草原。呼吸一口清新的空气，便足以让人流连忘返。期待你能来到这里！

虽然我在信中多次提到“朋友”两个字，但在生活中我最好的朋友只有一个。只有她符合我对“朋友”的理解。朋友，是真正志趣相投的人，是真正心灵契合的人，是在寒冷时能互相依偎的人，是在温暖时能互相分享的人。朋友不仅是益友，更是良师。所以我的朋友并不多。希望我们能成为朋友，也希望我符合你对朋友的期望！

祝

学业有成！

赵信伊

2024.9.18

让我们通过书信架起友谊之桥

韩韩（内蒙古自治区呼伦贝尔市海拉尔区第五中学）
指导教师：邵文娟

远方的朋友：

你好！

虽然我们相隔很远，但我们一起生活在祖国这个大家庭中，一起感受着祖国妈妈的温暖。一想到这里，我就忍不住想要给你写封信。虽然我们没有见过面，但我愿意将一颗真诚的、渴望友谊的心献给你——远方的朋友。

让我们正式认识一下吧。我叫韩韩，今年 13 岁，是个阳光开朗的男孩。黝黑发亮的皮肤衬得我的牙齿格外的洁白，像蓝天上飘浮的朵朵白云，像碧草上矗立的座座蒙古包，浓密的睫毛彰显了回族男孩的体征。你呢？是像我一样不知忧愁的男孩，还是像公主一样温文尔雅的漂亮女孩？不管怎样，我们都是黄皮肤、黑头发的中国人。远方的远方的朋友：

你好！

虽然我们相隔很远，但我们一起生活在祖国这个大家庭中，一起感受着祖国妈妈的温暖。一想到这里，我就忍不住想要给你写封信。虽然我们没有见过面，但我愿意将一颗真诚的渴望友谊的心献给你——远方的朋友。

让我们正式认识一下吧。我叫韩韩，今年13岁，是个阳光开朗的男孩。黝黑发亮的皮肤衬得我的牙齿格外的洁白，像蓝天上飘浮的朵朵白云，像碧草上矗立的座座蒙古包，浓密的睫毛彰显了回族男孩的体征。你呢？是像我一样不知忧愁的男孩，还是像公主一样温文尔雅的漂亮女孩？不管怎样，朋友，让我们通过书信共同架起一座友谊之桥吧。

你知道吗？随着改革开放的不断深入，祖国发生了巨大的变化，我的家乡也变得更加美丽富饶啦！一幢幢高楼拔地而起，水泥路纵横交错、四通八达，处处呈现出欣欣向荣的景象。如果你有机会来我的家乡——呼伦贝尔做客，我会带你去看看草原“明珠”——海拉尔，看不一样的草原，赶无尽的牛羊，赏璀璨的星空，品留香的美食，你说好吗？

此外，我们的学校也美丽极了！它是我们这个地区最棒的学校，曾经培养了数不尽的优秀人才。校园里那一棵棵大树就像一个个卫士

我们都是黄皮肤、黑头发的中
国人。远方的朋友，让我们通
过书信共同架起一座友谊之桥
吧。

　　你知道吗？随着改革开放
的不断深入，祖国发生了巨大
的变化，我的家乡也变得更加
美丽富饶啦！一幢幢高楼拔地
而起，水泥路纵横交错、四通
八达，处处呈现出欣欣向荣的
景象。如果你有机会来我的家
乡一呼伦贝尔做客，我会带你
去看看草原“明珠”一海拉尔，
看不一样的草原，赶无尽的牛
羊，赏璀璨的星空，品留香的
美食，你说好吗？

　　此外，我们的学校也美丽
极了！它是我们这个地区最棒
的学校，曾经培养了数不尽的
优秀人才。校园里那一棵棵大

一样守护着我们。我们还会定期去照顾那些自己亲手种下的花草。我非常期待未来能像它们一样绚丽绽放。

你的成绩怎么样？平时的学习累不累？希望我们能多多通信，这样不仅可以增加我们的认知，还可以促进我们的友谊。

最后，希望通过这封信，我们能够成为无话不说的好朋友。愿我们的友谊之树常青。

祝

学习顺利，身体健康！

你未来的朋友：韩韩

2024 年 9 月 15 日

树就像一个个卫士一样守护着我们。我们还会定期去照顾那些亲手种下的花草。我非常期待未来能像它们一样绚丽绽放。

你的成绩怎么样？平时的学习累不累？希望我们能多多通信，这样不仅可以增加我们的认知，还可以促进我们的友谊。

最后，希望通过这封信，我们能够成为无话不说的好朋友。愿我们的友谊之树常青。

祝

学习顺利，身体健康！

你未来的朋友：韩韩

2024年9月15日

愿我们的友谊如草原上的格桑花

赵梓焱（内蒙古自治区呼伦贝尔市海拉尔区铁路第三中学）
指导教师：毕俊红

亲爱的曹博蕴同学：

你好！

在这温暖的阳光下，我提起笔，心中充满了激动之情。希望这封信能够跨越千山万水，将这份来自远方的问候送达你的手中。我是来自内蒙古自治区呼伦贝尔市海拉尔区铁路第三中学的一名学生。虽未曾谋面，但相信通过这封信，我们能在心灵上搭建起一座友谊的桥梁。

我叫赵梓焱，是一个热爱自然、崇尚自由的少年。呼伦贝尔，这片广袤无垠的大草原，不仅赋予了我强健的体魄，更滋养了我宽广的胸怀和对生活的无限热爱。在这里，蓝天白云下，牛羊成群，草原与天边相接，每一处都是大自然精心绘制的画卷。

提到呼伦贝尔，不得不提的就是我们的两处著名的景点：一处是莫尔道嘎国家森林公园，那里松涛阵阵，仿佛能洗净人心灵的尘埃；另一处是额尔古纳湿地，那里是大自然的杰作，一望无际的绿意中河流蜿蜒，生机勃勃。

我对北京也有着深厚的情感与无尽的向往。小学时我曾跟随爸爸妈妈去往北京游玩，站在天安门广场上，感受那份庄严与自豪；漫步在胡同里，体验老北京的风情。北京这座历史悠久的城市，不仅是中国的政治、文化中心，更是无数人心中的圣地。长城的雄伟壮丽、故宫的深厚底蕴、颐和园的精巧布局，还有“鸟巢”（国家体育场）、“水立方”（国家游泳中心）等 2008

亲爱的曹博蕴同学：

你好！

在这温暖的阳光下，我提起笔，心中充满了激动之情。希望这封信能够跨越千山万水，将这份来自远方的问候送达你的手中。我是来自内蒙古自治区呼伦贝尔市海拉尔区铁路第三中学的一名学生。虽未曾谋面，但相信通过这封信，我们能在心灵上搭建起一座友谊的桥梁。

我叫赵梓烁，是一个热爱自然、崇尚自由的少年。呼伦贝尔，这片广袤无垠的大草原，不仅赋予了我强健的体魄，更滋养了我宽广的胸怀和对生活的无限热爱。在这里，蓝天白云下，牛羊成群，草原与天边相接，每一处都是大自然精心绘制的画卷。

提到呼伦贝尔，不得不提的就是我们的两处著名的景点：一处是莫尔道嘎国家森林公园，那里松涛阵阵，仿佛能洗净人心灵的尘埃；另一处是额尔古纳湿地，那里是大自然的杰作，一望无际的绿意、河流蜿蜒，生机勃勃。

我对北京也有着深厚的情感与无尽的向往。小学时我曾跟随爸爸妈妈去往北京游玩，站在天安门广场上，感受那份庄严与自豪；漫步在胡同里，体验老北京的风情。北京这座历史悠久的城市，不仅是中国的政治、文化中心，更是无数人心中的圣地。长城的雄伟壮丽、故宫的深厚底蕴、颐和园的精巧布局，还有“鸟巢”（国家体育场）、“水立方”（国家游泳中心）等2008年北京奥运会留下的现代建筑奇迹，都

年北京奥运会留下的现代建筑奇迹，都让我对这座城市充满了无限敬意。

我无比期待与你这位北京的同学相见，相信我们一定能够分享彼此的故事，探讨学习的乐趣，共同规划我们的梦想。

期待你的回信，愿我们的友谊如草原上的格桑花，绚烂而长久。

赠予你我最真挚的祝福！

赵梓焱

2024 年 9 月 12 日

让我对这座城市充满了无限敬意。

我无比期待与你这位北京的同学相见，相信我们一定能够分享彼此的故事，探讨学习的乐趣，共同规划我们的梦想。

期待你的回信，愿我们的友谊如草原上的格桑花，绚烂而长久。

赠予你我最真挚的祝福！

赵梓数

2024年9月12日

以最饱满的热情欢迎你们

于曦垚（内蒙古自治区呼伦贝尔市中心城新区新海中学）
指导教师：徐玉杰

亲爱的北京伙伴们：

你们好！

首先，请允许我简单地自我介绍一下。我叫于曦垚，是来自内蒙古自治区呼伦贝尔市中心城新区新海中学的一名初中生，很高兴有机会通过这封信与你们交流。

我热爱大自然，喜欢探索未知的世界。在我的家乡呼伦贝尔，有着广袤的草原、壮丽的山川和丰富的民族文化。我相信，这次研学活动将会给你们带来难忘的体验和深刻的感受。

虽然未能踏足北京的名胜古迹，但通过书籍和网络，我对北京的文化底蕴有一定了解。

在信中，我想向你们介绍一些我所了解的北京名胜古迹。比如，雄伟的长城、庄严的故宫、古老的天坛等。这些地方不仅是中国历史的见证，更是中华民族智慧的结晶。每当我想象自己站在这些古迹前，感受着历史的沧桑与文化的厚重，我的心中便充满了敬畏与向往。我相信，未来一定有机会去亲身体验北京的风土人情，感受北京的独特魅力。在那里，我可以目睹那些历史悠久的建筑，感受中华文化的博大精深。

如果你们有机会来到呼伦贝尔，我将以最饱满的热情欢迎你们。我相信，通过我们的交流和互动，我们能够更好地了解彼此的文化和生活方式，增进我们的友谊。

祝

天天开心，学习进步！

于曦垚

2024 年 9 月 1 日

亲爱的北京伙伴们：

你们好！

首先，请允许我简单地自我介绍一下。我叫于曦垚，是来自内蒙古自治区呼伦贝尔市中心城新区新海中学的一名初中生，很高兴有机会通过这封信与你们交流。

我热爱大自然，喜欢探索未知的世界。在我的家乡呼伦贝尔，有着广袤的草原、壮丽的山川和丰富的民族文化。我相信，这次研学活动将会给你们带来难忘的体验和深刻的感受。

虽然未能踏足北京的名胜古迹，但通过书籍和网络，我对北京的文化底蕴有一定了解。

在信中，我想向你们介绍一些我所了解的北京名胜古迹。比如，雄伟的长城、庄严的故宫、古老的天坛等。这些地方不仅是中国历史的见证，更是中华民族智慧的结晶。每当我想象自己站在这些古迹前，感受着历史的沧桑与文化的厚重，我的心中便充满了敬畏与向往。我相信，未来一定有机会去亲身体验北京的风土人情，感受北京的独特魅力。在那里，我可以目睹那些历史悠久的建筑，感受中华文化的博大精深。

如果你们有机会来到呼伦贝尔，我将以最饱满的热情欢迎你们。我相信，通过我们的交流和互动，我们能够更好地了解彼此的文化和生活方式，增进我们的友谊。

祝

天天开心，学习进步！

于曦垚

2024年9月1日

想听你讲讲最近的生活

牛梓萱（内蒙古自治区呼伦贝尔市海拉尔区第七中学）
指导教师：瓦然

亲爱的王梓涵：

你好！

我们见字如面。自从你跨越千山万水来到我们美丽的海拉尔，那些共同度过的美好时光便深深地烙印在了我的心中。转眼间，你就踏上了归途，我心中满是不舍与怀念。希望这封信能让我们的友情像呼伦贝尔的大草原一般连绵不断。

记得初见时，你对这里的一切都充满了好奇，从纯净无瑕的蓝天白云到辽阔无垠的青青草原，从热情的歌舞到璀璨的星空，一切都让你兴奋不已。我们一起观看马儿在马场上驰骋，感受草原的辽阔与自由；在草原上品尝美味的手把肉，体验不一样的风土人情。那些欢笑与感动交织的日子，成了我心中最珍贵的回忆。

你离开后，我常常回想起我们漫步在辽阔草原上的那段美好时光，身边似乎还回响着你的笑声。我开始更加珍惜我们的那些照片和视频。它们记录了我们纯真的笑容和共同回忆。我知道，虽然距离让我们暂时分开，但真正的友情是无畏时间和空间限制的。

写信给你，一是想告诉你，我在这边一切都好，唯有思念如草原上的风一般，时常吹过心田；二是想听你讲讲你最近的生活，是否还像在海拉尔那样充满新奇与惊喜？期待你的回信，分享你的快乐与收获。

愿我们的友谊如草原上永不干涸的额尔古纳河一般源远流长。愿你的每一天都充满阳光和欢乐。

亲爱的王梓涵：

你好！

我们见字如面。自从你跨越千山万水来到我们美丽的海拉尔，那些共同度过的美好时光便深深的烙印在了我的心中。转眼间，你就踏上了归途，我心中满是不舍与怀念。希望这封信能让我们的友情像呼伦贝尔的大草原一般连绵不断。

记得初见时，你对这里的一切都充满了好奇，从纯净无瑕的蓝天白云到辽阔无垠的青青草原，从热情的歌舞到璀璨的星空，一切都让你兴奋不已。我们一起观看马儿在马场上驰骋，感受草原的辽阔与自由，在草原上品尝美味的手把肉，体验不一样的风土人情。那些欢笑与感动交织的日子，成了我心中最珍贵的回忆。

你离开后，我常常回想起我们漫步在辽阔草原上的那段美好时光，身边似乎还回响着你的笑声。我开始更加珍惜我们的那些照片和视频。它们记录了我们纯真的笑容和共同回忆。我知道，虽然距离让我们暂时分开，但真正的友谊是无畏时间和空间限制的。

写信给你，一是想告诉你，我在这边一切都好，唯有思念如草原上的风一般，时常吹过心田；二是想听你讲讲你最近的生活，是否还像在海拉尔那样充满新奇与惊奇？期待你的回信，分享你的快乐与收获。

愿我们的友谊如草原上永不干涸的额尔古纳河一般源远流长。愿你的每一天都充满阳光和欢乐。

期待不久的将来，我们能再次相聚，共续未尽的篇章。

祝

学习进步，步步高升！

牛梓萱

2024 年 9 月 30 日

期待不久的将来，我们能再次相聚，共续未尽的篇章。

祝

学习进步，步步高升！

牛梓萱

2024年9月30日

我迫切期待再次与你相见

尹奕然（内蒙古自治区呼伦贝尔市海拉尔区第七中学）
指导教师：王丽

亲爱的田崑煜同学：

你好呀！

我是远在内蒙古的尹奕然。时光荏苒，仿佛初次相识是在昨天一样。不知你最近学习怎么样？一切是否顺利？

今天翻看手机相册，看到了我们一起拍的照片，回忆满满。那些美好的场景已经深深地印在了我的心中。虽然相处的日子很短暂，但对我来说受益颇丰。我对你的第一印象是你的声音很好听，不仅清脆响亮，而且温柔细腻。相处几天之后，发现你还是个聪慧伶俐、爽朗大方的女孩子。你做事有自己的见解，热情奔放，最主要的是多才多艺、才华横溢。读万卷书不如行万里路。五天时间里，我们朝夕相处，和文化相知，和历史相遇，在实践中开阔了视野，强健了体魄，升华了爱国主义情操，汲取了知识的力量。“京蒙一家亲”五个大字，至今仍历历在目。

当然对我个人来说，此次研学我最大的收获就是结识了你这样优秀的好朋友。虽然我们之前从未谋面，但颇有些相见恨晚之意，很感谢我们各自的学校，给我们提供了这样好的实践机会。

我迫切期待可以再次与你相见，下次一定听你讲一些你们学习生活的趣事。还有最近天气变化比较快，早晚温差大，记得多加衣物哦！

相遇是缘，感恩遇见。纸短情长，就此搁笔。

祝

学习进步，以梦为马，不负青春，不负自己！

你的朋友：尹奕然

2024 年 10 月 2 日

亲爱的田雀煜同学：

你好呀！

我是远在内蒙古的尹奕然，时光荏苒，仿佛初次相识是在昨天一样。不知你最近学习怎么样？一切是否顺利？

今天翻看手机相册，看到了我们一起拍的照片，回忆满满，那些美好的场景已经深深地印在了我的心中，虽然相处的日子很短暂，但对我来说受益匪浅。我对你的第一印象是你的声音很好听，不仅清脆响亮，而且温柔细腻。相处几天之后，发现你还是个聪慧伶俐、爽朗大方的女孩子。你做事有自己的见解，热情奔放，最主要的是多才多艺、才华横溢。读万卷书不如行万里路。五天时间里，我们朝夕相处，和文化相知，和历史相遇，在实践中开阔了视野，强健了体魄，升华了爱国主义情操，汲取了知识的力量。"京蒙一家亲"五个大字，至今仍历历在目。

当然对于我个人来说，此次研学我最大的收获就是结识了你这样优秀的好朋友。虽然我们之前从未谋面，但颇有些相见恨晚之意，很感谢我们各自的学校，给我们提供了这样好的实践机会。

我迫切期待可以再次与你相见，下次一定听你讲一些你们学习生活的趣事。还有最近天气变化比较快，早晚温差大，记得多加衣物哦！

相遇是缘，感恩遇见。纸短情长，就此搁笔。

祝

学习进步，以梦为马，不负青春，不负自己！

你的朋友：尹奕然

2024年10月2日

我也很想了解你

王雨泽（内蒙古自治区呼伦贝尔市海拉尔区学府路中学）
指导教师：于丹

李尚诚同学：

你好！

我是来自美丽的呼伦贝尔大草原的王雨泽。我的爱好很广泛，如听歌、写作等。虽然我们还未曾谋面，但是我相信只要诚心交朋友，我们就一定会跨过高山，越过原野，搭建起友谊的桥梁。

虽然没去过北京，但是我对北京有些许了解。作为中国的首都，北京在2008年迎来了一场奥运会。那时世界各国的人齐聚北京，你们身处那个繁华的大都市中，一定比我们更加心潮澎湃吧。北京还有很多著名的名胜古迹。故宫，红墙黄瓦，金碧辉煌；颐和园，雕梁画栋，举世闻名。在那个热闹的城市中，相信你们一定很快乐。

与繁华的北京不同，我的家乡山清水秀，有“世界四大草原”之一——呼伦贝尔大草原，有亚洲第一湿地——额尔古纳湿地。呼伦湖和贝尔湖像两颗明珠一样镶嵌在草原之上，让呼伦贝尔的生态环境更加优美。

虽然你在相隔千里的北京，虽然我们不曾见面，但我们有共同的目标，一起向全国顶级学府——北京大学、清华大学出发。我们的心是连在一起的，李尚诚同学：

你好！

我是来自美丽的呼伦贝尔大草原的王雨泽，我的爱好很广泛，如听歌、写作等。虽然我们还未曾谋面，但是我相信只要诚心交朋友，我们就一定会跨过高山，越过原野，搭建起友谊的桥梁。

虽然没去过北京，但是我对北京有些许了解。作为中国的首都，北京在2008年迎来了一场奥运会。那时世界各国的人齐聚北京，你们身处那个繁华的大都市中，一定比我们更加心潮澎湃吧。北京还有许多著名的名胜古迹。故宫，红墙黄瓦，金碧辉煌；颐和园，雕梁画栋，举世闻名。在那个热闹的城市中，相信你们一定很快乐。

与繁华的北京不同，我的家乡山清水秀，有"世界四大草原"之一——呼伦贝尔大草原，有亚洲第一湿地——额尔古纳湿地。呼伦湖和贝尔湖像两颗明珠一样镶嵌在草原之上，让呼伦贝尔的生态环境更加优美。

虽然你在相隔千里的北京，虽然我们不曾见面，但我们有共同的目标，一起向全国顶级我们的友谊是永存的。

　　我也很想了解你，希望你早日回信。

　　祝

好好学习，天天向上！

王雨泽

2024 年 9 月 12 日

学府——北京大学、清华大学出发。我们的心是连在一起的，我们的友谊是永存的。

我也很想了解你，希望你早日回信。

祝

好好学习，天天向上！

王雨泽

2024年9月12日

我们的友谊在这时悄悄开始了

裴雪雅（内蒙古自治区呼伦贝尔市中心城新区新海中学）
指导教师：刘馨

亲爱的周文婕：

你好！

见字如面，展信舒颜。自从上次分别后，时间已经过去了两个多月。你现在在北京过得怎么样？北京的秋意已经很浓厚了吧？在这片内蒙古高原上，天气也开始转凉。夜晚的风里带着一丝丝寒意，提醒着我们冬季的脚步正在临近。那有点点繁星作伴的篝火晚会，在广阔的草原上自由地奔跑，在满洲里套娃广场上漫步……每当回想起这些，我们在一起的时光似乎又浮现在眼前。好怀念呀！

我们的相识，可能是上天注定，又或许是缘分使然。在第一天夜晚的篝火晚会中，我们非常有缘地牵起了彼此的手。我们手挽着手，围绕着篝火转了一圈又一圈。我们的友谊也就在这时悄悄开始了。

在我的印象里，北京是全国的政治、文化中心，那里不仅有着世界上最大的古代木结构建筑群——故宫、世界上最大的城市广场——天安门广场和气势恢宏的长城，还有深厚的文化底蕴。走进南锣鼓巷，古老的四合院与现代的工作室并存，传统与时尚在这里交融；登上钟鼓楼，钟声悠悠，似乎能听到历史的回响。对我来说，北京是一本永远都读不完的书。每一次翻开它，都会有新的发现。它既有深厚的历史积淀，又有蓬勃发展的活力；它既能让人感受到过去的辉煌，又能让人看到未来的希望。我期待着有一天能够体验这令人心驰神往的一切呢！

期待与你早点见面。听闻我们有共同的爱好——打羽毛球，希望下次见面可以一起切磋。每当我看见我们的合照，脑海里都会浮现出那些快乐的时光。

亲爱的周文婕：

你好！

见字如面，展信舒颜。自从上次分别后，时间已经过去了两个多月。你现在在北京过得怎么样？北京的秋意已经很浓厚了吧？在这片内蒙古高原上，天气也开始转凉。夜晚的风里带着一丝丝寒意，提醒着我们冬季的脚步正在临近。那有点点繁星作伴的篝火晚会，在广阔的草原上自由地奔跑，在满洲里套娃广场上漫步……每当回想起这些，我们在一起的时光似乎又浮现在眼前。好怀念呀！

我们的相识，可能是上天注定，又或许是缘分使然。在第一天夜晚的篝火晚会中，我们非常有缘地牵起了彼此的手。我们手挽着手，围绕着篝火转了一圈又一圈。我们的友谊也就在这时悄悄开始了。

在我的印象里，北京是全国的政治、文化中心，那里不仅有着世界上最大的古代木结构建筑群——故宫、世界上最大的城市广场——天安门广场和气势恢宏的长城，还有深厚的文化底蕴。走进南锣鼓巷，古老的四合院与现代的工作室并存，传统与时尚在这里交融；登上钟鼓楼，钟声悠悠，似乎能听到历史的回响。对我来说，北京是一本永远都读不完的书。每一次翻开它，都会有新的发现。它既有深厚的历史积淀，又有蓬勃发展的活力；它既能让人感受到过去的辉煌，又能让人看到未来的希望。我期待着有一天能够体验这令人心驰神往的一切呢！

期待与你早点见面。听闻我们有共同的爱好——打羽毛球，希望下次见面可以一起切磋。每当我看见我们的合照，脑海里都会浮现出这必然是我一生所难忘的。还有，你在学校里有没有看到过杜抒宜？她怎么样了？在朋友圈中能看到她挺忙碌的。我们9月30日就要举办艺术节啦！你们举办了吗？期待你的回信，更期盼着我们的重逢。提前祝你国庆快乐呀！

祝

学习顺利，平安喜乐，友谊长存！

你的好友：裴雪雅

2024年9月29日

那些快乐的时光。这必然是我一生所难忘的。还有，你在学校里有没有看到过杜抒宜？她怎么样了？在朋友圈中能看到她挺忙碌的。我们9月30日就要举办艺术节啦！你们举办了吗？期待你的回信，更期盼着我们的重逢。提前祝你国庆快乐呀！

祝

学习顺利，平安喜乐，友谊长存！

你的好友：裴雪雅

2024年9月29日

想请你吃庞各庄西瓜

李恩泽（北京市第八中学大兴分校）
指导教师：王兰兰

远在千里之外的刘雨泽同学：

你好！

我是北京市第八中学大兴分校的学生，我叫李恩泽，今年已经 13 岁了。想必你和我同岁吧。与拥有运动天赋的你不同，我更侧重文科。告诉你一个小秘密吧！我并不是土生土长的北京人。我的老家在辽宁铁岭，与你的家乡真的很近，只有一山之隔，没准咱们的祖先就曾经生活在一起呢！

不知你喜欢内蒙古哪个景点。我曾随学校一起参与了“京蒙同心，见字如面”的研学活动。当我第一眼看到现实中的呼伦贝尔大草原和曾被老舍先生称为“天下第一曲水”的莫日格勒河时，就被深深地震撼了：绿色的草地与远处的山脉无缝连接，隐约地露出了一丝不真实之感；草随风动，仿佛一道道绿色的波浪；远处漫步的三河牛群，好像大自然在蓝天下勾勒的点点笔触，尽显生机与悠然……这不禁令我联想到：你和你的家人是否也生活在这片鬼斧神工般的美景之中？那是多么幸福的一件事啊！

远在千里之外的刘雨泽同学：

你好！

我是北京市第八中学大兴分校的学生，我叫李恩泽，今年已经13岁了。想必你和我同岁吧。与拥有运动天赋的你不同，我更侧重文科。告诉你一个小秘密吧！我并不是土生土长的北京人。我的老家在辽宁铁岭，与你的家乡真的很近，只有一山之隔，没准咱们的祖先就曾经生活在一起呢！

不知你喜欢内蒙古哪个景点．我曾随学校一起参与了“京蒙同心，见字如面”的研学活动。当我第一眼见到现实中的呼伦贝尔大草原和曾被老舍先生称为“天下第一曲水”的莫日格勒河时，就被深深地震撼了：绿色的草地与远处的山脉无缝连接，隐约地露出了一丝不真实之感；草随风动，仿佛一道道绿色的波浪；远处漫步的三河牛群，好像大自然在蓝天下勾勒的点点笔触，尽现生机与悠然……这不禁令我联想到：你和你的家人是否也生活在这片鬼斧神工般的美景之中？那是多么幸福的一件事啊！

我想，当你来到北京，也一定会惊叹于眼前的景象：漫步于望京SOHO和北京CBD，一栋栋高楼就像额尔古纳的白桦树般密集地矗立着，直冲云霄；参观中央电视台总部大楼时，你肯定会感叹建筑设计师的奇思妙想；登上中央电视塔，看到地平线消失在视线尽头，脚下的高楼大厦就如你爱拼的乐高一样星罗棋布，你一定会发出由衷的赞叹……

想必读到这里，你已经对北京充满幻想了吧。我家就在北京大兴，欢迎你随时造访。等你到了大兴，我请你吃庞各庄西瓜。

我想不论何时何地，我们都有一个共同目标——为祖国繁荣昌盛而努力学习。用老舍的一句话来共勉："蒙汉情深何忍别，天涯碧草话斜阳。"

祝

身体健康，学习进步！

你的朋友：李恩泽

2024年9月15日

我想，当你来到北京，也一定会惊叹于眼前的景象：漫步于望京SOHO和北京CBD，一栋栋高楼就像额尔古纳的白桦树般密集地矗立着，直冲云霄；参观中央电视台总部大楼时，你肯定会感叹建筑设计师的奇思妙想；登上中央电视塔，看到地平线消失在视线尽头，脚下的高楼大厦就如你爱拼的乐高一样星罗棋布，你一定会发出由衷的赞叹……

想必读到这里，你已经对北京充满幻想了吧。我家就在北京大兴，欢迎你随时造访。等你到了大兴，我请你吃庞各庄西瓜。

我想不论何时何地，我们都有一个共同目标——为祖国繁荣昌盛而努力学习。用老舍的一句诗来共勉：“蒙汉情深何忍别，天涯碧草话斜阳。”

祝

身体健康，学习进步！

你的朋友：李恩泽

2024年9月15日

愿这份友谊如莫日格勒河一样源远流长

李汀芷（北京教育学院附属丰台实验学校）
指导教师：覃巧丽

亲爱的纪冉同学：

你好！

我是来自北京教育学院附属丰台实验学校的初三学生李汀芷，很荣幸能够有机会与你互通书信。我很期待了解你的生活和你眼中的呼伦贝尔。

我先来谈一谈我的事情吧。我喜欢广结益友。与朋友交流时，我喜欢以他们独特的视角，体会每个人眼中不同的世界。这种体验很奇妙，既能带给我很多快乐，又能让我懂得一些人生的道理。我还热衷旅游。未来，我一定要游访世界各地，探索未知的世界，而呼伦贝尔就是一个很好的开始。

关于呼伦贝尔，我对它的了解仅来自故事、课文和短视频等。我从未亲眼见过它的壮美。在我的想象中，那里蓝天白云，绿草如茵；广阔无垠的大草原连绵起伏、翠色欲滴；成群结队的牛羊漫游在草地上，马儿们在草原上自由地奔跑……这是多么如诗如画的景色啊！对了，我突然想起曾经学过的一篇课文《草原》。老舍先生访问的地方不就是呼伦贝尔大草原吗？文中描写的那条“迂回的明如玻璃的带子”就是蜿蜒在呼伦贝尔大草原上的莫日格勒河。今天再回想起那篇课文，我闭上眼睛，仿佛已置身其中。远处星星点点的蒙古包，就像一颗颗散落在绿地上的珍珠，还有那条“镶嵌”在一望无际的草原上的莫日格勒河，犹如一条舞动的绸带，缓缓飘向远方……这一切都在向人们诉说着草原上动人的故事。这里不只有美景，还有热情好客的内蒙古人民，他们总是以各种方式盛情款待远道而来的客人。肉啊，酒啊，歌啊，舞啊……无不体现着他们与八方来客团结友好的深情厚谊。我相信，这份友谊会如莫日格勒河一样源远流长！

呼伦贝尔想必处处都有动人的故事，希望日后能听你娓娓道来，让我一步步“走近”它。

期待你的回信！

李汀芷

2024 年 9 月 12 日

亲爱的纪冉同学：

你好！

我是来自北京教育学院附属丰台实验学校的初三学生李汀芷，很荣幸能够有机会与你互通书信。我很期待了解你的生活和你眼中的呼伦贝尔。

我先来谈一谈我的事情吧。我喜欢广结益友。与朋友交流时，我喜欢以他们独特的视角，体会每个人眼中不同的世界。这种体验很奇妙，既能带给我很多快乐，又能让我懂得一些人生的道理。我还热衷旅游。未来，我一定要游访世界各地，探索未知的世界，而呼伦贝尔就是一个很好的开始。

关于呼伦贝尔，我对它的了解仅来自故事、课文和短视频等。我从未亲眼见过它的壮美。在我的想象中，那里蓝天白云，绿草如茵；广阔无垠的大草原连绵起伏、翠色欲滴；成群结队的牛羊漫游在草地上，马儿们在草原上自由地奔跑……这是多么如诗如画的景色啊！对了，我突然想起曾经学过的一篇课文《草原》。老舍先生访问的地方不就是呼伦贝尔大草原吗？文中描写的那条“迂回的明如玻璃的带子”就是蜿蜒在呼伦贝尔大草原上的莫日格勒河。今天再回想起那篇课文，我闭上眼睛，仿佛已置身其中。远处星星点点的蒙古包，就像一颗颗散落在绿地上的珍珠，还有那条“镶嵌”在一望无际的草原上的莫日格勒河，犹如一条舞动的绸带，缓缓飘向远方……这一切都在向人们诉说着草原上动人的故事。这里不只有美景，还有热情好客的内蒙古人民，他们总是以各种方式盛情款待远道而来的客人。肉啊，酒啊，歌啊，舞啊……无不体现着他们与八方来客团结友好的深情厚谊。我相信，这份友谊会如莫日格勒河一样源远流长！

呼伦贝尔想必处处都有动人的故事，希望日后能听你娓娓道来，让我一步步“走近”它。

期待你的回信！

李汀芷

2024年9月12日

那里的一切都让我难以忘怀

彭靖程（北京市怀柔区第三中学）
指导教师：柏栩松

亲爱的朋友车大国：

你好！

我叫彭靖程，是北京市怀柔区第三中学的初二学生。

当我提起笔给你写下这封信时，心中满是对那片广袤草原和壮丽风光的向往。当我想象着你生活在那片蓝天白云下，与骏马、羊群为伴，就无比羡慕。

我爱读书，但也坚信读万卷书不如行万里路。我曾有幸去过内蒙古，那里的一切都让我难以忘怀。郁郁葱葱的白桦林，温顺灵动的驯鹿，淳朴热情的人们，都深深地印刻在我的心中。

茂密的白桦林，整齐生长的白桦树，以其独特的宁静和优雅，成为大自然的一道亮丽的风景线。我仰起头，望见雪白的枝干直冲云霄。这让我眼前闪现出天安门城楼前冉冉升起的五星红旗，它仿佛就飘荡在白桦林的上空。身处郁郁葱葱的白桦林之中，我对大自然的敬畏之心油然而生。

亲爱的朋友本大国：

你好！

我叫彭靖程，是北京市怀柔区第三中学的初二学生。

当我提起笔给你写下这封信时，心中满是对那片广袤草原和壮丽风光的向往。当我想象着你生活在那片蓝天白云下，与骏马、羊群为伴，就无比羡慕。

我爱读书，但也坚信读万卷书不如行万里路。我曾有幸去过内蒙古，那里的一切都让我难以忘怀。郁郁葱葱的白桦林，温顺灵动的驯鹿，淳朴热情的人们，都深深地印刻在我的心中。

茂密的白桦林，整齐生长的白桦树，以其独特的宁静和优雅，成为大自然的一道亮丽的风景线。我仰起头，望见雪白的枝干直冲云霄。这让我眼前闪现出天安门城楼前冉冉升起的五星红旗，它仿佛就飘荡在白桦林的上空。身处郁郁葱葱的白桦林之中，我对大自然的敬畏之心油然而生。

在林间小路上，几只驯鹿正在悠然自得地散步，时而低头吃草，时而摇晃它们那对美丽的犄角，我想伸手去抚摸它们，可又怕惊扰到它们。正当我犹豫之际，一只驯鹿好像看透了我的心思，抬着头走近我，它的眼神清澈如水，好像在说：“嘿！来吧，交个朋友。”看着它那清澈纯真的眼神，我的心都要被萌化了。我伸出手，轻轻地摸着它的头。它也靠得更近了一些，好像知道人类是它们的好朋友。这不正是一幅人与自然和谐相处的画卷吗？我们要爱护自然以及自然中的一切。

晚间，篝火燃起，热情的内蒙古人已经烤上了两只肥美的小羊。一位大叔为我递上热乎的奶茶，一个小伙子为我递上一盘美味的烤羊肉。此时，悠扬豪放的歌声响起。当地的年轻人开始跳起舞来，其中几个人来到我们面前，邀请我们一起跳舞。见此情景，各地的旅客们纷纷站起身，手拉着手围成一个圈，跟着当地人一起又唱又跳。这让我体会到了内蒙古人民的淳朴与热情，也让我感受到了民族团结的美好。

在林间小路上，几只驯鹿正在悠然自得地散步，时而低头吃草，时而摇晃它们那对美丽的犄角，我想伸手去抚摸它们，可又怕惊扰到它们。正当我犹豫之际，一只驯鹿好像看透了我的心思，抬着头走近我，它的眼神清澈如水，好像在说：“嘿！来吧，交个朋友。”看着它那清澈纯真的眼神，我的心都要被萌化了。我伸出手，轻轻地摸着它的头。它也靠得更近了一些，好像知道人类是它们的好朋友。这不正是一幅人与自然和谐相处的画卷吗？我们要爱护自然以及自然中的一切。

晚间，篝火燃起，热情的内蒙古人已经烤上了两只肥美的小羊。一位大叔为我递上热乎的奶茶，一位小伙子为我递上一盘美味的烤羊肉。此时，悠扬豪放的歌声响起。当地的年轻人开始跳起舞来，其中几个人来到我们面前，邀请我们一起跳舞。见此情景，各地的旅客们纷纷站起身，手拉着手围成一个圈，跟着当地人一起又唱又跳。这让我体会到了内蒙古人民的淳朴与热情，也让我感受到了民族团结的美好。

同时，我也真诚地欢迎你来到北京。北京有着悠久的历史和丰富的文化，故宫的红墙黄瓦、长城的雄伟壮观、颐和园的秀丽风光……都等待着你的到来。我相信，你一定会在这里度过一段难忘的时光。

亲爱的朋友，期待着有一天能与你在美丽的内蒙古大草原相聚，亲身感受那里的一切美好。当然，我也盼望着你能早日来到北京，让我带你领略这座城市的魅力。

祝

学习进步，金榜题名！

你的朋友：彭靖程

2024 年 9 月 9 日

同时，我也真诚地欢迎你来到北京。北京有着悠久的历史和丰富的文化，故宫的红墙黄瓦、长城的雄伟壮观、颐和园的秀丽风光……都等待着你的到来。我相信，你一定会在这里度过一段难忘的时光。

亲爱的朋友，期待着有一天能与你在美丽的内蒙古大草原相聚，亲身感受那里的一切美好。当然，我也盼望着你能早日来到北京，让我带你领略这座城市的魅力。

祝

学习进步，金榜题名！

你的朋友：彭靖程

2024年9月9日

见字如面

第二章

相信努力就能实现梦想

相信努力就能实现梦想

侯姝伊（内蒙古自治区呼伦贝尔市海拉尔区第七中学）
指导教师：李鑫

亲爱的李文萱同学：

你好！

秋天是岁月的沉淀，是时光的馈赠，是每一颗心都能感受到的温暖与丰盈。在这个硕果累累的季节与你相遇，真是妙不可言。我是来自呼伦贝尔市海拉尔区第七中学的侯姝伊。听说你喜欢跳舞，真巧，我也喜欢！遇见皆是缘，你觉得呢，小萱同学？希望以后我们可以见面，这样我们就可以一起去看演唱会啦！我喜欢踢足球、唱歌、跳舞。我很喜欢那些球技高超的足球明星，希望我以后也可以像他们一样厉害。梦想是人生的灯塔，它指引着我们穿越人生的风浪。我相信，只要努力，就一定可以实现梦想！

虽然我没有去过北京，但我对北京充满了向往。在我的印象中，北京有雄伟壮丽的世界奇迹——长城，有历代皇家园林的典范之作——颐和园，有充满文艺气息的老街——南锣鼓巷……期待我们能够在北京相遇，一起玩乐，共享美好时光。

我期待掀开北京神秘的面纱，尽情感受这座城市的繁华与悠久的历史。当然，我也十分欢迎你来到被誉为“北国碧玉”的大草原——呼伦贝尔大草原。我会请你吃手把肉、烤全羊等，带你去参加篝火晚会，去白桦林喂食驯鹿。

与君相遇，终有一别。愿你以深厚的内涵和无限的智慧，驾驭生活的风帆，驶向更加美好的未来！

侯姝伊

2024 年 9 月 12 日

亲爱的李文萱同学：

你好！

秋天是岁月的沉淀，是时光的馈赠，是每一颗心都能感受到的温暖与丰盈。在这个硕果累累的季节与你相遇，真是妙不可言。我是来自呼伦贝尔市海拉尔区第七中学的侯姝伊。听说你喜欢跳舞，真巧，我也喜欢！遇见皆是缘，你觉得呢，小萱同学？希望以后我们可以见面，这样我们就可以一起去看演唱会啦！我喜欢踢足球、唱歌、跳舞。我很喜欢那些球技高超的足球明星，希望我以后也可以像他们一样厉害。梦想是人生的灯塔，它指引着我们穿越人生的风浪。我相信，只要努力，就一定可以实现梦想！

虽然我没有去过北京，但我对北京充满了向往。在我的印象中，北京有雄伟壮丽的世界奇迹——长城，有历代皇家园林的典范之作——颐和园，有充满文艺气息的老街——南锣鼓巷……期待我们能够在北京相遇，一起玩乐，共享美好时光。

我期待揭开北京神秘的面纱，尽情感受这座城市的繁华与悠久的历史。当然，我也十分欢迎你来到被誉为"北国碧玉"的大草原——呼伦贝尔大草原。我会请你吃手把肉、烤全羊等，带你去参加篝火晚会，去白桦林喂食驯鹿。

与君相遇，终有一别。愿你以深厚的内涵和无限的智慧，驾驭生活的风帆，驶向更加美好的未来！

侯姝伊

2024年9月12日

渴望某天能到内蒙古去

陈思锦（北京一零一中）
指导教师：孙小会

亲爱的冯欣欣同学：

你好！

见字如面，展信舒颜。我是来自北京一零一中初二（6）班的陈思锦，很开心能以这种特殊的方式认识你。生活中的我热爱多元文化，中国风的音乐与欧美的旋律是我心灵的慰藉，而弹吉他和读小说则如同我平凡生活中的调味品，它们都为我的世界增添了不少色彩。我渴望成为一个心思细腻、勇敢追求理想的人。或许在他人眼中，我现在已经是一名不折不扣的“完美主义者”了。

我常常遐想草原的辽阔与壮美，是风吹草低见牛羊的宁静祥和，还是青草覆盖大地的生机盎然？策马奔腾在一望无际的草原上是一种什么样的感觉？虽未亲至，但我心驰神往。我渴望在马背上感受草原的广袤无垠，在品味烤全羊的晚风中体会当地的风土人情，在鲜花盛开的草原上体验那达慕大会的激情澎湃。呼伦贝尔，这个名字让我充满了无尽的向往。

亲爱的冯欣欣同学：

你好！

见字如面，展信舒颜。我是来自北京一零一中初二(6)班的陈思锦，很开心能以这种特殊的方式认识你。生活中的我热爱多元文化，中国风的音乐与欧美的旋律是我心灵的慰藉，而弹吉他和读小说则如同我平凡生活中的调味品，它们都为我的世界增添了不少色彩。我渴望成为一个心思细腻、勇敢追求理想的人。或许在他人眼中，我现在已经是一名不折不扣的"完美主义者"了。

我常常遐想草原的辽阔与壮美，是风吹草低见牛羊的宁静祥和，还是青草覆盖大地的生机盎然？策马奔腾在一望无际的草原上是一种什么样的感觉？虽未亲至，但我心驰神往。我渴望在马背上感受草原的广袤无垠，在品味烤全羊的晚风中体会当地的风土人情，在鲜花盛开的草原上体验那达慕大会的激情澎湃。呼伦贝尔，这个名字让我充满了无尽的向往。

老师曾给我们看过一部短片，里面记录了

老师曾给我们看过一部短片，里面记录了内蒙古人民淳朴的笑脸、翡翠般的呼伦湖，还有大兴安岭的紫杜鹃、枫叶、火山群和额尔古纳河……这一切都让我深感这片土地，大抵是大自然最慷慨的馈赠了吧。

内蒙古人热情、骁勇，还团结、友好。呼伦贝尔生活着很多不同民族的人，他们心连着心，共同创造丰富多彩的美好生活，也让那里拥有了多样的民族文化。这一切都让我心生敬意！

总而言之，我未曾谋面的笔友，期待某天你能到北京来，尝尝豆汁儿，逛逛胡同。北京与呼伦贝尔的美各有千秋。我也渴望某天能到内蒙古去，相信未来一切都会如愿的！

祝

学业进步！

陈思锦

2024 年 9 月 15 日

内蒙古人民淳朴的笑脸，翡翠般的呼伦湖，还有大兴安岭的紫杜鹃，枫叶、火山群和额尔古纳河……这一切都让我深感这片土地，大抵是大自然最慷慨的馈赠了吧。

内蒙古人热情、骁勇，还团结、友好。呼伦贝尔生活着很多不同民族的人，他们心连着心，共同创造丰富多彩的美好生活，也让那里拥有了多样的民族文化。这一切都让我心生敬意！

总而言之，我未曾谋面的笔友，期待某天你能到北京来，尝尝豆汁儿，逛逛胡同。北京与呼伦贝尔的美各有千秋。我也渴望某天能到内蒙古去，相信未来一切都会如愿的！

祝

学业进步！

陈思锦

2024年9月15日

距离我很远很远的你，过得怎么样

丁怡岚（北京一零一中）
指导教师：宋卓雅

亲爱的王若萱同学：

你好，见字如面。

第一次以写信的方式与陌生的你交流，有些激动，也很期待。给你写这封信的时候，北京刚下过一场大雨。距离我很远很远的你，过得怎么样？

我叫丁怡岚，生于2010年的秋天，和你一样正在读初中二年级。我非常喜欢读书，尤其是近现代文学类读物。我很喜欢鲁迅先生的作品，也很喜欢祖籍和我一样的女作家萧红的作品。每逢假期，我还喜欢待在琴房里练琴。对弹钢琴的情感，我不知怎么表达。开始练琴的那八年时间，让我对弹钢琴慢慢产生了浓厚的兴趣。上初中之后，我发现我越发喜欢弹钢琴、听歌了。后来对流行歌曲的喜爱，进一步加深了我对弹钢琴的情感，让我从一开始只是简简单单地“扒谱”慢慢升级到后来的“挚爱”。现在弹钢琴和流行音乐已经成了我内心“乌托邦”里不可缺少的一部分。

或许确实有缘，我去过内蒙古很多次，大都在夏天。我们一家人亲爱的王君萱同学：

你好，见字如面。

第一次以写信的方式与陌生的你交流，有些激动，也很期待。给你写这封信的时候，北京刚下过一场大雨。距离我很远很远的你，过得怎么样？

我叫丁怡岚，生于2010年的秋天，和你一样正在读初中二年级。我非常喜欢读书，尤其是近现代文学类读物。我很喜欢鲁迅先生的作品，也很喜欢祖籍和我一样的女作家萧红的作品。每逢假期，我还喜欢待在琴房里练琴。对弹钢琴的情感，我不知怎么表达。开始练琴的那八年时间，让我对弹钢琴慢慢产生了浓厚的兴趣。上初中之后，我发现我越发喜欢弹钢琴，听歌了。后来对流行歌曲的喜爱，进一步加深了我对弹钢琴的情感，让我从一开始只是简简单单地“扒谱”慢慢升级到后来的“挚爱”。现在弹钢琴和流行音乐已经成了我内心“乌托邦”里不可缺少的一部分。

或许确实有缘，我去过内蒙古很多次，大

把凉爽的草原当作炎热夏日里的“避风港”，每年都会花费很长的时间自驾前往，在旅途中感受辽阔天地间的自由和宁静。在草原之上、蓝天白云之下恣意奔跑的感觉，真是棒极了！不过我们一般都穿梭在郊区，对市里的情况并不了解。如果有机会，我一定到你的学校去看看。

至于我所生活的城市——北京，你也许并不陌生。建议你有时间一定要来北京的胡同里走走，相信你一定会留恋于它独特的韵味。

青春的时光里并不只有美好。如果我们真的能成为彼此远方的挚友，可以向对方述说成长道路上偶尔的遗憾，见证彼此的成长，那将是我极大的荣幸。我们可以远远观望对方青春的绽放，聊聊彼此最近的所思、所想、所悟……

祝你成为即使在暗夜里也闪耀着的星，永远朝着自己的梦想前进！

祝

学业进步！

丁怡岚

2024 年 9 月 15 日

都在夏天。我们一家人把凉爽的草原当作炎热夏日里的"避风港"，每年都会花费很长的时间自驾前往，在旅途中感受辽阔天地间的自由和宁静。在草原之上，蓝天白云之下恣意奔跑的感觉，真是棒极了！不过我们一般都穿梭在郊区，对市里的情况并不了解。如果有机会，我一定到你的学校去看看。

至于我所生活的城市——北京，你也许并不陌生。建议你有时间一定要来北京的胡同里走走，相信你一定会留恋于它独有的韵味。

青春的时光里并不只有美好。如果我们真的能成为彼此远方的挚友，可以向对方述说成长道路上偶尔的遗憾，见证彼此的成长，那将是我极大的荣幸。我们可以远远观望对方青春的绽放，聊聊彼此最近的所思，所想、所悟……

愿你成为即使在暗夜里也闪耀着的星，永远朝着自己的梦想前进！

祝

学业进步！

丁怡岚

2024年9月15日

想与你一同穿梭在白桦林中

王梓涵（北京市怀柔区第三中学）
指导教师：张华

远方的朋友臧睿欣：

你好！

见字如晤，展信舒颜。

此时此刻，我提起笔，想要将我的祝福与我对呼伦贝尔的认识告诉你。虽然我们相隔甚远，但我希望这封信能够跨越千里，尽早抵达你那里。

还是先来介绍一下我吧。我来自北京怀柔，是一名八年级的学生，与你有着相同的喜好——跳舞。如果有机会，我还想与你一同跳一支舞呢！

一提到呼伦贝尔，我的脑海中不禁浮现出神秘美丽的白桦林和一望无际的大草原。我小时候读过一首诗——《白桦》。在这首诗中，我仿佛看到了冬天里白桦树“毛茸茸的枝头”“雪绣的花边”的样子。我想，呼伦贝尔的白桦树或许也是如此吧！在风雪中傲然挺立，让人感觉如同画中树木一般，树上的雪花在太阳的照耀下熠熠生辉，真是美哉！闲暇时，如果能行走在这美丽的白桦林中，体会生命的顽强与远方的朋友娥睿欣：

你好！

见字如晤，展信舒颜。

此时此刻，我提起笔，想要将我的祝福与我对呼伦贝尔的认识告诉你。虽然我们相隔甚远，但我希望这封信能够跨越千里，尽早抵达你那里。

还是先来介绍一下我吧。我来自北京怀柔，是一名八年级的学生，与你有着相同的喜好——跳舞。如果有机会，我还想与你一同跳一支舞呢！

一提到呼伦贝尔，我的脑海中不禁浮现出神秘美丽的白桦林和一望无际的大草原。我小时候读过一首诗——《白桦》，在这首诗中，我仿佛看到了冬天里白桦树"毛茸茸的枝头""雪绣的花边"的样子。我想，呼伦贝尔的白桦树或许也是如此吧！在风雪中傲然挺立，让人感觉如同画中树木一般，树上的雪花在太阳的照耀下熠熠生辉，真是美哉！闲暇时，如果能行走在这美丽的白桦林中，体会生命的顽强与美好，那一定是一件很幸福的事吧。

继续这样想着，我又仿佛来到了呼伦贝尔大草原。在我的印象中，草原是广阔无垠的，是壮丽的，是能让人心生敬畏之情的。

当我漫步在这片草地上时，我的心情应该是格外放松的——耳边是轻柔的风声，不时夹杂着几声鸟鸣，脚下是绿油油的“毛毯”，眼前是一群骑着骏马的人，他们穿着各色的衣裳在无垠的草原上驰骋、欢呼着……

有些困倦时，我便躺在这绿油油的“毛毯”上，鼻间萦绕着青草与鲜花的芳香。睁开眼，湛蓝的天空仿佛近在咫尺。如果我能这样静静地感受时间的流逝，那该是多么自在而美好的事情啊。没有城市的喧嚣，没有汽车的鸣笛声，我可以心无旁骛地欣赏大自然的杰作。

仔细想来，这还真是一处充满诗意与生机的地方呢！它在无形中治愈着人们内心的疲惫。

如果有时间，我还真想领略一下这座如诗如画的城市，与你一同穿梭在白桦林中，或者身披晚霞，在这广阔的草原中翩翩起舞。

美好，那一定是一件很幸福的事吧。

继续这样想着，我又仿佛来到了呼伦贝尔大草原。在我的印象中，草原是广阔无垠的，是壮丽的，是能让人心生敬畏之情的。

当我漫步在这片草地上时，我的心情应该是格外放松的——耳边是轻柔的风声，不时夹杂着几声鸟鸣，脚下是绿油油的“毛毯”，眼前是一群骑着骏马的人，他们穿着各色的衣裳在无垠的草原上驰骋着、欢呼着……

有些困倦时，我便躺在这绿油油的“毛毯”上，鼻间萦绕着青草与鲜花的芳香。睁开眼，湛蓝的天空仿佛近在咫尺。如果我能这样静静地感受时间的流逝，那该是多么自在而美好的事情啊。没有城市的喧嚣，没有汽车的鸣笛声，我可以心无旁骛地欣赏大自然的杰作。

仔细想来，这还真是一处充满诗意与生机的地方呢！它在无形中治愈着人们内心的疲惫。

如果有时间，我还真想领略一下这座如诗如画的城市，与你一同穿梭在白桦林中，或者身披晚霞，在这广阔的草原中翩翩起舞。

当然，我也由衷地欢迎你来到中国的首都——北京，这座拥有着几千年历史的古都。

顺颂时祺，秋绥冬禧。

王梓涵

2024 年 9 月 10 日

当然，我也由衷地欢迎你来到中国的首都——北京，这座拥有着几千年历史的古都。

顺颂时祺，秋绥冬禧。

王梓涵

2024年9月10日

想和你在根河的草原上数星星

刘奕含（内蒙古自治区呼伦贝尔市海拉尔区第七中学）
指导教师：郭晓丹

黄坚与同学：

你好！

我叫刘奕含，今年 14 岁，我的“奕”是神采奕奕的奕，“含”是含苞待放的含。我还有一个小名叫甜甜，是因为我的姥姥希望我的生活甜蜜幸福。同时，我也是一个活泼开朗的小女孩。我现在就读于内蒙古自治区呼伦贝尔市海拉尔区第七中学，我的兴趣爱好是读书、写作、舞蹈、电子琴与古筝。

我也曾多次前往北京，但在北京那么多景点中，我最钟爱的还是天安门。我觉得去天安门一定不要错过的便是升旗仪式。还清晰地记得那天晚上，寒风凛冽，令人瑟瑟发抖，而且站了许久我的腿也有些发软。但因为我是小孩，不少叔叔阿姨给我让路。我站在天安门广场上想起这一路上的披荆斩棘与困难重重，想到这其中的辛酸也只有自己知道吧。当我准备趴在栏杆上休息时，看见了国旗护卫队，那整齐划一的步伐和动作，让我不禁对他们充满敬意。那种威严和庄重的气势瞬间让我精神抖擞，似乎这一路上的辛苦也都已消散。接着，广场上的人们都齐声唱起了国歌。初升的太阳和耀眼的五星红旗交相辉映，宛如一条苏醒的巨龙，让人对未来美好生活有无限憧憬。

北京是如此美好，但呼伦贝尔也别有一番风情。

我愿称扎兰屯的杜鹃谷是紫色的湖泊，每当五月来临杜鹃花便会开满整个杜鹃谷。每一朵花都娇艳欲滴，宛如风姿绰约的佳人。你还能闻到阵阵沁人心脾的淡雅的花香，或许来到这儿就能让你的身心得到全然的放松。但呼伦贝尔也有庄重、肃穆之处，那就是满洲里。在那里有四道国门，每一道国门的年代和背景都各不相同，但它们都象征着祖国的领土不可侵犯。那里是黄坚与同学：

你好！

我叫刘爽含，今年14岁。我的"爽"是神采爽爽的爽，"含"是含苞待放的含。我还有一个小名叫甜甜，是因为我的姥姥希望我的生活甜蜜幸福。同时，我也是一个活泼开朗的小女孩。我现在就读于内蒙古自治区呼伦贝尔市海拉尔区第七中学，我的兴趣爱好是读书、写作、舞蹈、电子琴与古筝。

我也曾多次前往北京，但在北京那么多景点中，我最钟爱的还是天安门。我觉得去天安门一定不要错过的便是升旗仪式。还清晰地记得那天晚上，寒风凛冽，令人瑟瑟发抖，而且站了许久我的腿也有些发软。但因为我是小孩，不少叔叔阿姨给我让路。我站在天安门广场上想起这一路上的披荆斩棘与困难重重，想到这其中的辛酸也只有自己知道吧。当我准备趴在栏杆上休息时，看见了国旗护卫队，那整齐划一的步伐和动作，让我不禁对他们充满敬意。那种威严和庄重的气势瞬间让我精神抖擞，似乎这一路上的辛苦也都已消散。接着，广场上的人们都齐声唱起了国歌。初升的太阳和耀眼的五星红旗交相辉映，宛如一条苏醒的巨龙，让人对未来美好生活有无限憧憬。

北京是如此美好，但呼伦贝尔也别有一番风情。

我愿称扎兰屯的杜鹃谷是紫色的湖泊。每当五月来临杜鹃花便会开满整个杜鹃谷。每一朵花都娇艳欲滴，宛如风姿绰约的佳人。你还能闻到阵阵沁人心脾的淡雅的花香，或许来到这儿就能让你的身心得到全然的放松。但呼伦贝尔也有庄重、肃穆之处，那就是满洲里。在那里有四道国门，每一道国门的年代和背景都各不相同，但它们都神圣、庄严之地，是我们温暖的避风港。而且它紧邻俄罗斯，所以你既能领略到俄罗斯的风土人情、品尝特色美食，还能欣赏到极具收藏价值的套娃，聆听动听的俄罗斯音乐，让人不禁想要翩翩起舞。然而相比满洲里和扎兰屯，我更倾心于根河。很多人都认为“中国冷极”在漠河，但实则根河才是“中国冷极”，它的最低气温可达零下 58℃。那里还有一个独一无二的宝藏——敖乡，也称驯鹿之乡。那里不仅有温顺的驯鹿，还有热情好客的敖鲁古雅人。每年到夏天的时候，他们便会举办盛大的篝火晚会，大家手牵着手，唱着优美的歌曲，围着篝火转圈跳舞，好不快活。但如果你受不了炙热的火焰的话，也可以和好友躺在草地上，闻着淡淡的草香，数着天上的点点繁星，亦是一件十分惬意的事！

我由衷地希望你能来到呼伦贝尔，也希望可以早日和你见面，并成为好友。

祝

学业有成！

刘奕含

2024 年 9 月 10 日

象征着祖国的领土不可侵犯。那里是神圣、和平之地，是我们温暖的避风港。而且它紧邻俄罗斯，所以你就能领略到俄罗斯的风土人情、品尝特色美食，还能欣赏到极具收藏价值的套娃，聆听动听的俄罗斯音乐，让人不禁想要翩翩起舞。然而相比满洲里和扎兰屯，我更倾心于根河。很多人都认为“中国冷极”在漠河，但实则根河才是“中国冷极”，它的最低气温可达零下58°C。那里还有一个独一无二的宝藏——敖乡，也称驯鹿之乡。那里不仅有温和的驯鹿，还有热情好客的敖鲁古雅人。每年到夏天的时候，他们便会举办盛大的篝火晚会，大家手牵着手，唱着优美的歌曲，围着篝火转圈跳舞，好不快活。但如果你受不了炙热的火焰的话，也可以和好友躺在草地上，闻着淡淡的草香，数着天上的点点繁星，亦是一件十分惬意的事！

我由衷地希望你能来到呼伦贝尔，也希望可以早日和你见面，并成为好友。

祝

学业有成！

刘爽含

2024年9月10日

心存热爱的你，终将闪闪发光

刘耿霏（内蒙古自治区呼伦贝尔市海拉尔区第五中学）
指导教师：崔莹

素未谋面的朋友：

你好！

见字如晤，展信舒颜。我是一个热爱生活、积极乐观且愿意接触新鲜事物的人。我常常用自己的真诚来温暖身边的人。所以我也希望能够在如今这个纷繁的世界，通过书信交到一个真挚的朋友。我们一起畅谈相遇的惊喜，静待岁月的沉淀，越过茫茫人海，送给彼此一个尚未启封的秘密。

人的一生会经历很多个夏天，但属于少年记忆里那个关于青春的盛夏，却只是一刹那。它喧嚣恣意、热烈浩大，犹如夜幕中绽放的烟花，极致绚烂却又如萤火般短暂。正值青春的少年，则是那自东方喷薄而出的朝阳。他们执笔为剑、乘书为舟，在无止境的黑夜里，只身向明月，以无畏的姿态，为未来带去光明和希冀。

少年是孟郊“春风得意马蹄疾，一日看尽长安花”的恣意潇洒，也是吴庆坻“须知少日拏云志，曾许人间第一流”的狂妄不羁，更是李白“宣父犹能畏后身，丈夫未可轻年少”的意气风发。少年永远热烈，素未谋面的朋友：

你好！

见字如晤，展信舒颜。我是一个热爱生活，积极乐观且愿意接触新鲜事物的人。我常常用自己的真诚来温暖身边的人。所以我也希望能够在如今这个纷繁的世界，通过书信交到一个真挚的朋友。我们一起畅谈相遇的惊喜，静待岁月的沉淀，越过茫茫人海，送给彼此一个尚未启封的秘密。

人的一生会经历很多个夏天，但属于少年记忆里那个关于青春的盛夏，却只是一刹那，它喧嚣恣意，热烈浩大，犹如夜幕中绽放的烟花，极致绚烂却又如萤火般短暂。正值青春的少年，则是那自东方喷薄而出的朝阳，他们执笔为剑，秉书为盾，在无止境的黑夜里，只身向明月，以无畏的姿态，为未来带去光明和希冀。

少年是孟郊"春风得意马蹄疾，一日看尽长安花"的恣意潇洒，也是吴庆坻"须知少年擎云志，曾许人间第一流"的狂奔不羁，更是李白"宣父犹能畏后生，丈夫未可轻年少"的意气风发。

永远风华正茂，永远怀揣“一蓑烟雨任平生”的坚定信念，一往无前。

青春的我们要保持初心，对生活时刻保持积极的态度，做自己喜欢的事情，即目之所及，心之所向，身之所往，一腔热血的珍视，不输茂盛的繁花，不败张扬的盛夏。我的兴趣爱好是阅读，我一直相信书中自有黄金屋。在书海里畅游的时光，是唯一完完全全属于我自己的时间，我可以沉浸在文字之中，感受东坡的旷达之情、太白的孤高寂寥，以及屈原的“众人皆醉我独醒，世人皆浊我独清”。

除了阅读，绘画也是我的兴趣爱好。对我而言，画画不仅是一种艺术的表达方式，更是内心的倾诉和情感的释放。从我第一次握起画笔的那一刻起，就被它的魅力深深地吸引了。无论是色彩的搭配、线条的勾勒，还是构图的设计，都让我感受到无限的创造力和想象力。远方的你是否也有自己放松身心的独特爱好呢？

少年永远热烈，永远风华正茂，永远怀揣"一蓑烟雨任平生"的坚定信念，一往无前。

青春的我们要保持初心，对生活时刻保持积极的态度，做自己喜欢的事情，即目之所及，心之所向，身之所往，一腔热血的珍视，不输茂盛的繁花，不败张扬的盛夏。我的兴趣爱好是阅读，我一直相信书中自有黄金屋，在书海里畅游的时光，是唯一完完全全属于我自己的时间，我可以沉浸在文字之中，感受东坡的旷达之情、太白的孤高寂寥，以及屈原的"众人皆醉我独醒，世人皆浊我独清"。

除了阅读，绘画也是我的兴趣爱好。对我而言，画画不仅是一种艺术的表达方式，更是内心的倾诉和情感的释放。从我第一次握起画笔的那一刻起，就被它的魅力深深地吸引了。无论是色彩的搭配、线条的勾勒，还是构图的设计，都让我感受到无限的创造力和想象力。远方的你是否也有自己放松身心的独特爱好呢？

青春逢盛世，奋斗正当时。在这个

青春逢盛世，奋斗正当时。在这个辉煌的时代，我们应该以自己的激情与勇气，书写属于自己的青春传奇，用智慧和创造力，不断探索未知的领域，创造出令世界瞩目的成就。心存热爱的你，终将闪闪发光。

生活不只眼前的苟且，还有诗和远方。去读一本书，听一首歌，或看一场电影，尝试找到自己的兴趣，并持之以恒地努力，不断用热爱去浇灌这颗名为“兴趣”的种子，直到它长成参天大树。相信你一定会找到所有问题的答案，因为热爱，可迎万难。

祝

顺遂万虞，皆得所愿！

刘耿霏

2024 年 9 月 16 日

辉煌的时代，我们应该以自己的激情与勇气，书写属于自己的青春传奇，用智慧和创造力，不断探索未知的领域，创造出令世界瞩目的成就，心存热爱的你，终将闪闪发光。

生活不只眼前的苟且，还有诗和远方。去读一本书，听一首歌，或看一场电影，尝试找到自己的兴趣，并持之以恒地努力，不断用热爱去浇灌这颗名为"兴趣"的种子，直到它长成参天大树。相信你一定会找到所有问题的答案，因为热爱，可抵万难！

祝

顺遂万虞，皆得所愿！

刘耿霏

2024年9月16日

羡慕这些文字能跨越千山去见你

章晓雪（内蒙古自治区呼伦贝尔市海拉尔区南开路中学）
指导教师：郭梦琦

亲爱的滑思瑾：

见字如晤，展信舒颜。

真羡慕这些文字，能跨越千山去见你。虽素未谋面，愿似旧交。我是章晓雪。

我眼中的北京是璀璨繁华的。一座城的美就在于，它的灿烂总能点亮那些风雨如晦的黑暗，给人希望；它的斑斓总能照耀那些形形色色的人和事，给人温暖。北京便是这样。它的美是天安门广场上迎风飘扬的五星红旗，神圣而庄严；它的美是繁忙街区里林立的高楼，蓬勃而有生命力；它的美是胡同里熙熙攘攘的人群，温暖而包容；它的美是漆黑夜幕中明亮的点点灯光，坚定而有力量。

听闻你的爱好是弹吉他，恰巧我也格外喜欢音乐。小时候我弹过一段时间的尤克里里。音乐是那么令人放松，优美的乐声能拂去所有的疲惫，想必你也这样认为吧。想学好弹吉他并不是一件容易的事情。加油，你一定会成功的！

我的家乡呼伦贝尔位于内蒙古自治区的东北部，这儿最出名的便是草原了。清澈的莫日格勒河，蜿蜒流淌在草原之上，如同一条银色的丝带，微风拂过，掀起层层波浪，在草原上尽情舞动。现在的内蒙古已经很冷了，希望在北京的你也注意保暖。我们这边的冬季运动五花八门，有滑冰、抽冰陀螺等。除此之外，这儿还有悠扬的马头琴曲、漂亮的服饰和奔腾的马儿。欢迎你到呼伦贝尔来游玩！

祝

学业进步，平安喜乐！

章晓雪

2024 年 9 月 16 日

亲爱的滑思瑾：

见字如晤，展信舒颜。

真羡慕这些文字，能跨越千山去见你。虽素未谋面，愿似旧交，我是章晓雪。

我眼中的北京是璀璨繁华的。一座城的美就在于，它的灿烂总能点亮那些风雨如晦的黑暗，给人希望；它的斑斓总能照耀那些形形色色的人和事，给人温暖。北京便是这样。它的美是天安门广场上迎风飘扬的五星红旗，神圣而庄严；它的美是繁忙街区里林立的高楼，蓬勃而有生命力；它的美是胡同里熙熙攘攘的人群，温暖而包容；它的美是漆黑夜幕中明亮的点点灯光，坚定而有力量。

听闻你的爱好是弹吉他，恰巧我也格外喜欢音乐。小时候我弹过一段时间的尤克里里。音乐是那么令人放松。优美的乐声能拂去所有的疲惫，想必你也这样认为吧。想学好弹吉他并不是一件容易的事情。加油，你一定会成功的！

我的家乡呼伦贝尔位于内蒙古自治区的东北部，这儿最出名的便是草原了。清澈的莫日格勒河，蜿蜒流淌在草原之上，如同一条银色的丝带，微风拂过，掀起层层波浪，在草原上尽情舞动。现在的内蒙古已经很冷了，希望在北京的你也注意保暖。我们这边的冬季运动五花八门，有滑冰、抽冰陀螺等。除此之外，这儿还有悠扬的马头琴曲、漂亮的服饰和奔腾的马儿。欢迎你到呼伦贝尔来游玩！

祝

学业进步，平安喜乐！

章晓雪

2024年9月16日

你是否和我有一样的感受

金珍珍（内蒙古自治区呼伦贝尔市海拉尔区南开路中学）
指导教师：李媛

北京的徐安然同学：

你好！

我带着满满的期待和好奇写下了这封信，想要借此向你表达我内心深处的想法。虽然我们素未谋面，但我相信文字能够架起我们心灵沟通的桥梁，让我们成为朋友。

我叫金珍珍，我的名字寄托着家人对我浓浓的爱。“珍”的含义是珍贵、珍惜。家人将我视作无价的至宝、上天的馈赠。徐安然是一个动听的名字。安然，意为宁静、祥和。你的家人一定希望你能够平安健康、无忧无虑、快乐成长。

我热爱学习，对许多事物都充满好奇，喜欢探索未知的事物，也乐于与他人分享。每当我看见博物馆的历史文物，或是面对大自然的奇丽景色，心中都会不由得激动起来，感慨这个世界竟然如此美妙而有趣。你是否和我有一样的感受？听说你喜欢绘画、书法、手工，恰好我也一样。希望我们能一起描绘这世间美丽的事物，书写内涵丰富的文字，制作有趣而精美的手工作品。这些活动可以拉近我们的距离，让我们不再陌生。

说起北京，我的心中充满了敬意。北京作为中国的首都，象征着威严和庄重。我曾有幸到访过这座城市，体验了它的历史文化、名胜古迹、美食风俗、城市风貌等，让我印象最深的就是那雄伟的长城。它犹如一条蜿蜒的巨龙，气势磅礴，见证了中国古代劳动人民的智慧与勇气，诉说了他们不屈不挠的精神。每一块砖石，仿佛都在讲述一个古老的故事。长城深刻地展现了中国的历史文化底蕴。

北京的徐安然同学：

你好！

我带着满满的期待和好奇写下了这封信，想要借此向你表达我内心深处的想法。虽然我们素未谋面，但我相信文字能够架起我们心灵沟通的桥梁让我们成为朋友。

我叫金珍珍，我的名字寄托着家人对我浓浓的爱。"珍"的含义是珍贵、珍惜。家人将我视作无价的至宝、上天的馈赠。徐安然是一个动听的名字。安然，意为宁静、祥和。你的家人一定希望你能够平安健康、无忧无虑、快乐成长。

我热爱学习，对许多事物都充满好奇，喜欢探索未知的事物，也乐于与他人分享。每当我看见博物馆的历史文物，或是面对大自然的奇丽景色，心中都会不由得激动起来，感慨这个世界竟然如此美妙而有趣。你是否和我有一样的感受？听说你喜欢绘画、书法、手工，恰好我也一样。希望我们能一起描绘这世间美丽的事物，书写内涵丰富的文字，制作有趣而精美的手工作品。这些活动可以拉近我们的距离，让我们不再陌生。

说起北京，我的心中充满了敬意。北京作为中国的首都，象征着威严和庄重。我曾有幸到访过这座城市，体验了它的历史文化、名胜古迹、美食风俗、城市风貌等，让我印象最深的就是那雄伟的长城。它犹如一条蜿蜒的巨龙，气势磅礴，见证了中国古代劳动人民的智慧与勇气，诉说了他们不屈不挠的精神。每一块砖石，仿佛都在讲述一个古老的故事。长城深刻地展现了中国的历史文化底蕴。

我的家乡呼伦贝尔也是一座独具魅力的城市，拥有独一无二的自然景观，让人身心放松。广阔无垠的呼伦贝尔大草原，牛羊成群，非常有趣；九曲十八弯的莫日格勒河，碧波荡漾；呼伦湖，澄澈透明得如同一面镜子。老舍先生曾赞叹过呼伦贝尔的空气是那么清新，天空是那么明朗，让他想高歌一曲表达内心的愉悦，可见这是一个多么美好的地方。呼伦贝尔不但有美丽的自然景观，还有淳朴

我的家乡呼伦贝尔也是一座独具魅力的城市，拥有独一无二的自然景观，让人身心放松。广阔无垠的呼伦贝尔大草原，牛羊成群，非常有趣；九曲十八弯的莫日格勒河，碧波荡漾；呼伦湖，澄澈透明得如同一面镜子。老舍先生曾赞叹过呼伦贝尔的空气是那么清新，天空是那么明朗，让他想高歌一曲表达内心的愉悦，可见这是一个多么美好的地方。呼伦贝尔不但有美丽的自然景观，还有淳朴的民风和独特的美食，希望你能来体验一番，绝对让你流连忘返。欢迎你来到我的家乡呼伦贝尔，期待你来发掘这里的美好与乐趣！

祝

身体健康，学习进步，天天快乐！

金珍珍

2024 年 9 月 13 日

民风和独特的美食，希望你能来体验一番，绝对让你流连忘返。欢迎你来到我的家乡呼伦贝尔，期待你来发掘这里的美好与乐趣！

祝

身体健康，学习进步，天天快乐！

金玹珍

2024年9月13日

北京是我心之所向的城市

季萱（内蒙古自治区呼伦贝尔市海拉尔区南开路中学）
指导教师：任彬彬

素未谋面的同学：

你好！

我是内蒙古自治区呼伦贝尔市海拉尔区南开路中学的季萱。

北京是我一直心之所向、心之所往的城市。在之前的假期，我有幸参观了有着悠久历史的故宫，欣赏了它的庄严和壮丽。那一刻，我置身其中，仿佛真的见到了那些发生在紫禁城中的历史故事。北京小吃一直以来都名声在外，其中最具有代表性的便是豆汁儿和焦圈。也许是有某种特别的缘分，我对豆汁儿并不抗拒，更多的是喜爱。

我的家乡在内蒙古自治区呼伦贝尔市海拉尔区。市区里矗立着一栋栋楼房，小区既温馨又充满了烟火气。而在草原上，一望无际的绿色构成了天然的碧色地毯。这里除了美景，还有独具特色的内蒙古特产。无论是牛羊肉干，还是像奶豆腐这样的奶制品都很有知名度。如果不来当地是无法体会它的魅力所在的。“咳咳”，这里插播一条广告：“周末去哪里，一定要到内蒙古。”期待你的到来，大美呼伦贝尔欢迎你！

祝

万事顺意，平安喜乐！

季萱

2024 年 9 月 17 日

素未谋面的同学：

你好！

我是内蒙古自治区呼伦贝尔市海拉尔区南开路中学的李萱。

北京是我一直心之所向、心之所往的城市。在之前的假期，我有幸参观了有着悠久历史的故宫，欣赏了它的庄严和壮丽。那一刻，我置身其中，仿佛真的见到了那些发生在紫禁城中的历史故事。北京小吃一直以来都名声在外，其中最具有代表性的便是豆汁儿和焦圈。也许是有某种特别的缘分，我对豆汁儿并不抗拒，更多的是喜爱。

我的家乡在内蒙古自治区呼伦贝尔市海拉尔区。市区里矗立着一栋栋楼房，小区既温馨又充满了烟火气。而在草原上，一望无际的绿色构成了天然的碧色地毯。这里除了美景，还有独具特色的内蒙古特产。无论是手把羊肉干，还是像奶豆腐这样的奶制品都很有知名度。如果不来这里是无法体会它的魅力所在的。"咳咳"，这里插播一条广告："周末去哪里，一定要到内蒙古。"期待你的到来，大美呼伦贝尔欢迎您！

祝

万事顺意，平安喜乐！

李萱

2024年9月17日

想近距离感受北京

刘馨雅（内蒙古自治区呼伦贝尔市海拉尔区桃李学校）
指导教师：王洪颖

北京的同学：

你好！

我是刘馨雅，就读于内蒙古自治区呼伦贝尔市海拉尔区桃李学校。

北京在我心中是一座充满历史底蕴的城市。作为中国的首都，北京汇聚了全国优秀的文化资源，拥有丰富的文化遗产。我在网络上观看过故宫的照片。好一座气派的宫殿，金碧辉煌、雄伟壮观，宛如一部恢宏的史诗，又如一曲动人的民族交响乐，令人心潮澎湃。除了故宫，我还了解过其他的历史遗迹，如天坛、颐和园等，每一处都承载着深厚的历史文化。故宫的宏伟壮丽和天坛的庄严肃穆，展示了北京作为古都的独特魅力，而颐和园等皇家园林则展现了北京的自然美景和皇家气派。

我印象中的北京不仅是一座历史悠久的文化古城，还是一座现代化国际大都市。电视上的北京高楼林立，交通便捷，商业繁荣。其中，令我印象最深刻的就是这里曾成功举办了 2008 年的奥运会，开幕式壮观又富有深意，奥运会的场馆设计充满了科技和创新元素，如国家体育场“鸟巢”和国家游泳中心“水立方”。这些场馆的设计不仅体现了中国建筑的独特魅力，也展示了中国的科技创新能力。奥运会的成功举办不仅向世界展示了中国人民的精神面貌，也为全球体育事业的发展树立了新标杆。不得不感叹，北京真是一座国际化的大都市！

无论是北京深厚的历史文化底蕴，还是发达的现代科技，都对我有着无限的吸引力。我十分期望能前往首都近距离感受那里的一切，同时也欢迎北京的同学来内蒙古做客。相信这里的民族风情和草原景色也会让你流连忘返。

祝

身体健康，生活愉快！

刘馨雅

2024 年 9 月 10 日

北京的同学：

你好！

我是刘馨雅，就读于内蒙古自治区呼伦贝尔市海拉尔区桃李学校。

北京在我心中是一座充满历史底蕴的城市。作为中国的首都，北京汇聚了全国优秀的文化资源，拥有丰富的文化遗产。我在网络上观看过故宫的照片。好一座气派的宫殿，金碧辉煌、雄伟壮观，宛如一部恢宏的史诗，又如一曲动人的民族交响乐，令人心潮澎湃。除了故宫，我还了解过其他的历史遗迹，如天坛，颐和园等，每一处都承载着深厚的历史文化。故宫的宏伟壮丽和天坛的庄严肃穆展示了北京作为古都的独特魅力，而颐和园等皇家园林则展现了北京的自然美景和皇家气派。

我印象中的北京不仅是一座历史悠久的文化古城，还是一座现代化国际大都市。电视上的北京高楼林立，交通便捷，商业繁荣。其中，令我印象最深刻的就是这里曾成功举办了2008年的奥运会，开幕式壮观又富有深意，奥运会的场馆设计充满了科技和创新元素，如国家体育场"鸟巢"和国家游泳中心"水立方"。这些场馆的设计不仅体现了中国建筑的特色魅力，也展示了中国的科技创新能力。奥运会的成功举办不仅向世界展示了中国人的精神面貌，也为全球体育事业的发展树立了新标杆。不得不感叹，北京真是一座国际化的大都市！

无论是北京深厚的历史文化底蕴，还是发达的现代科技，都对我有着无限的吸引力。我十分期望能前往首都近距离感受那里的一切，同时也欢迎北京的同学来内蒙古做客。相信这里的民族风情和淳厚景色也会让你流连忘返。

祝

身体健康，生活愉快！

刘馨雅

2024年9月10日

在知识的海洋中乘风破浪

安琪儿（内蒙古自治区呼伦贝尔市中心城新区新海中学）
指导教师：吴启迪

亲爱的黄睿涵：

你好！

我是一名来自内蒙古自治区呼伦贝尔市中心城新区新海中学的学生。我热爱生活，热爱阅读。书籍是我最好的朋友，带我领略了大千世界和人生百态。我热衷于运动，喜欢在跑道上挥洒汗水，听风在耳边掠过的声音。我勤奋刻苦学习，乐于探索未知，力求在知识的海洋中乘风破浪。这就是我，我叫安琪儿。

“北京欢迎你……”当歌声再次响起，记忆又被拉回到我们在一起的日子。我既沉醉于一望无际的呼伦贝尔大草原，又憧憬着历史与现代交织的城市——北京。北京，是一座拥有悠久历史和深厚文化底蕴的城市，历史的长河在这里流淌，留下了无数珍贵的文化遗产。漫步其间，每一步都仿佛踏在历史的印记上。紫禁城庄严的红墙金瓦、古朴的角楼与檐角，似在诉说着明清两朝的辉煌与沧桑。天坛是古代皇帝祭天祈谷的圣地，环状的祈年殿与三层的皇穹宇，体现了古代天人合一的宇宙观。万里长城如巨龙盘踞北方，见证了中华民族的坚韧与不屈。而颐和园则是皇家园林的代表，以其湖光山色和精美建筑，展示了皇家园林的奢华与宁静。

在我心中，北京不仅仅是一座千年帝都，还是2008年奥运会的璀璨舞台。国家体育场“鸟巢”、国家游泳中心“水立方”等标志性建筑如同巨大的时光胶囊，彰显着体育竞技的辉煌与荣耀。当奥运五环升起时，当运动员们奋力拼搏时，当观众欢呼雀跃时，北京以它独特的魅力，向世界展示了它的开亲爱的黄睿涵：

你好！

我是一名来自内蒙古自治区呼伦贝尔市中心城新区新海中学的学生。我热爱生活，热爱阅读。书籍是我最好的朋友，带我领略了大千世界和人生百态。我热衷于运动，喜欢在跑道上挥洒汗水，听风在耳边掠过的声音。我勤奋刻苦学习，乐于探索未知，力求在知识的海洋中乘风破浪。这就是我，我叫安琪儿。

"北京欢迎你……"当歌声再次响起，记忆又被拉回到我们在一起的日子。我既沉醉于一望无际的呼伦贝尔大草原，又憧憬着历史与现代交织的城市——北京。北京，是一座拥有悠久历史和深厚文化底蕴的城市，历史的长河在这里流淌，留下了无数珍贵的文化遗产。漫步其间，每一步都仿佛踏在历史的印记上。紫禁城庄严的红墙金瓦，古朴的角楼与檐角，似在诉说着明清两朝的辉煌与沧桑。天坛是古代皇帝祭天祈谷的圣地，环状的祈年殿与三层的皇穹宇，体现了古代天人合一的宇宙观。万里长城如巨龙盘踞北方，见证了中华民族的坚韧与不屈。而颐和园则是皇家园林的代表，以其湖光山色和精美建筑，展示了皇家园林的奢华与宁静。

在我心中，北京不仅仅是一座千年帝都，还是2008年奥运会的璀璨舞台。国家体育场"鸟巢"、国家游泳中心"水立方"等标志性建筑如同巨大的时光胶囊，彰显着体育竞技的辉煌与荣耀。当奥运五环升起时，当运动员们奋力拼搏时，当观众欢呼雀跃时，北京以它独特的魅力，向世界展示了它的开放与包容，展现了古老文明与现代奥林匹克精神的完美结合。

而在那遥远的天边，有一片被自然深情拥抱的净土——呼伦贝尔。广袤无垠的草原，如同绿色的海洋，翻滚着生命的浪花。蓝天白云之下，牛羊悠闲地散步，马蹄声声，是草原最动听的乐章。我站在这片神奇的土地之上，心中涌动着无尽的放与包容，展现了古老文明与现代奥林匹克精神的完美结合。

而在那遥远的天边，有一片被大自然深情拥抱的净土——呼伦贝尔。广袤无垠的草原，如同绿色的海洋，翻滚着生命的浪花。蓝天白云之下，牛羊悠闲地散步，马蹄声声，是草原最动听的乐章。我站在这片神奇的土地之上，心中涌动着无尽的热情与期待。我希望你们能再次踏上这片自由的土地，让心灵在这里放飞，让烦恼随风而去。让我们一同在蒙古包中围炉而坐，品尝醇香的奶茶，聆听那悠扬的马头琴声，感受草原儿女的热情与淳朴……

京蒙研学行，心手紧相连。远离喧嚣，我在呼伦贝尔等你来做客！

祝

万事胜意，学业有成！

安琪儿

2024 年 9 月 14 日

热情与期待。我希望你们能再次踏上这片自由的土地，让心灵在这里放飞，让烦恼随风而去。让我们一同在蒙古包中围炉而坐，品尝醇香的奶茶，聆听那悠扬的马头琴声，感受草原儿女的热情与淳朴……

京蒙研学行，心手紧相连。远离喧嚣，我在呼伦贝尔等你来做客！

祝

万事胜意，学业有成！

安琪儿

2024年9月14日.

北方星空下的约定

白泽洋（内蒙古自治区呼伦贝尔市中心城新区新海中学）
指导教师：徐玉杰

北京的同学：

你好！

我，是呼伦贝尔大草原的儿女。对我的家乡，我永远怀着无限的热爱。我爱那参天碧绿的白桦林、无边无际的草地，还有那广袤肥沃的黑土地。我爱这里的淳朴与粗犷、辽阔与苍茫。这里有许多令人向往的景色，那是夜空中的星、洁白的云和自由的风。

但我也同样向往城市的喧嚣与繁华。其中最令我期待的，是你的家乡——北京。这座建造在山峦与田垄之外的城市，有着宏伟的天安门城楼，令人肃然起敬的人民大会堂，以及古老的故宫。

我对北京最炽热的爱，源于雄伟的紫禁城。它是中华民族五千多年历史中一颗璀璨的明珠。走进故宫，穿过午门，五座汉白玉石桥横跨在金水河上，一路前行，依次是太和殿、中和殿、保和殿。它们是故宫的中心，也是古代工匠匠心和智慧的集中体现。在不久的将来，我定将拜访北京，欣赏这座都市的破晓与黄昏。

我和草原也迫切地等待着你的到来。看到那些悬挂于北方天空中明亮的星星了吗？它们的光芒所照耀的地方，正是我的家乡。它们无时无刻不在欢迎着北京的朋友。

来吧，朋友，我们一起去感受那山水的呼唤，去拥抱山峦，去亲吻露水。终有一日，我们都将实现各自的梦想。请相信，我的家乡永远欢迎你！

白泽洋

2024 年 9 月 1 日

北京的同学：

你好！

我，是呼伦贝尔大草原的儿女。对我的家乡，我永远怀着无限的热爱。我爱那参天碧绿的白桦林、无边无际的草地，还有那广袤肥沃的黑土地。我爱这里的淳朴与粗犷、辽阔与苍茫。这里有许多令人向往的景色，那是夜空中的星、洁白的云和自由的风。

但我也同样向往城市的喧嚣与繁华。其中最令我期待的，是你的家乡——北京。这座建造在山峦与田垄之外的城市，有着宏伟的天安门城楼，令人肃然起敬的人民大会堂，以及古老的故宫。

我对北京最炽热的爱，源于雄伟的紫禁城。它是中华民族五千多年历史中一颗璀璨的明珠。走进故宫，穿过午门，五座汉白玉石桥横跨在金水河上，一路前行，依次是太和殿、中和殿、保和殿。它们是故宫的中心，也是古代工匠匠心和智慧的集中体现。在不久的将来，我定将拜访北京，欣赏这座都市的破晓与黄昏。

我和草原也迫切地等待着你的到来。看到那些悬挂于北方天空中明亮的星星了吗？它们的光芒所照耀的地方，正是我的家乡。它们无时无刻不在欢迎着北京的朋友。

来吧，朋友，我们一起去感受那山水的呼唤，去拥抱山峦，去亲吻露水。终有一日，我们都将实现各自的梦想。请相信，我的家乡永远欢迎你。

白泽洋

2024年9月1日

希望继续书写属于我们的精彩篇章

王梓涵（内蒙古自治区呼伦贝尔市海拉尔区第七中学）
指导教师：史庆红

致我想念的张悦涵同学：

你好！

时光荏苒，转眼间研学旅行已经过去两个月了。在研学归来的时光里，我好多次想提笔与你分享我这段时间的思念。

研学的时光如同发生在昨日，我至今仍然时常怀念。上次研学，让我们得到了这份难得的友情，很开心你也惦记着我。现在，我们虽然回到了各自的家乡，但那份友情依然牢固。

因为对首都很向往，也因为认识了你，所以我对北京充满了无限的想象。“北京”这个名字在我心中刻下了深深的烙印。每当提起这个古都，我的心便如脱弦之箭般飞向远方，而我的脑海中会浮现出一幅幅绚丽的画卷——金碧辉煌的故宫、古朴庄严的天坛，还有热闹非凡的王府井大街……对我而言，北京不仅仅是一座城市，更是一段历史、一种文化、一种无形的魅力。

现在我在家乡生活得很好，偶尔会想起通过研学认识的朋友们。希望我们的友谊能够像阳光一样明媚，并且不受距离的限制。期待着下一次的相聚，等你带着家人、朋友再次来到呼伦贝尔，一定要来我家里做客，继续书写属于我们的精彩篇章。无论我们身在何处，无论生活多么忙碌，我都会想念我们在一起的时光，想念我们共同度过的每一刻。虽然不能常见面，但我希望我们的心能始终紧紧相连。期待你的回信！

愿你在学习的道路上，越走越远。我们可以互相帮助，常联系，常想念。

祝

天天开心，万事顺遂！

王梓涵

2024 年 9 月 30 日

致我想念的张悦涵同学：

你好！

时光荏苒，转眼间研学旅行已经过去两个月了。在研学结束的时光里，我好多次想提笔与你分享我这段时间的思念。

研学的时光如同发生在昨日，我至今仍然时常怀念。上次研学，让我们得到了难得的友情，很开心你也惦记着我。现在，我们虽然回到了各自的家乡，但那份友情依然牢固。

因为对首都很向往，也因为认识了你，所以我对北京充满了无限的想象。"北京"这个名字在我心中刻下了深深的烙印。每当提起这个古都，我的心便如脱弦之箭般飞向远方，而我的脑海中会浮现出一幅幅绚丽的画卷——金碧辉煌的故宫、古朴庄严的天坛，还有热闹非凡的王府井大街……对我而言，北京不仅仅是一座城市，更是一段历史、一种文化、一种无形的魅力。

现在我在家乡生活得很好，偶尔会想起通过研学认识的朋友们。希望我们的友谊能够像阳光一样明媚，并且不受距离的限制。期待着下一次的相聚，等你带着家人、朋友再次来到呼伦贝尔，一定要来我家里做客，继续书写属于我们的精彩篇章。无论我们身在何处，无论生活多么忙碌，我都会想念我们在一起的时光，想念我们共同度过的每一刻。虽然不能常见面，但我希望我们的心能始终紧紧相连。期待你的回信！

愿你在学习的道路上，越走越远。我们可以互相帮助，常联系、常想念。

祝

天天开心，万事顺遂！

王梓涵

2024年9月30日

有幸认识闪光的你

刘芸菲（内蒙古自治区呼伦贝尔市海拉尔区第七中学）
指导教师：瓦然

亲爱的子玥同学：

你好！见字如面，近来是否安好？

我是来自内蒙古自治区呼伦贝尔市海拉尔区第七中学的一名初二学生。原本我未曾想过自己会与千里之外的同胞有所来往，“京蒙同心，见字如面”活动给了我们交往、熟识的机会和平台，才有幸认识闪光的你们。

小时候，我也曾幻想过我们国家的首都会是怎样的景象。这些年来，我怀着心中的期盼和渴望，通过各个渠道了解北京的地域、人文和风景，可依旧无法化解心中的向往。于是，在小升初的暑假期间，我终于可以到北京一览。在北京游览的几日令我倍感震撼和自豪。我感觉到这座焕发无限魅力的古城，正以一个雄伟奇丽、现代化的姿态出现在世界上。从天安门城楼到故宫博物院，从人民大会堂到中国国家博物馆，从天坛到地坛，无一不是中华民族的文化瑰宝。同时，我也希望深入了解北京的文化、风俗，体验北京的生活。

在未来的日子里，希望你们能够再次来到我美丽的故乡，领略独特秀丽的自然风光，感受热情淳朴的风土人情，品尝口味独特的草原美食。期待你的来信！

远方的朋友：刘芸菲

2024 年 9 月 13 日

亲爱的子玥同学：

你好！见字如面，近来是否安好？

我是来自内蒙古自治区呼伦贝尔市海拉尔区第七中学的一名初二学生。原本我未曾想过自己会与千里之外的同胞有所来往，"京蒙同心，见字如面"活动给了我们交往、熟识的机会和平台，才有幸认识闪光的你们。

小时候，我也曾幻想过我们国家的首都会是怎样的景象。这些年来，我怀着心中的期盼和渴望，通过各个渠道了解北京的地域、人文和风景，可依旧无法化解心中的向往。于是，在小升初的暑假期间，我终于可以到北京一览。在北京游览的几日令我倍感震撼和自豪。我感觉到这座焕发无限魅力的古城，正以一个雄伟奇丽、现代化的姿态出现在世界上。从天安门城楼到故宫博物院，从人民大会堂到中国国家博物馆，从天坛到地坛，无一不是中华民族文化的瑰宝。同时，我也希望深入北京的文化、风俗，体验北京的生活。

在未来的日子里，希望你们能够再次来到我美丽的故乡，领略独特秀丽的自然风光，感受热情淳朴的风土人情，品尝口味独特的草原美食。期待你的来信！

远方的朋友：刘芸菲

2024年9月13日

我对北京这座城市充满了向往

胡梓轩（内蒙古自治区呼伦贝尔市海拉尔区第七中学）
指导教师：杨艳玲

关婷方同学：

你好！

我来自内蒙古自治区呼伦贝尔市海拉尔区第七中学的一名八年级学生。我从小便生活在呼伦贝尔这座城市。我的特长是游泳、弹钢琴和摄影。我十分热爱记录生活。平日里，我喜欢绘画、读书和欣赏音乐。当然，我也十分喜欢交朋友。我的名字叫胡梓轩，“梓轩”意为气宇轩昂、品行正直、前程远大，我的父母希望我有着幸福美好的未来。

我对北京这座古老而现代的城市充满了向往。说起北京，就不得不提起那些闻名世界的名胜古迹。故宫这个宏伟的宫殿建筑群，红墙黄瓦，金碧辉煌，一草一木、一砖一瓦都承载着厚重的历史。颐和园那如诗如画的美景，湖光山色、亭台楼阁交相辉映，还有八达岭长城，如一条巨龙盘踞在山间，雄伟壮观。

去年暑假，我和家人去北京旅游。我们还去了天坛。祈年殿蓝色的瓦片在阳光下熠熠生辉。在回音壁的一端轻声说话，另一端可以清晰听见，使我感到很神奇。最后去了北京的胡同和四合院，我感受到了北京人的淳朴与热情。

我十分期待下一次去北京的旅行，参观那些未曾游览的名胜古迹。同时，我也热烈欢迎你来到我的家乡——呼伦贝尔，欣赏呼伦贝尔的自然风光，品尝当地的美食，感受不同的风土人情。期待你的回信！

祝

万事顺意！

胡梓轩

2024 年 9 月 14 日

关婷方同学：

你好！

我来自内蒙古自治区呼伦贝尔市满拉尔区第七中学的一名八年级学生。我从小便生活在呼伦贝尔这座城市，我的特长是游泳、弹钢琴和摄影，我十分热爱记录生活，平日里，我喜欢绘画、读书和欣赏音乐。当然，我也十分热爱交朋友。我的名字叫胡梓轩，"梓轩"意为气宇轩昂、品行正直、前程远大，我的父母希望我有着幸福美好的未来。

我对北京这座古老而现代的城市充满了向往。说起北京，就不得不提起那些闻名世界的名胜古迹。故宫这个宏伟的宫殿建筑群，红墙黄瓦，金碧辉煌，一草一木，一砖一瓦都承载着厚重的历史。颐和园那如诗如画的美景，湖光山色，亭台楼阁交相辉映，还有八达岭长城，如一条巨龙盘踞在山间，雄伟壮观。

去年暑假，我和家人去北京旅游，我们还去了天坛。祈年殿蓝色的瓦片在阳光下熠熠生辉，在回音壁的一端轻声说话，另一端可以清晰听见，使我感到很神奇。最后去了北京的胡同和四合院，我感受到了北京人的淳朴与热情。

我十分期待下一次去北京的旅行，参观那些未曾游览的名胜古迹。同时，我也热烈欢迎你来到我的家乡——呼伦贝尔，欣赏呼伦贝尔的自然风光，品尝当地的美食，感受不同的风土人情。期待你的回信！

祝

万事顺意！

胡梓轩

2024年9月14日

向往内蒙古自由、轻松的氛围

薛茹晏（北京十一学校）
指导教师：刘柯含

亲爱的内蒙古的同学们：

你们好！

今年暑假，我跟随爸爸妈妈去内蒙古游玩，领略了与北京截然不同的自然风光。那里的一切至今让我记忆犹新。相信你们也非常好奇北京的城市风貌、风土人情和学习生活吧。

现在，我就向你们介绍一下北京这座繁华的城市。与其他的城市相比，北京是一座很“卷”的城市。生活在这里的很多人都因为不希望被别人超越而不停地努力，同时也因为想要超越别人而付出更多的努力。这就导致人们每天都在不停地学习、工作，似乎只要停下来就会被他人超越。因此，相较而言，生活在这里的人往往承受着更大的压力。这让我更加向往内蒙古自由、轻松的氛围。

然而，北京这种“卷”的城市节奏也为这座城市带来了许多好处。大家在付出努力的同时也提升了自己的能力和水平。每个人都利用自己的能力为北京作出了很大的贡献，促进了科技、文化等许多方面的发展，让北京成为一座充满科技感的繁华城市。

亲爱的内蒙古的同学们：

你们好！

今年暑假，我跟随爸爸妈妈去内蒙古游玩，领略了与北京截然不同的自然风光。那里的一切至今让我记忆犹新。相信你们也非常好奇北京的城市风貌、风土人情和学习生活吧。

现在，我就向你们介绍一下北京这座繁华的城市。与其他的城市相比，北京是一座很“卷”的城市。生活在这里的很多人都因为不希望被别人超越而不停地努力，同时也因为想要超越别人而付出更多的努力。这就导致人们每天都在不停地学习、工作，似乎只要停下来就会被他人超越。因此，相较而言，生活在这里的人往往承受着更大的压力。这让我更加向往内蒙古自由、轻松的氛围。

然而，北京这种“卷”的城市节奏也为这座城市带来了许多好处。大家在付出努力的同时也提升了自己的能力和水平。每个人都利用自己的能力为北京作出了很大的贡献，促进了科技、文化等许多方面的发展，让北京成为一座充满科希望有朝一日可以和你们相见，面对面交流北京和内蒙古的文化，了解更多你们的生活。

薛茹晏

2024 年 9 月 15 日

技感的繁华城市。

希望有朝一日可以和你们相见，面对面交流北京和内蒙古的文化，了解更多你们的生活。

薛茹晏

2024年9月15日

北京是信仰的摇篮

孙嘉城（内蒙古自治区呼伦贝尔市海拉尔区第七中学）
指导教师：李锡婵

亲爱的北京朋友潘嘉逸：

你好！

我叫孙嘉城，就读于内蒙古自治区的呼伦贝尔市海拉尔区第七中学。正值青春年华，我的喜好颇多，最喜爱阅读，尤其是鲁迅先生的作品。因为我从中看到了封建社会的愚昧与残酷，看到了封建礼教对女性的压迫，看到了社会的黑暗。在学习方面，我十分认同“满怀信心地立在春日的暴风雨中，也不担心后边没有夏天到来”这句话。我想，你也一定有这样的信念吧。

你的家乡北京是一座令我无比向往的城市。它不仅是中国的首都，更是一座承载了千年历史的文化古都。长城雄伟坚固，故宫庄严恢宏，每一处古迹都诉说着中华文明的辉煌。如果说中国是一条腾飞的巨龙，那么北京一定是这条巨龙的心脏。这里高等学府林立，学习氛围浓厚，无数学子在这里追逐梦想。爱国是刻在我们骨子里的信仰，而北京，正是这种信仰的摇篮。

我的家乡呼伦贝尔同样美丽。这里有辽阔的大草原、清澈的湖泊和独特的民族文化。每当夏季来临，绿草如茵，牛羊成群，仿佛一幅天然的画卷。我希望有一天，你能来呼伦贝尔做客，感受这里的自然与热情。

“不到长城非好汉，不到北京悔终生。”愿我们都能在未来的某一天，相聚在北京或呼伦贝尔，共同分享彼此的成长与快乐。祝你学业进步，梦想成真！

孙嘉城

2024 年 9 月 13 日

亲爱的北京朋友潘嘉逸：

你好！

我叫孙嘉城，就读于内蒙古自治区的呼伦贝尔市海拉尔区第七中学，正值青春年华。我的喜好颇多，最喜爱阅读，尤其是鲁迅先生的作品，因为我从中看到了封建社会的愚昧与残酷，看到了封建礼教对女性的压迫，看到了封建社会的黑暗。在学习方面，我十分认同"满怀信心地立在春日的暴风雨中，也不担心后边没有夏天到来"这句话，我想，你也一定有这样的信念吧。

你的家乡北京是一座令我无比向往的城市，它不仅是中国的首都，更是一座承载了千年历史的文化古都。长城雄伟坚固，故宫庄严恢宏，每一处古迹都诉说着中华文明的辉煌。如果说中国是一条腾飞的巨龙，那么北京一定是这条巨龙的心脏。这里高等学府林立，学习氛围浓厚，无数学子在这里追逐梦想。爱国是刻在我们骨子里的信仰，而北京，正是这种信仰的摇篮。

我的家乡呼伦贝尔同样美丽，这里有辽阔的大草原、清澈的湖泊和独特的民族文化。每当夏季来临，绿草如茵，牛羊成群，仿佛一幅天然的画卷。我希望有一天，你能来呼伦贝尔做客，感受这里的自然与热情。

"不到长城非好汉，不到北京悔终生。"愿我们都能在未来的某一天，相聚在北京或呼伦贝尔，共同分享彼此的成长与快乐。祝你学业进步，梦想成真！

孙嘉城

2024年9月13日

想去祖国的心房，感受时代的变迁

周雅轩（内蒙古自治区呼伦贝尔市海拉尔区桃李学校）
指导教师：施越

亲爱的北京的朋友们：

你们好！

纵素未谋面，愿似如旧友！亲爱的远方的朋友们，我是内蒙古自治区呼伦贝尔市海拉尔区桃李学校的一名学生，很高兴认识你们。我平时在好好学习之余，还有许多兴趣爱好。我很喜欢美术，家中早已摆满了我的“大作”。我还喜欢阅读，看到什么书都想拿起来翻一翻。但我对体育并不擅长，最多就是打几下羽毛球罢了。远方的我很高兴认识远方的你们。

我对北京的认识还停留在2008年北京奥运会。我还记得我在网上看到那时的视频，运动员们在赛场上的蓬勃英姿以及流下的汗与泪令我记忆犹新，那种力量和感动是我隔着屏幕都能感受到的。还有那巍巍长城，它不仅是宏伟壮丽的建筑奇迹，更是传承与弘扬中华文化的重要载体，见证着中华民族波澜壮阔、灿烂辉煌的历史。所以，我印象中的北京是一座千年古都，是辉煌历史的代名词，是大国首都。

自从学过历史后，我就一直想去那座见证了众多朝代变迁的城市——北京。有人说北京城的夜景是最美的。当霓虹灯亮起来时，整座城市都闪烁着光彩，远处的建筑物也被点缀得绚烂多彩。我想去看看连绵不断的万里长城，看看金碧辉煌的故宫，看看灯火通明的大街小巷。我想去祖国的心房，感受时代的变迁。

当然，我也希望你们来到这里，感受草原上的空气，看奔腾的骏马、翱翔于长空之中的雄鹰。欢迎你们来到这里，纵情高歌，感受当地人们的热情似火。楮墨有限，不尽欲言。

周雅轩

2024年9月10日

亲爱的北京的朋友们：

你们好！

纵素未谋面，愿似如旧友！亲爱的远方的朋友们，我是内蒙古自治区呼伦贝尔市海拉尔区桃李学校的一名学生，很高兴认识你们。我平时在好好学习之余，还有许多兴趣爱好。我很喜欢美术，家中早已摆满了我的“大作”。我还喜欢阅读，看到什么书都想拿起来翻一翻。但我对体育并不擅长，最多就是打几下羽毛球罢了。远方的我很高兴认识远方的你们。

我对北京的认识还停留在2008年北京奥运会。我还记得我在网上看过那时的视频，运动员们在赛场上的蓬勃英姿以及流下的汗与泪令我记忆犹新，那种力量和感动是我隔着屏幕都能感受到的。还有那巍巍长城，它不仅是宏伟壮丽的建筑奇迹，更是传承与弘扬中华文化的重要载体，见证着中华民族波澜壮阔、灿烂辉煌的历史。所以，我印象中的北京是一座千年古都，是辉煌历史的代名词，是大国首都。

自从学过历史后，我就一直想去那座见证了众多朝代变迁的城市——北京。有人说北京城的夜景是最美的。当霓虹灯亮起来时，整座城市都闪烁着光彩，远处的建筑物也被点缀得绚烂多彩。我想去看看连绵不断的万里长城，看看金碧辉煌的故宫，看看灯火通明的大街小巷。我想去祖国的心房，感受时代的变迁。

当然，我也希望你们来到这里，感受草原上的空气，看奔腾的骏马、翱翔于长空之中的雄鹰。欢迎你们来到这里，纵情高歌，感受当地人的热情似火。楮墨有限，不尽欲言。

周雅轩

2024年9月10日

期待与你们分享彼此的故事与梦想

张书姚（内蒙古自治区呼伦贝尔市海拉尔区桃李学校）
指导教师：王洪颖

北京的朋友们：

你们好！

在海拉尔，有一所名为“桃李”的学校，而我恰好是这所学校八年级四班的一员。我自幼便总听闻北京的悠久历史与现代繁华。长城的巍峨，故宫的辉煌，总让我心驰神往。每当回想起这个古老而又现代的地方在我脑海中留存的美好瞬间，我就想再去一次，再体验一次那里的风土人情。

记得那是一个晴朗的周末，我与家人一同前往故宫游玩。一踏入午门，我就仿佛穿越时空，回到了那个金碧辉煌的年代。我沿着“北京中轴线”缓缓行走，目光不禁被那些精美的雕刻和细腻的画作所吸引。这里的一砖一瓦，都似乎在诉说着几百年来的故事。我想，这就是北京的魅力。它不仅仅是现代化都市，更是历史悠久的古城。

还有一次，我在登顶八达岭长城之际，扶着古老的城墙，远眺连绵起伏的群山，心中涌起一股难以言喻的豪情。长城，如同一条巨龙，蜿蜒在山川之间，见证了无数的历史变迁。我不禁想象，那些古代的将士是如何在这里坚守信念、保卫国家的。这种对历史的敬畏、对先人的尊重，让我对北京有了更深的认知。

每当我想起即将与北京的同学们相遇，心中就充满了期待。我知道，你们或许与我有着不同的成长背景，但我们都对这座城市充满热爱，我们都有着对知识的渴望，对未来的憧憬。我期待着与你们交流学习，共同探讨北京的历史文化，分享彼此的故事与梦想。

在这个新学期里，我将带着对北京的热爱、对知识的追求，以及对新朋友的欢迎，踏上新的征程。我相信，这座古老而又充满活力的城市，将会给我们带来无尽的欢喜与收获。而我，也将在这里书写属于自己的青春篇章。北京的同学们，你们好！让我们一起在这座城市里共同成长，共创美好。

张书姚

2024 年 9 月 11 日

北京的朋友们：

你们好！

在海拉尔，有一所名为“桃李”的学校，而我恰好是这所学校八年级四班的一员。我自幼便总听闻北京的悠久历史与现代繁华。长城的巍峨，故宫的辉煌，总让我心驰神往。每当回想起这个古老而又现代的地方在我脑海中留存的美好瞬间，我就想再去一次，再体验一次那里的风土人情。

记得那是一个晴朗的周末，我与家人一同前往故宫游玩。一踏入午门，我就仿佛穿越时空，回到了那个金碧辉煌的年代。我沿着“北京中轴线”缓缓行走，目光不禁被那些精美的雕刻和细腻的画作所吸引。这里的一砖一瓦，都似乎在诉说着几百年来的故事。我想，这就是北京的魅力。它不仅仅是现代化都市，更是历史悠久的古城。

还有一次，我在登顶八达岭长城之际，扶着古老的城墙，远眺连绵起伏的群山，心中涌起一股难以言喻的豪情。长城，如同一条巨龙，蜿蜒在山川之间，见证了无数的历史变迁。我不禁想象，那些古代的将士是如何在这里坚守信念、保卫国家的。这种对历史的敬畏，对先人的尊重，让我对北京有了更深的认知。

每当我想起即将与北京的同学们相遇，心中就充满了期待。我知道，你们或许与我有着不同的成长背景，但我们都对这座城市充满热爱，我们都有着对知识的渴望、对未来的憧憬。我期待着与你们交流学习，共同探讨北京的历史文化，分享彼此的故事与梦想。

在这个新学期里，我将带着对北京的热爱，对知识的追求，以及对新朋友的欢迎，踏上新的征程。我相信，这座古老而又充满活力的城市，将会给我们带来无尽的欢喜与收获。而我，也将在这里书写属于自己的青春篇章。北京的同学们，你们好！让我们一起在这座城市里共同成长，共创美好。

张书妍

2024年9月11日

待到山花烂漫时，少年筑梦谱华章

李林儒（内蒙古自治区呼伦贝尔市海拉尔区学府路中学）
指导教师：陈婉婷

亲爱的陈佳琪同学：

你好！

在这个阳光明媚的日子里，我怀着满腔的热情和对北京深厚的喜爱，给远在千里之外的你写下这封信。诗人王勃曾写道："海内存知己，天涯若比邻。"接下来，请允许我介绍一下自己。我是一名生活在内蒙古自治区呼伦贝尔市的初中学生，时而面对辽阔的草原，时而面对高楼大厦与灯火通明。

我早已被北京雄伟、古朴的名胜古迹所深深吸引……

"东城渐觉风光好，縠皱波纹迎客棹。绿杨烟外晓寒轻，红杏枝头春意闹。"一幅幅秀美的画卷在我脑海中展开。独特的中式古楼配上大自然的花红柳绿，别有一番韵味。这一切是多么令人神往啊！随着时间的推移，我通过书籍、电视、网络等渠道，逐渐对北京有了更直观的了解。我多想与你在北京相聚、畅谈，体会首都的繁华与变迁。

吾之心所盼，即为北京。那里不仅有历史悠久的万里长城，还有日新月异的高新技术产业。那里不仅有文化的底蕴，还有时尚的气息。我还没有去过北京，这更加深了北京在我心中的神秘感，而这种感受似乎在告诉我："无论你来自何方，来到北京，都将拥有一个全新的开始，一个充满机遇的舞台。"我期待着与你在北京共同学习，共同成长。我坚信，我们终会实现自己的梦想。待到山花烂漫时，少年筑梦谱华章！

亲爱的陈佳琪同学：

你好！

在这个阳光明媚的日子里，我怀着满腔的热情和对北京深厚的喜爱，给远在千里之外的你写下这封信。诗人王勃曾写道："海内存知己，天涯若比邻。"接下来，请允许我介绍一下自己。我是一名生活在内蒙古自治区呼伦贝尔市的初中学生，时而面对辽阔的草原，时而面对高楼大厦与灯火通明。

我早已被北京雄伟、古朴的名胜古迹所深深吸引……

"东城渐觉风光好，縠皱波纹迎客棹。绿杨烟外晓寒轻，红杏枝头春意闹。"一幅幅秀美的画卷在我脑海中展开。独特的中式古楼配上大自然的花红柳绿，别有一番韵味。这一切是多么令人神往啊！随着时间的推移，我通过书籍、电视、网络等渠道，逐渐对北京有了更直观的了解。我多想与你在北京相聚、畅谈，体会首都的繁华与变迁。

吾心所盼，即为北京。那里不仅有历史悠久的万里长城，还有日新月异的高新技术产业。那里不仅有文化的底蕴，还有时尚的气息。我还没有去过北京，这更加深了北京在我心中的神秘感，而这种感觉似乎在告诉我："无论你来自何方，来到北京，都将拥有一个全新的开始，一个充满机遇的舞台。"我期待着与你在北京共同学习，共同成长。我坚信，我们终会实现自己的梦想。待到山花烂漫时，少年筑梦谱华章！

愿这封书信化作一双翅膀，赴你一面之约。期待与你相见，共同观赏北京之美，分享美好的学习生活，创造美好的回忆，同时也热烈欢迎你来到我的家乡。期望远方的你天天向上！

李林儒

2024 年 9 月 14 日

愿这封书信化作一双翅膀，赴你一面之约。期待与你相见，共同观赏北京之美，分享美好的学习生活，创造美好的回忆，同时也热烈欢迎你来到我的家乡。期望远方的你天天向上！

李林儒

2024年9月14日

手牵手、心连心，奔赴美好的未来

邵佳怡（内蒙古自治区呼伦贝尔市海拉尔区学府路中学）
指导教师：赵佳元

亲爱的朋友：

你好！

见字如面。虽然我们远隔千山万水，但心与心却因这份情谊而紧紧相连。在这封信里，我想与你分享一份来自北京的深情厚谊，以及我对内蒙古无尽的牵挂与敬仰。

北京与内蒙古两地的风土人情各异，却共同写着中华民族多彩的文化篇章。北京，这座古老而又现代的城市，承载着几千年的历史沉淀与新时代的蓬勃生机，而内蒙古，辽阔无垠，草原如诗，这个“马背上的民族”以其坚韧不拔、热情好客著称于世。两地相隔虽远，却因“京蒙协作”的纽带而紧紧相连，共同谱写着协同发展、互利共赢的新篇章。

回首往昔，京蒙两地人民在各自的领域里默默耕耘，用汗水和智慧书写着属于自己的辉煌。而今，在国家的号召下，两地携手并进，共同探索着区域协作发展的新路径。“京蒙协作”不仅是经济上的互帮互助，也是文化上的交流互鉴，更是心灵上的相互慰藉。我们深知，只有手牵手、心连心，才能共同应对时代的挑战，实现更加美好的未来。

我对那些在“京蒙协作”中默默奉献的人们充满敬佩。他们或是扎根边疆的干部，用实际行动践行着“全心全意为人民服务”的宗旨；或是远赴京城求学的学子，带着对知识的渴望和对未来的憧憬，努力学习，不断提升自我；抑或那些活跃在两地之间的企业家和创业者，凭借敏锐的市场洞察力和不懈的努力，为“京蒙协作”注入新的活力和动力。正是有了这些可爱的人们的辛勤付出和无私奉献，“京蒙协作”的蓝图才得以一步步变为现实。

亲爱的朋友：

你好！

见字如面。虽然我们远隔千山万水，但心与心却因这份情谊而紧紧相连。在这封信里，我想与你分享一份来自北京的深情厚谊，以及我对内蒙古无尽的牵挂与敬仰。

北京与内蒙古两地的风土人情各异，却共同书写着中华民族多彩的文化篇章。北京，这座古老而又现代的城市，承载着几千年的历史沉淀与新时代的蓬勃生机；而内蒙古，辽阔无垠，草原如诗，这个"马背上的民族"从骨子里刚不拔，热情好客着称于世。两地相隔虽远，却因"京蒙协作"的纽带而紧紧相连，共同谱写着协同发展，互利共赢的新篇章。

回首往昔，京蒙两地人民在各自的领域里默默耕耘，用汗水和智慧书写着属于自己的辉煌。而今，在国家的号召下，两地携手并进，共同探索着区域协作发展的新路径。"京蒙协作"不仅是经济上的互帮互助，也是文化上的交流互鉴，更是心灵上的相互慰藉。我们深知，只有手牵手，心连心，才能共同应对时代的挑战，奔赴更加美好的未来。

我对那些在"京蒙协作"中默默奉献的人们充满敬佩。他们或是扎根边疆的干部，用实际行动践行着"全心全意为人民服务"的宗旨；或是远赴京城求学的学子，带着对知识的渴望和对未来的憧憬，努力学习，不断提升自我；抑或那些活跃在两地之间的企业家和创业者，凭借敏锐的市场洞察力和不懈的努力，为"京蒙协作"注入新的活力和动力。正是有了这些可爱的人们的辛勤付出和无私奉献，"京蒙协作"的蓝图才得以一步步变为现实。

展望未来，愿我们充满信心与期待。相信在不久的将来，京蒙两地将在更多领域实现深度合作，共同推动社会经济高质量发展。我们期待看到更多的合作项目落地生根，开花结果，期待看到两地人民在交流互鉴中增进了解，加深友谊，更期待看到"京蒙协作"成为全国区域协作的典范和标杆。

展望未来，愿我们充满信心与期待。相信在不久的将来，京蒙两地将在更多领域实现深度合作，共同推动社会经济高质量发展。我们期待看到更多的合作项目落地生根，开花结果，期待看到两地人民在交流互鉴中增进了解，加深友谊，更期待看到“京蒙协作”成为全国区域协作的典范和标杆。

我想用一句话来结束这封信：“京蒙同心，其利断金！”让我们携手并肩，共克时艰，为实现中华民族伟大复兴的中国梦，贡献自己的智慧和力量。

期待你的回信，更期待早日与你相见！

邵佳怡

2024 年 9 月 20 日

我想用一句话来结束这封信："京蒙同心，其利断金！"让我们携手并肩，共克时艰，为实现中华民族伟大复兴的中国梦，贡献自己的智慧和力量。

期待你的回信，更期待早日与你相见。

邢佳怡

2024年9月20日

虽两地相隔，但共沐华夏文明的璀璨光辉

刘轩诚（首都师范大学附属中学大兴北校区）
指导教师：张宁

亲爱的内蒙古同学：

你好！

我是首都师范大学附属中学大兴北校区八年级的学生刘轩诚。我喜欢看科普类的书籍，但不喜欢拘泥于书本知识，因此我还爱好做实验，喜欢用实验来验证自己的创想。我喜欢与人互动交流，所以我善于交友和户外运动。此外，我还热爱烹饪，偶尔也会自己做一些菜。今天，我在书桌前写下这封信，期待与你的心灵相遇，也期待往后能与你在一封封书信交流中成为挚友。

在辽阔的中华大地上，北京与内蒙古有着深厚的历史渊源。虽然两地相隔很远，但共沐华夏文明的璀璨光辉。今天，借由此次机会，我跨越千山万水的阻隔，以笔为舟，以墨为帆，向远方的你致以最诚挚的问候和对我们未来交往的深深期许。

“京蒙同心”这四个字不仅仅是活动的主题，更是两地人民情感交融、文化共鸣的真实写照。北京，作为中国的首都，承载着深厚的

亲爱的内蒙古同学：

你好！

我是首都师范大学附属中学大兴北校区八年级的学生刘轩诚，很高兴认识你。我喜欢看科普类的书籍，但不喜欢拘泥于书本知识，因此我还爱好做实验，喜欢用实验来验证自己的创想。我喜欢与人互动交流，所以我善于交友和户外运动。此外，我还热爱烹饪，偶尔也会自己做一些菜。今天，我在书桌前写下这封信，期待与你的心灵相遇，也期待往后能与你在一封封书信交流中成为挚友。

在辽阔的中华大地上，北京与内蒙古有着深厚的历史渊源。虽然两地相隔很远，但共沐华夏文明的璀璨光辉。今天，借由这次机会，我跨越千山万水的阻隔，以笔为舟，以墨为帆，向远方的你致以最诚挚的问候和对我们未来交往的深深期许。

“京蒙同心”这四个字不仅仅是活动的主题，更是两地人民情感交融、文化共鸣的真实写照。北京，作为中国的首都，承载着深厚的历史与文化底蕴，从故宫的红墙金瓦到胡同里的悠悠古韵，每处都诉说着古老深邃的故事。而内蒙古，在蓝天白云之下，那片辽阔无垠的草原绿草如茵，牛羊成群，蒙古包星罗棋布，马头琴琴声悠扬，无不诉说着草原儿女的热情奔放。两地虽然相隔千山万水，但文化的根脉相连，共同描绘着中华民族多元一体的绚丽画卷。

通过这次活动，我希望可以搭建一座桥梁，让两地的人们可以跨越地理上的界线，相互学习，共同成长，分享彼此的文化、习俗、历史，让我们的心灵在互相交流中碰撞出更加绚烂的火花。

在这个数字化的时代，我们仍选择用书信来传递情感、交流思想，是因为文字有超越时空的力量，能让我们在繁忙之余静下心来倾听彼此的心声。

“我希望我们的友谊可以像草原上的河流，源远流长，永不干涸”，让我们携手并进，共同书写我们的青春篇章，让这份友谊成为我们人历史与文化底蕴，从故宫的红墙金瓦到胡同里的悠悠古韵，每处都诉说着古老深邃的故事。而内蒙古，在蓝天白云之下，那片辽阔无垠的草原绿草如茵，牛羊成群，蒙古包星罗棋布，马头琴琴声悠扬，无不诉说着草原儿女的热情奔放。两地虽然相隔千山万水，但文化的根脉相连，共同描绘着中华民族多元一体的绚丽画卷。

通过这次活动，我希望可以搭建一座桥梁，让两地的人们可以跨越地理上的界线，相互学习，共同成长，分享彼此的文化、习俗、历史，让我们的心灵在互相交流中碰撞出更加绚烂的火花。

在这个数字化的时代，我们仍选择用书信来传递情感、交流思想，是因为文字有超越时空的力量，能让我们在繁忙之余静下心来倾听彼此的心声。

“我希望我们的友谊可以像草原上的河流，源远流长，永不干涸”，让我们携手并进，共同书写我们的青春篇章，让这份友谊成为我们人生中最宝贵的财富。

期待与你的每一次交流，愿我们的友谊之花永远绽放！

刘轩诚

2024 年 9 月 15 日

生中最宝贵的财富。

期待与你的每一次交流，愿我们的友谊之花永远绽放！

刘轩诚

2024年9月15日

怀念我们一起在草原上畅谈梦想的日子

杜雨童（首都师范大学附属中学大兴北校区）
指导教师：张宁

亲爱的张羽昭同学：

你好！

见字如面，展信佳。首先请允许我自我介绍一下，我是来自北京的杜雨童。虽然我们来自不同的地域，但那份因文化、民族而结下的深厚情谊，却如同草原上最坚韧的根一般深深长在我的心里。不知道你是否参加了内蒙古的研学活动，我们是否曾擦肩而过？每当夜深人静时，我总会不由自主地回想起我们一起在草原上探索学问、畅谈梦想的日子，心中充满了温暖与怀念。

回想起内蒙古，那里是一片广袤无垠的大草原，是被蓝天白云笼罩着的自由天地。你的家乡以它独有的方式，给予了我前所未有的震撼与感动。草原的广阔让我体会到了“天苍苍，野茫茫，风吹草低见牛羊”的壮丽；蒙古包的温馨让我感受到了家的温暖与你们的热情好客；那悠扬的马头琴声，如同天籁，穿越时空，触动了每一位旅人的心弦。这些宝贵的经历不仅丰富了我的人生阅历，更让我对内蒙古的风土人情充满了喜爱与向往。

亲爱的张羽昭同学：

你好！

见字如面，展信佳。首先请允许我自我介绍一下，我是来自北京的杜雨童。虽然我们来自不同的地域，但那份因文化、民族而结下的深厚情谊，却如同草原上最坚韧的根一般深深长在我的心里。不知道你是否参加了内蒙古的研学活动，我们是否曾擦肩而过？每当夜深人静时，我总会不由自主地回想起我们一起在草原上探索学问、畅谈梦想的日子，心中充满了温暖与怀念。

回想起内蒙古，那里是一片广袤无垠的大草原，是被蓝天白云笼罩着的自由天地。你的家乡以它独有的方式，给予了我前所未有的震撼与感动。草原的广阔让我体会到了“天苍苍，野茫茫，风吹草低见牛羊”的壮丽；蒙古包的温馨让我感受到了家的温暖与你们的热情好客；那悠扬的马头琴声，如同天籁~~之音~~，穿越时空，触动了每一位旅人的心弦。这些宝贵的经历不仅丰富了我的人生阅历，更让我对内蒙古的风在共同的学习与交流中，我深刻体会到了中华民族共同体意识的深远意义。我们虽然来自五湖四海，拥有各自独特的文化背景，但正是因为这份差异，让我们的交流更加丰富多彩，也让我们的心灵更加紧密相连。我们共同学习历史，共同探讨未来，为国家的繁荣富强贡献青春力量。这种跨越地域与文化的共鸣，让我深感自豪与骄傲。

值此之际，我诚恳地邀请你来北京游玩。北京，这座古老又现代的城市，有着太多值得一游的地方。你可以登上长城，走进故宫……我相信，这趟旅行一定会让你对北京、对中华民族有更加深刻的认识。

期待在不久的将来，我们能再次相聚，共叙友情，同游京城。愿我们的友情如草原上的格桑花一般永远盛开，永不凋零！

杜雨童

2024 年 9 月 11 日

土人情充满了喜爱与向往。

在共同的学习与交流中，我深刻体会到了中华民族共同体意识的深远意义。我们虽然来自五湖四海，拥有各自独特的文化背景，但正是因为这份差异，让我们的交流更加丰富多彩，也让我们的心灵更加紧密相连。我们共同学习历史，共同探讨未来，为国家的繁荣富强贡献青春力量。这种跨越地域与文化的共鸣，让我深感自豪与骄傲。

值此之际，我诚恳地邀请你来北京游玩。北京，这座古老又现代的城市，有着太多值得一游的地方。你可以登上长城，走进故宫……我相信，这趟旅行一定会让你对北京、对中华民族有更加深刻的认识。

期待在不久的将来，我们能再次相聚，共叙友情，同游京城。愿我们的友情如草原上的格桑花一般永远盛开，永不凋零！

杜雨童

2024年9月11日

期待你有朝一日能来北京做客

刘昱麟（北京教育学院附属丰台实验学校）
指导教师：边晓露

亲爱的肖英皓：

你好！

我是来自北京市丰台区的一名学生，平时喜爱读书和下棋。热情与开朗是我的代名词。

语文课本中的“草原”一课给我留下了深刻的印象。那广袤无垠的草原，清澈蜿蜒的河流，无不令我心驰神往。相信在那样的风光里恣意地奔跑，一定是无比欢乐与自由的吧。

我在 7 月份的暑假参加了研学活动，前往了这片大草原。当真正踏上这片净土之后，我才明白内蒙古的美之所在。

望 41 号界碑之庄严，听历史之回声，感人民之幸福、国家之昌盛、民族之复兴；观内蒙古博物院之底蕴，品先烈之艰辛，感文化之多彩、历史之深厚、民族之伟大。

此行最令我感到震撼和激动的要数观看情景剧的经历。故事讲述了一个商队在商运时遇到重重苦难，最终在内蒙古人民的帮助下顺利脱险，召开那达慕大会欢庆胜利的故事。

望之，多么高超的马术技艺！倒挫、翻身、站立……点燃了我们的热情！

亲爱的肖英皓：

你好！

我是来自北京市丰台区的一名学生，平时喜爱读书和下棋。热情与开朗是我的代名词。

语文课本中的“草原”一课给我留下了深刻的印象。那广袤无垠的草原、清澈蜿蜒的河流，无不令我心驰神往，相信在那样的风光里恣意地奔跑，一定是无比欢乐与自由的吧。

我在7月份的暑假参加了研学活动，前往了这片大草原。当真正踏上这片净土之后，我才明白内蒙古的美之所在。

望41号界碑之庄严，听历史之回声，感人民之幸福、国家之昌盛、民族之复兴；观内蒙古博物院之底蕴，品先烈之艰辛，感文化之多彩、历史之深厚、民族之伟大。

此行最令我感到震撼和激动的要数观看情景剧的经历。故事讲述了一个商队在商运时遇到重重苦难，最终在内蒙古人民的帮助下顺利脱险，召开那达慕大会欢庆胜利的故事。

望之，多么高超的马术技艺！倒挫、翻身、站立……点燃了我们的热情！

仰之，多么精彩的叠罗汉表演！抬举、合作、移动……见证了蒙古族人民的勇气！

观之，多么美妙的舞蹈表演！勾绷、立落、压掌……展现了内蒙古人民的艺术！

然而，那达慕大会很快就被一场突如其来的袭击打断。异族的骑兵在这片草原上无情地践踏，烧杀抢掠，无恶不作。战争带来的苦难与伤痛，以及人们为了家园而奋起反抗的英雄事迹让人感慨万千，这不禁令人哀叹和反思。

此次通古斯之行不仅让我领略了内蒙古独特的民族文化与习俗，还让我们深刻体会到了团结勇敢与坚韧不拔的民族精神。

在离别之际，我们怀着不舍的心情，伴着熠熠星光，望着熊熊烈火，在这片草原上恣意狂欢。

看！熊熊烈火点亮了漆黑的夜幕！光与暗不停旋转、交织、融合，最终迸发出强烈的力量，温暖了我们的心灵！

看！朵朵烟花照亮了漫漫原野！烟火伴随拖尾的彩光徐徐升空，在草原上方“砰砰”绽放，迸发万千亮光，洒向这片无垠的土地，照亮了我们前行的道路！

仰之，多么精彩的叠罗汉表演！抬举、合作、移动……见证了蒙古族人民的勇气！

观之，多么美妙的舞蹈表演！匀绷、立落、压掌……展现了内蒙古人民的艺术！

然而，那达慕大会很快就被一场突如其来的袭击打断。异族的骑兵在这片草原上无情地践踏，烧杀抢掠，无恶不作。战争带来的苦难与伤痛，以及人们为了家园而奋起反抗的英雄事迹让人感慨万千，这不禁令人哀叹和反思。

此次通古斯之行不仅让我领略了内蒙古独特的民族文化与习俗，还让我们深刻体会到了团结勇敢与坚韧不拔的民族精神。

在离别之际，我们怀着不舍的心情，伴着熠熠星光，望着熊熊烈火，在这片草原上恣意狂欢。

看！熊熊烈火点亮了漆黑的夜幕！光与暗不停旋转、交织、融合，最终迸发出强烈的力量，温暖了我们的心灵！

看！朵朵烟花照亮了漫漫原野！烟火伴随拖尾的彩光徐徐升空，在草原上方"砰砰"绽放，迸发万千亮光，洒向这片无垠的土地，照看！勤劳、可爱的伟大先烈们就如同这篝火般燃烧了自己，照亮了这片土地，为这片国土留下永恒的鲜绿。

在璀璨的烟火中，我依稀看到全国各族人民团结一心、英勇抗战的生动画面，正是因为前辈们的团结一致和辛苦付出才让我们获得了今天的幸福生活。我们“京蒙”地区的青少年乃至全国的同学们都要努力学习，铸牢中华民族共同体意识，不断为实现中华民族伟大复兴而艰苦奋斗，以缅怀先烈、致敬英雄。

此次内蒙古之行，我收获万千。期待你有朝一日能来北京做客。我们可以一起游览故宫，领略皇家宫殿的雄伟；漫步颐和园，感受皇家园林的韵味；攀登长城，体悟中华民族的伟大；当然，还要品尝北京特色美食，如烤鸭、炸酱面等，定能让你大饱口福。

期待你的到来！

刘昱麟

2024 年 9 月 11 日

亮了我们前行的道路！

看！勤劳、可爱的伟大先烈们就如同这篝火般燃烧了自己，照亮了这片土地，为这片国土留下永恒的鲜绿。

在璀璨的烟火中，我依稀看到全国各族人民团结一心、英勇抗战的生动画面，正是因为前辈们的团结一致和辛苦付出才让我们获得了今天的幸福生活。我们"京蒙"地区的青少年乃至全国的同学们都要努力学习，铸牢中华民族共同体意识，不断为实现中华民族伟大复兴而艰苦奋斗，以缅怀先烈、致敬英雄。

此次内蒙古之行，我收获万千，期待你有朝一日能来北京做客。我们可以一起游览故宫，领略皇家宫殿的雄伟；漫步颐和园，感受皇家园林的韵味；攀登长城，体悟中华民族的伟大；当然，还要品尝北京特色美食，如烤鸭、炸酱面等，定能让你大饱口福！

期待你的到来！

刘昱麟

2024年9月11日

見字如面

第三章

我们一起好好学习

我们一起好好学习

陈子玉（内蒙古自治区呼伦贝尔市海拉尔区学府路中学）
指导教师：刘晓雪

亲爱的同学：

你好！

在这浩瀚宇宙的一隅，我轻声向你问好。我叫陈子玉，来自内蒙古自治区呼伦贝尔市海拉尔区学府路中学。虽然我们未曾谋面，但我相信文字的力量能够拉近我们之间的距离。

我热爱阅读和旅行，对世界的多元文化和悠久历史充满了探索的渴望。我常常梦想着自己能够踏上那些书本里提及的神秘土地，去触摸那里的山川河流，感受那里的风土人情。我最喜欢的科目是数学和语文。数学像一座迷宫，解题就如同寻宝一般。每当我解决一道难题，就会感到有成就感。而语文则让我能够通过优美的诗句来感受诗人笔下的大好河山，了解我所不知道的景色。

我性格开朗，喜欢交朋友。我相信，真诚的微笑是连接人心的桥梁。我也很乐于助人。无论是别人学习上的难题还是生活中的小困扰，我都愿意伸出援手。

未来，我希望能够继续努力学习，不断提升自己，成为一个对社会有用的人。我也期待在接下来的学习和生活中，能够遇到更有趣的人和事。

谈到北京，这座古老而又现代的城市，总是以它独特的魅力吸引着世界各地的游客。北京是中国的首都，是一座见证了无数历史变迁的古都。它拥有丰富的历史文化遗产，如故宫、长城、天坛、颐和园等。这些名胜古迹不仅是中国悠久历史的见证，也是世界文化遗产的重要组成部分。故宫，这座明清两代的皇家宫殿，以其宏伟的建筑和丰富的文物收藏，被誉为“世界五

亲爱的同学：

你好！

在这浩瀚宇宙的一隅，我轻声向你问好。我叫陈子王，来自内蒙古自治区呼伦贝尔市海拉尔区学府路中学。虽然我们未曾谋面，但我相信文字的力量能够拉近我们之间的距离。

我热爱阅读和旅行，对世界的多元文化和悠久历史充满了探索的渴望。我常常梦想着自己能够踏上那些书本里提及的神秘土地，去触摸那里的山川河流，感受那里的风土人情。我最喜欢的科目是数学和语文。数学像一座迷宫，解题就如同寻宝一般。每当我解决一道难题，就会感到有成就感。而语文则让我能够通过优美的诗句来感受诗人笔下的大好河山，了解我所不知道的景色。

我性格开朗，喜欢交朋友。我相信，真诚的微笑是连接人心的桥梁。我也很乐于助人。无论是别人学习上的难题还是生活中的小困扰，我都愿意伸出援手。

未来，我希望能继续努力学习，不断提升自己，成为一个对社会有用的人。我也期待在接下来的学习和生活中，能够遇到更有趣的人和事。

谈到北京，这座古老而又现代的城市，总是以它独特的魅力吸引着世界各地的游客。北京是中国的首都，是一座见证了无数历史变迁的古都。它拥有丰富的历史文化遗产，如故宫、长城、天坛、颐和园等。这些名胜古迹不仅是中国悠久历史的见证，也是世界文化遗产的重要组成部分。故宫，这座明清两代的皇家宫殿，以其宏伟的建筑和丰富的文物收藏，被誉为“世界五大宫之首”。而长城，作为一项中国古代伟大的防御工程，更是人类建筑史上的奇迹，象征着中华民族的坚韧不拔和智慧。

除了历史古迹，我还品尝了北京的传统美食，如烤鸭，豆汁儿等，感受到了传统的北京风味。

我还要向你介绍一下呼伦贝尔。呼伦贝尔以其壮丽的自然景观和独特的美食文化吸引着无数游客。你在这里可以欣赏到被誉为“天下第一曲水”的莫日格勒河的壮丽景色，感受到大宫之首”。而长城，作为一项中国古代伟大的防御工程，更是人类建筑史上的奇迹，象征着中华民族的坚韧不拔和智慧。

除了历史古迹，我还品尝了北京的传统美食，如烤鸭、豆汁儿等，感受到了传统的北京风味。

我还要向你介绍一下呼伦贝尔。呼伦贝尔以其壮丽的自然景观和独特的美食文化吸引着无数游客。你在这里可以欣赏到被誉为“天下第一曲水”的莫日格勒河的壮丽景色，感受到成吉思汗在这里的豪情壮志。这里的每一处风景都让人流连忘返。我们这里的美食独特、好吃，比如手把羊肉、烤全羊、涮羊肉等，每一道菜都让人回味无穷。

我期待着与你交流，分享我们的故事，了解你们的生活。同时，我也热烈欢迎你有机会来我的家乡做客，体验不同的风土人情。

希望这封信能够成为我们友谊的开始，期待我们未来有更多的交流与互动。期待你的回信，也期待我们相聚。

你的朋友：陈子玉

2024 年 9 月 13 日

成吉思汗在这里的豪情壮志。这里的每一处风景都让人流连忘返。我们这里的美食独特好吃，比如手把羊肉、烤全羊、涮羊肉等，每一道菜都让人回味无穷。

我期待着与你交流，分享我们的故事，了解你们的生活。同时，我也热烈欢迎你有机会来我的家乡做客，体验不同的风土人情。

希望这封信能够成为我们友谊的开始，期待我们未来更多的交流与互动。期待你的回信，也期待我们相聚。

你的朋友：陈子王

2024年9月13日

小“话唠”带你游校园

王梓怡（北京十一学校）
指导教师：沈越

亲爱的同学：

你好呀！

很高兴可以给你写信（好有神秘感）。这个暑假我去了内蒙古自治区，那里好美！

接下来，让我来和你讲讲北京。先来缩小范围，谈谈我所在的北京十一学校吧。北京十一学校很有趣！它是“走班制”的，就是上课的教室不固定，我们每个课间都要背着书包来到不同的教室上课，就像大学一样，而且也没有固定的班主任。跟你小小地炫耀一下，这种形式在整个北京（仅“中学圈”）都很少有哦！北京十一学校的课程特别多元，我们可以自主选择自己喜欢的兴趣课，比如油画、版画、街舞、羽毛球、网球、射箭、手工等，而且设施都特别好。校园“老”大了（从东走到西要9分钟！“亲测”，保准确）。红色的围墙配上秋天金黄的落叶，或者冬天皑皑的白雪，抑或春夏嫩绿的植物，都是我眼里最美的风景。

啊！感觉我好“话唠”啊！不过，这不重要……接下来让我们扩大范围，聊聊北京吧。北京的人口比你们那边多好多（10倍吧，不夸张，真的）……非常繁华，随处都是高楼大厦，晚上灯火通明，还有悠久的历史，以及很多博物馆。大片大片的草坪，在北京是不存在（或者很少见）的！哦，对了，北京烤鸭和涮肉巨好吃，你有机会一定要来尝尝！

哇，这么快就到结尾了，感觉还有话要说。总之，无论如何一定要来北京看看呦！

祝

天天开心！

王梓怡

2024年9月15日

亲爱的同学：

你好呀！

很高兴可以给你写信（好有神秘感）。这个暑假我去了内蒙古自治区，那里好美！

接下来，让我来和你讲讲北京。先来缩小范围，说说我所在的北京十一学校吧。北京十一学校很有趣！它是"走班制"的，就是上课的教室不固定，我们每个课间都要背着书包来到不同的教室上课，就像大学一样，而且也没有固定的班主任。跟你小小地炫耀一下，这种形式在整个北京（及"中学圈"）都很少有哦！北京十一学校的课程特别多元，我们可以自主选择自己喜欢的兴趣课，比如油画、版画、街舞、羽毛球、网球、射箭、手工等，而且设施都特别好。校园"老"大了（从东走到西要9分钟！"亲测"，保准确）。红色的围墙配上秋天金黄的落叶，或者冬天皑皑的白雪，抑或春夏嫩绿的植物，都是我眼里最美的风景。

啊！感觉我好"话唠"啊！不过，这不重要……接下来让我们扩大范围，聊聊北京吧。北京的人口比你们那边多好多（10倍吧，不夸张，真的）……非常繁华，随处都是高楼大厦，晚上灯火通明，还有悠久的历史，以及很多博物馆。大片大片的草坪在北京是不存在（或者很少见）的！哦，对了，北京烤鸭和涮肉巨好吃，你有机会一定要来尝尝！

哇，这么快就到结尾了，感觉还有好多话想说，总之，无论如何一定要来北京看看呦！

祝

天天开心！

王梓俏

2024年9月15日

能给你写信是一种缘分

邢一涵（北京十一学校）
指导教师：郭思妍

亲爱的内蒙古同学：

你好！

很高兴能给你写信！我虽然没去过内蒙古，但经常在电视上见到内蒙古的大草原和大草原上的羊群、蒙古包。内蒙古是一个很美丽的地方！

你肯定知道北京是中国的首都，热闹非凡，但当你真正来到北京时，就会发现北京还别有一番韵味。

如果你来北京旅游，我想要给你推荐几个地方：你一定要去北京的胡同瞧瞧，跟高楼大厦相比，那里带给你的感受真的很不一样。你还可以去玉渊潭公园赏桃花和樱花，这里每年都有花展。故宫博物院也是个很好的选择呢！

接下来，给你介绍一下我每天的学习生活吧。我每天都很忙碌、很充实。我们学的课程是自己选的。上课采取“走班制”，每节课都需要去相应学科的教室。如果有机会来探索这所校园，你会发现每一个角落里都埋藏着惊喜。这所学校的特色就是教学楼全都是红色的，拍照非常漂亮！

亲爱的内蒙古同学：

你好！

很高兴能给你写信！我虽然没去过内蒙古，但经常在电视上见到内蒙古的大草原和大草原上的羊群、蒙古包。内蒙古是一个很美丽的地方！

你肯定知道北京是中国的首都，热闹非凡，但当你真正来到北京时，就会发现北京还别有一番韵味。

如果你来北京旅游，我想要给你推荐几个地方：你一定要去北京的胡同瞧瞧，跟高楼大厦相比，那里带给你的感受真的很不一样。你还可以去玉渊潭公园赏桃花和樱花，这里每年都有花展。故宫博物院也是个很好的选择呢！

接下来，给你介绍一下我每天的学习生活吧。我每天都很忙碌、很充实。我们学的课程是自己选的。上课采取"走班制"，每节课都需要去相应学科的教室。如果有机会来探索这所校园，你会发现每一个角落里都埋藏着惊喜。这所学校的特色就是教学楼全都是红色的，拍照我也很想了解你的学习与生活。在大草原上奔跑是不是一件很美妙的事情呢？你平常都吃些什么呀？如果可以，你能否在社交平台上给我讲述一下你的学习与生活呢？如果我能看到，这一定是一种天意！

能给你写信是一种缘分。“无穷的远方，无尽的人们，都与我有关。”你我都是幸运的人。

祝

好好学习，天天向上，开开心心，生活美满！

邢一涵

2024年9月15日

非常漂亮！

我也很想了解你的学习与生活。在大草原上奔跑是不是一件很美妙的事情呢？你平常都吃些什么呀？如果可以，你能否在社交平台上给我讲述一下你的学习与生活呢？如果我能看到，这一定是一种天意！

能给你写信是一种缘分。"无穷的远方，无尽的人们，都与我有关。"你我都是幸运的人。

祝

好好学习，天天向上，开开心心，生活美满！

邢一涵

2024年9月15日

憧憬策马奔向学校的日子

李妙心（北京市第二十七中学）
指导教师：张欣

王灿同学：

你好呀！我生活在北京，今年刚上初二。我姓李，名为妙心，取自雍和宫的一块牌匾。你的名字很好听，有什么含义吗？你生活在草原上吗？我非常高兴能和你通信。

我只见过一次草原，应该也见到了蒙古包，但那时候很小，以至于现在只记得骑在马背上一颠一颠的感觉。我住的地方都是楼房，见过最大的空地是学校的操场。所以我实在不清楚在一片没有边际的大草原上策马疾驰是什么样的感觉、什么样的心情。我想那一定特别自由，好像腿蹬一蹬就能冲向天际，手伸一伸就能够到天空，颇为洒脱、奔放。听说在你们那里，有一些地方是骑马上学的，这是真的吗？我非常憧憬乘着风、迎着朝阳，策马奔向学校的日子。

大草原上的日出一定很美吧。你们那边是不是有成片成片的白桦林？应该也有麋鹿吧。草原上的林子一定非常茂密。站在树与树之间，听草原上的风吟唱着歌谣，斑驳的阳光映在脸上，多美好啊！麋鹿也王灿同学：

你好呀！我生活在北京，今年刚上初二。我姓李，名为妙心，取自雍和宫的一块牌匾。你的名字很好听，有什么含义吗？你生活在草原上吗？我非常高兴能和你通信。

我只见过一次草原，应该也见到了蒙古包，但那时候很小，以至于现在只记得骑在马背上一颠一颠的感觉。我住的地方都是楼房，见过最大的空地是学校的操场。所以我实在不清楚在一片没有边际的大草原上策马疾驰是什么样的感觉，什么样的心情。我想那一定特别自由，好像腿蹬一蹬就能冲向天际，手伸一伸就能够到天空，颇为洒脱、奔放。听说在你们那里，有一些地方是骑马上学的，这是真的吗？我非常憧憬乘着风、迎着朝阳，策马奔向学校的日子。

大草原上的日出一定很美吧。你们那边是不是有成片成片的白桦林？应该也有麋鹿吧。草原上的林子一定非常茂密。站在树与树之间听草原上的风吟唱着歌谣，斑驳的阳光映在脸

●●●

不会被圈养在笼子里，我或许可以走近一些，去摸一摸它们的毛。连想象中都如此美丽的地方，如果能亲眼看到，一定会更加难忘吧。等有时间了，我一定要去看看，或许明年夏天就可以。我很期待。

我在北京市东城区上初中。学校离故宫很近，距天安门也不远。上下学的时候，我会穿过王府井大街，沿路有很多屹立了几百年的古建筑，也许你听过它们的名字。在红墙黄瓦间，蹬着我那辆“吱呀吱呀”响的车子。槐树斑驳的影子不时映在身上，让我整个人都放松了下来。但我想，这和站在大草原上一定是两种完全不同的感觉。要是你哪一天来到北京，我一定要带你去看看夕阳斜照在故宫瓦片上泛起的薄光，还有那春天时到处都能见到的槐花。在大草原上有机会骑自行车吗？如果你没学过的话，我可以教你呀。我们一起骑着车穿过街道。在我的学校里就能瞧见故宫的一角。每当隔着教学楼望见它时，我都觉得那是我见过的最好的景色。还有槐花，下雨的时候，花瓣会被雨水纷上，多美好啊！麋鹿也不会被圈养在笼子里，我或许可以走近一些，去摸一摸它们的毛。连想象中都如此美丽的地方，如果能亲眼看到，一定会更加难忘吧。等有时间了，我一定要去看看，或许明年夏天就可以。我很期待。

我在北京市东城区上初中。学校离故宫很近，距天安门也不远。上下学的时候，我会穿过王府井大街，沿路有很多屹立了几百年的古建筑，也许你听过它们的名字。在红墙黄瓦间蹬着我那辆"吱呀吱呀"响的车子。槐树斑驳的影子不时映在身上，让我整个人都放松了下来。但我想，这和站在大草原上一定是两种完全不同的感觉。要是你哪一天来到北京，我一定要带你去看看夕阳斜照在故宫瓦片上泛起的薄光，还有那春天时到处都能见到的槐花。在大草原上有机会骑自行车吗？如果你没学过的话，我可以教你呀。我们一起骑着车穿过街道。在我的学校里就能瞧见故宫的一角。每当隔着教学楼望见它时，我都觉得那是我见过的最好的景色。还有槐花，下雨的时候，花瓣会被雨

●●●

纷扬扬地打落下来。这时的马路像是被撒上了金箔。如果你挑花瓣堆积得多的地方走，就像秋天踩在枯叶上一样，“嘎吱嘎吱”的。

刚刚过去的那个夏天总是下雨，天空经常是天青色的，映照着槐花，很美。这样的美景似乎为人们消解了一些暑气。现在已到了九月，正是北京气温最舒适的时节，不开花的枝头上经常栖着些麻雀，和春天有些相似。建议你春天来这里。在最美的季节，能见到几百岁的老树发新芽。

期待收到你的回信！

李妙心

2024 年 9 月 8 日

······▶

水纷纷扬扬地打落下来。这时的马路像是被撒上了金露。如果你挑花瓣堆积得多的地方走，就像秋天踩在枯叶上一样，“嘎吱嘎吱”的。

刚刚过去的那个夏天总是下雨，天空经常是天青色的，映照着槐花，很美。这样的美景似乎为人们消解了一些暑气。现在已到了九月，正是北京最舒适的时节，不开花的枝头上经常栖着些麻雀，和春天有些相似。建议你春天来这里。在最美的季节，能见到几百岁的老树发新芽。

期待收到你的回信！

李妙心

2024年9月8日

欢迎远方的你来“最美校园”看看

董睿琪（北京一零一中）
指导教师：宋卓雅

亲爱的张蕙淇：

你好！

我非常开心能与你通信！

我是来自北京一零一中的一名初中二年级的学生。我乐观开朗、乐于助人，是老师的好帮手、同学们的好伙伴。上课时，我积极回答问题，认真听课，做笔记；下课后，我乐于为同学解答难题。在课余时间里，我坚持每天锻炼身体，练习小提琴，收获良多，也取得了优异的成绩。我还喜欢绘画，描绘身边的花花草草、有趣的人和事，有机会一定分享给你看。

老师在课堂上给我们介绍了你们生活的地区，展示了许多那里的优美图片。我被呼伦贝尔大草原的景色深深地吸引了。那深绿色的草地，像给大地铺上了一层薄毯。微风吹过，激荡起层层草波。我还没有去过呼伦贝尔。如果有机会去，我一定要拍许多草原的照片，体验那里正宗的烤全羊、手把肉和奶茶。我在北京品尝过你那里的奶茶，感觉它与我们这里的奶茶味道不同。我非常爱喝，可我爸爸不太喜欢。

亲爱的张慧淇：

你好！

我非常开心能与你通信！

我是来自北京一零一中的一名初中二年级的学生。我乐观开朗、乐于助人，是老师的好帮手、同学们的好伙伴。上课时，我积极回答问题，认真听课，做笔记；下课后，我乐于为同学解答难题。在课余时间里，我坚持每天锻炼身体，练习小提琴，收获良多，也取得了优异的成绩。我还喜欢绘画，描绘身边的花花草草、有趣的人和事，有机会一定分享给你看。

老师在课堂上给我们介绍了你们生活的地区，展示了许多那里的优美图片。我被呼伦贝尔大草原的景色深深地吸引了。那深绿色的草地，像给大地铺上了一层薄毯。微风吹过，激起层层草浪。我还没有去过呼伦贝尔。如果有机会去，我一定要拍许多草原的照片，体验那里正宗的烤全羊、手把肉和奶茶。我在北京品尝过你那里的奶茶，感觉它与我们这里的奶茶味道不同。我非常爱喝，可我爸爸不太喜欢。

●●●

如果你对北京也感兴趣，欢迎你随时来玩，我带你吃遍北京的美食，游遍北京的景点。

我们学校里有许多可爱的小动物，深受同学们喜爱，有温顺的羊驼（学校新买的两只小羊驼，脾气真的很好）、美丽的孔雀、常来班里串门的小猫、在教学楼里筑巢的小燕子……这里还有许许多多有趣的事情，是名副其实的“最美校园”。

非常期待你的回信！

祝

学业有成！

董睿琪

2024 年 9 月 15 日

······▶

如果你对北京也感兴趣，欢迎你随时来玩，我带你吃遍北京的美食，游遍北京的景点。

我们学校里有许多可爱的小动物，深受同学们喜爱，有温顺的羊驼（学校新买的两只小羊驼，脾气真的很好）、美丽的孔雀、常来班里串门的小猫、在教学楼里筑巢的小燕子……这里还有许许多多有趣的事情，是名副其实的"最美校园"。

非常期待你的回信！

祝

学业有成！

董睿琪

2024年9月15日

学校就像我的另一个家

高元（北京十一学校）
指导教师：高利河

致亲爱的你：

你好呀！

一想到这封信会翻越无数高山沟壑，飞到你的手中，我就仿佛也跟着信飞去了，时而在碧蓝的天空上翱翔，低头看广阔无垠的大草原，时而俯身追赶恣意奔腾的羊群，多么惬意！

北京的喧嚣昼夜难息。这座城市繁忙无比，一天 24 小时永远亮着各种灯。那些灯光经常照得夜空发红，仿佛要吞噬掉夜空中的星辰，带给黑夜无限的光明……内蒙古的夜晚是不是还有点点星光若隐若现呢？

沉淀了数千年历史与文化的皇家宫殿，与承载着老北京文化的四合院与胡同，在林立的高楼间，显得格外耀眼夺目。在同样高速发展的内蒙古，还能看见“一个蒙古包撑起一片草原”的景象吗？

…………

不知不觉中，我竟问了这么多问题，也许是我对这并不太了解的草原太好奇了。我眼中的北京讲完了，接下来讲讲我眼中的学校吧。

致亲爱的你：

你好呀！

一想到这封信会翻越无数高山沟壑，飞到你的手中，我就仿佛也跟着信飞去了，时而在碧蓝的天空上翱翔，低头看广阔无垠的大草原，时而俯身追赶恣意奔腾的羊群，多么惬意！

北京的喧嚣昼夜难息。这座城市繁忙无比，一天24小时永远亮着各种灯。那些灯光经常照得夜空发红，仿佛要吞噬掉夜空中的星辰，带给黑夜无限的光明……内蒙古的夜晚是不是还有点点星光若隐若现呢？

沉淀了数千年历史与文化的皇家宫殿，与承载着老北京文化的四合院与胡同，在林立的高楼间，显得格外耀眼夺目。在同样高速发展的内蒙古，还能看见“一个蒙古包撑起一片草原”的景象吗？

……………

不知不觉中，我竟问了这么多问题，也许是我对这并不太了解的草原太好奇了。我眼中的北京讲完了，接下来讲讲我眼中的学校吧。

我的学校北京十一学校，并不在市区的中心位置。这边的高楼少了许多，不过夜空还是会被灯光照得发红。

学校就像我的另一个家，我每周在学校度过的时间远比在家里多。我们的作息时间大概是 6:30 到 7:00 起床，21:20 熄灯。一节课 45 分钟，上完一节课需要换一间教室，俗称“走班制”。如果课程都安排在同一栋教学楼中上还好，可若是两节课分别安排在校园最西边和最东边的教室上，同学们便得紧赶慢赶地飞奔过去。

中午下课后可以去食堂吃饭。校园里坐落着多个食堂，同学们的选择非常多。不过，我有时喜欢到小卖部买面包吃。午休之后，我们又开始上课。下午有学科答疑，相当于增加了一节课，上完便放学啦！晚上有两个小时的晚自习课程，之后住宿生回宿舍，其他同学就可以各回各家。如果还有刻苦的同学想自习的话，可以到宿舍楼里的自习室学习。

老师催我交信了！我还有好多好多话想说，只能用“意念”遥寄给你了。总之，特别欢迎你来北京十一学校看看、玩玩。有时间的话，我的学校北京十一学校，并不在市区的中心位置。这边的高楼少了许多，不过夜空还是会被灯光照得发红。

学校就像我的另一个家，我每周在学校度过的时间远比在家里多。我们的作息时间大概是6:30到7:00起床，21:20熄灯。一节课45分钟，上完一节课需要更换一间教室，俗称"走班制"。如果课程都安排在同一栋教学楼中上还好，可若是两节课分别安排在校园最西边和最东边的教室上，同学们便得紧赶慢赶地飞奔过去。

中午下课后可以去食堂吃饭。校园里坐落着多个食堂，同学们的选择非常多。不过，我有时喜欢到小卖部买面包吃。午休之后，我们又开始上课。下午有学科答疑，相当于增加了一节课，上完便放学啦！晚上有两个小时的晚自习课程，之后住宿生回宿舍，其他同学就可以各回各家。如果还有刻苦的同学想自习的话，可以到宿舍楼里的自习室学习。

老师催我交信了！我还有好多好多话想说，只能用"意念"遥寄给你了。总之，特别欢迎我也想去内蒙古的大草原。千言万语汇成一句：感谢这个让你我“相遇”的机会。

如果有机会的话，再会！

高元

2024年9月15日

你来北京十一学校看看、玩玩。有时间的话，我也想去内蒙古的大草原。千言万语汇成一句：感谢这个让你我“相遇”的机会。

如果有机会的话，再会！

高元

2024年9月15日

有机会我一定亲自去看看

马子玥（国家教育行政学院附属实验学校）
指导教师：陈康

亲爱的刘芸菲同学：

你好！

见字如面，展信舒颜。

我是国家教育行政学院附属实验学校的马子玥，很高兴能有这样一次机会与你交流。我喜欢阅读、绘画、朗读等。阅读能让我身临其境地体会作者丰富多彩的情感世界，感受文字带来的无穷魅力。绘画，就是在纸上创造出自己的世界。我们可以创造出大自然，为它绘出朵朵绽放的花朵，绘出阳光和雨露，还能绘出暗夜中明亮的烟火。我认为，朗读是声音与文字的融合，可以营造能够感染观众的氛围，犹如激昂的烈焰、温婉的溪流，抑或惬意的竹林。

一提到内蒙古，我的脑海里就会浮现出这样一幅画面：在碧绿无垠的大草原上，人们骑着骏马在奔腾，自由又恣意。他们身穿蒙古族的鲜亮服饰，像一簇簇燃起的炽热火焰。远处坐落着几处蒙古包，像“碧绿夜空”中的繁星，点缀着广袤的草原，让人感到无比悠闲、惬意。世间美好像是全部聚集于此，形成了一幅独具一格的画卷。以后有机亲爱的刘芸菲同学：

你好！

见字如面，展信舒颜。

我是国家教育行政学院附属实验学校的马子玥，很高兴能有这样一次机会与你交流。我喜欢阅读、绘画、朗读等。阅读能让我身临其境地体会作者丰富多彩的情感世界，感受文字带来的无穷魅力。绘画，就是在纸上创造出自己的世界。我们可以创造出大自然，为它绘出朵朵绽放的花朵，绘出阳光和雨露，还能绘出暗夜中明亮的烟火。我认为，朗读是声音与文字的融合，可以营造能够感染观众的氛围，犹如激昂的烈焰、温婉的溪流，抑或惬意的竹林。

一提到内蒙古，我的脑海里就会浮现出这样一幅画面：在碧绿无垠的大草原上，人们骑着骏马在奔腾，自由又恣意。他们身穿蒙古族的鲜亮服饰，像一簇簇燃起的炽热火焰。远处坐落着几处蒙古包，像“碧绿夜空”中的繁星，点缀着广袤的草原，让人感到无比悠闲、惬意。世间美好像是全部聚集于此，形成了一幅独具会，我一定亲自去看看。

北京，有拥有六百余年悠久历史的故宫博物院，也有被绿意环绕、连绵不断的八达岭长城，有风景优美的颐和园，还有布满历史痕迹的圆明园……北京的美食也有很多，有喝一口就让你难以忘却的豆汁儿、香甜多汁的庞各庄西瓜、酸甜可口的老北京冰糖葫芦，还有糖雪球，红彤彤的，像裹上了糖浆的小雪球……烤鸭更是香味十足。

再给你讲讲我们的校园。一进门，首先见到的是高大的柳树，一到春天便绿意盎然，充满了春意，接下来映入眼帘的是红色塑胶跑道和高大的教学楼。课间休息的时候，很多同学喜欢到小院里遛弯儿，与朋友坐在秋千上畅谈，在操场上恣意奔跑。这就是我每天快乐学习的校园。

欢迎你来北京旅游！愿君安好，岁岁平安，事事如意！

你的笔友：马子玥

2024 年 9 月 13 日

一格的画卷。以后有机会，我一定亲自去看看。

北京，有拥有六百余年悠久历史的故宫博物院，也有被绿意环绕、连绵不断的八达岭长城，有风景优美的颐和园，还有布满历史痕迹的圆明园……北京的美食也有很多，有喝一口就让你难以忘却的豆汁儿、香甜多汁的庞各庄西瓜、酸甜可口的老北京糖葫芦，还有糖雪球，红彤彤的，像裹上了糖浆的小雪球……烤鸭更是香味十足。

再给你讲讲我们的校园。一进门，首先见到的是高大的柳树，一到春天便绿意盎然，充满了春意，接下来映入眼帘的是红色塑胶跑道和高大的教学楼。课间休息的时候，很多同学喜欢到小院里遛弯儿，与朋友坐在秋千上畅谈，在操场上恣意奔跑。这就是我每天快乐学习的校园。

欢迎你来北京旅游！愿君安好，岁岁平安，事事如意！

你的笔友：马子玥

2024年9月13日

在海拉尔遇见老舍先生的《草原》

萨茹拉（内蒙古自治区呼伦贝尔市海拉尔区第五中学）
指导教师：崔莹

北京的你：

见信如面，展信愿好！

以前听长辈们说，他们像我们这么大的时候，车马很慢，唯一能和远方的友人联系的，是那一封封在彼此的期待中徐徐而至的书信。那时的我还无法想象人们在期盼回信时的那份急切的心情。直到今天，当我郑重其事写下这封信时，我便也开始了期待。

我的名字叫萨茹拉，是蒙古语音译过来的，意为“光明、远阔”。你一定读过老舍先生的那篇《草原》吧，我以我的名字向你保证，老舍先生笔下的天空、草地、小丘、牛羊都是我家乡最真实的写照。借此机会，我也邀请你来我的家乡做客，我一定会带你走进草原深处，欣赏那“天下第一曲水”莫日格勒河的壮丽。

作为一名中学生，我喜欢唱歌、跳舞，喜欢弹钢琴，也尝试其他乐器。我更喜欢的是羽毛球运动，“球不落地，永不放弃”是我的口头禅。不知道你是否也喜欢运动，真希望有机会一起去草原策马奔腾。

呼伦贝尔美丽、古老又神奇，期待你的到来。

祝

学业进步，天天开心！

萨茹拉

2024 年 9 月 17 日

北京的你：

见信如面，展信愿好！

以前听长辈们说，他们像我们这么大的时候，车马很慢，唯一能和远方的友人联系的，是那一封封在彼此的期待中徐徐而至的书信。那时的我还无法想象人们在期盼回信时的那份急切的心情。直到今天，当我郑重其事写下这封信时，我便也开始了期待。

我的名字叫萨茹拉，是蒙古语音译过来的，意为"光明、辽阔"。你一定读过老舍先生的那篇《草原》吧，我以我的名字向你保证，老舍先生笔下的天空、草地、小丘、牛羊都是我家乡最真实的写照。借此机会，我也邀请你来我的家乡做客，我一定会带你走进草原深处，欣赏那"天下第一曲水"莫日格勒河的壮丽。

作为一名中学生，我喜欢唱歌、跳舞，喜欢弹钢琴，也尝试其他乐器。我更喜欢的是羽毛球运动，"球不落地，永不放弃"是我的口头禅。不知道你是否也喜欢运动，真希望有机会一起去草原策马奔腾。

呼伦贝尔美丽、古老又神奇，期待你的到来。

祝

学业进步，天天开心！

萨茹拉

2024年9月17日

一路向前，一路生花

姜思屹（内蒙古自治区呼伦贝尔市海拉尔区第五中学）
指导教师：王淼

未曾谋面的朋友：

你好！

见字如晤，展信舒颜。很高兴认识你！第一次以书信的方式结交新的朋友，我的内心激动不已。我是内蒙古自治区呼伦贝尔市海拉尔区第五中学的一名学生，一个知上进、有理想的人，用善良温暖周围的每一个人。我在艺术方面有所涉足，最喜欢的便是书法。我将内心所感融于笔头，尽情书写自己真实的人生。虽然我不曾尝遍人生百味，但也经历过事与愿违。因此，我能够坦然面对困难与挫折。

作为学生，我想我们拥有共同的“甜蜜的烦恼”，那便是学习。我谈不上多么热爱学习，但有时学习真的会给我带来快乐和成就感。我没有特别喜欢或讨厌哪个学科，若非要说一说，那么我最喜欢的就是写作。我认为写作绝不是为了应试，更多的是记录自己的生活。于我而言，写作是抒发情绪的出口。我开心时会用文字记录内心的愉悦，失落时又会用文字倾诉自己的苦楚。看到生活中的琐事，我也会记下来。这样的文字可以说是朴实无华、毫无美感可言的。但我认为它们却又是那么扣人心弦，每一字一句都记录着我的成长。我会记下学完课文后的感悟、背完英语单词后的兴奋，也会记下数学考试失利后的难过，以及体育运动后的畅快……提起数学，我又不得不展开讲一讲了。我一向认为数学是三大主科中最难的。但是幸运的是，我遇到了一位优秀的数学老师。有次我拿着不会解答的练习题，心中忐忑不安，犹豫应不应该去问老师。如果不问，一旦老师提问，我回答不上来该怎么办？老师会不会因未曾谋面的朋友：

你好！

见字如晤，展信舒颜。很高兴认识你！第一次以书信的方式结交新的朋友，我的内心激动不已。我是内蒙古自治区呼伦贝尔市海拉尔区第五中学的一名学生，一个知上进、有理想的人，用善良温暖周围的每一个人。我在艺术方面有所涉足，最喜欢的便是书法。我将内心所感融于笔头，尽情书写自己真实的人生。虽然我不曾尝遍人生百味，但也经历过事与愿违。因此，我能够坦然面对困难与挫折。

作为学生，我想我们拥有共同的"甜蜜的烦恼"，那便是学习。我谈不上多么热爱学习，但有时学习真的会给我带来快乐和成就感。我没有特别喜欢或讨厌哪个学科，若非要说一说，那么我最喜欢的就是写作。我认为写作绝不是为了应试，更多的是记录自己的生活。于我而言，写作是抒发情绪的出口。我开心时会用文字记录内心的愉悦，失落时又会用文字倾诉自己的苦楚。看到生活中的琐事，我也会记下来。这样的文字可以说是朴实无华，毫无美感可言的。但我认为它们却又是那么扣人心弦，每一字一句都记录着我的成长。我会记下学完课文后的感悟，背完英语单词后的兴奋，也会记下数学考试失利后的难过，以及体育运动后的畅快……

提起数学，我又不得不展开讲一讲了。我一向认为数学是三大主科中最难的。但是幸运的是，我遇到了一位优秀的数学老师。有次我拿着不会解答的练习题，心中忐忑不安，犹豫应不应该去问老师。如果不问，一旦老师提问，我回答不上来该怎么办？老师会不会因此而生气？此时的我，既纠结又矛盾。但欣慰的是，当我鼓足勇气向老师寻求帮

此而生气？此时的我，既纠结又矛盾。但欣慰的是，当我鼓足勇气向老师寻求帮助，她不但解答了我的疑惑，还鼓励我有问题就随时去问她。这也是我的数学成绩得以慢慢提升的重要原因。

至于英语，对我来说便相对简单了。刚上初中的时候，课文内容相对简单，加之我背单词有自己的一套方法，虽然不能做到过目不忘，但也能记得八九不离十。但升入初二后，我明显感到学习难度提升了，不仅需要积累的词汇更多了，而且需要掌握的句型和固定搭配也越来越多……不过最让我焦虑的不是这些，而是下学期的“生地会考”。本来以为遥不可及的事情，如今已经近在咫尺。后来，经过老师、朋友以及家人的开导，我终于想通了，中考不是终点，而是人生的一个阶段。人生这条路很长，不必过度纠结某件事情，只要尽力而为，无论结果如何，都无愧于自己。

学习固然重要，但体育运动也不可轻视。在我的家乡呼伦贝尔，天气已经明显转凉了，适量的体育运动可以有效预防感冒，增强免疫力。每到第二节课下课，学校都会组织学生在操场上跑步。体育课上，老师也会带领大家系统地进行体能训练，强健体魄。在我看来，体育运动不仅可以强身健体，还能在潜移默化中培养人的优秀品质。比如在跑 800 米时，我会竭尽全力跑完全程，宁可跑得慢一点，也绝不停下来。这培养了我坚持不懈的品格。我从不缺席每一节体育课，甚至有时在大课间还自己进行锻炼。经过努力，我的跑步成绩有了明显的提升，这让我明白了坚持的意义。每一场比赛我都认真对待，即使不能获得名次也要努力前进，用实际行动来尊重比赛、尊重他人。

助，她不但解答了我的疑惑，还鼓励我有问题就随时去问她。这也是我的数学成绩得以慢慢提升的重要原因。

至于英语，对我来说便相对简单了。刚上初中的时候，课文内容相对简单，加之我背单词有自己的一套方法，虽然不能做到过目不忘，但也能记得八九不离十。但升入初二后，我明显感到学习难度提升了，不仅需要积累的词汇更多了，而且需要掌握的句型和固定搭配也越来越多…… 不过最让我焦虑的不是这些，而是下学期的“生地会考”。本来以为遥不可及的事情，如今已经近在咫尺。后来，经过老师、朋友以及家人的开导，我终于想通了，中考不是终点，而是人生的一个阶段。人生这条路很长，不必过度纠结某件事情，只要尽力而为，无论结果如何，都无愧于自己。

学习固然重要，但体育运动也不可轻视。在我的家乡呼伦贝尔，天气已明显转凉了，适量的体育运动可以有效预防感冒，增强免疫力。每到第二节课下课，学校都会组织学生在操场上跑步。体育课上，老师也会带领大家系统地进行体能训练，强健体魄。在我看来，体育运动不仅可以强身健体，还能在潜移默化中培养人的优秀品质。比如在跑800米时，我会竭尽全力跑完全程，宁可跑得慢一点，也绝不停下来。这培养了我坚持不懈的品格。我从不缺席每一节体育课，甚至有时在大课间还自己进行锻炼。经过努力，我的跑步成绩有了明显的提升，这让我明白了坚持的意义。每一场比赛我都认真对待，即使不能获得名次也要努力前进，用实际行动来尊重比赛，尊重他人。日常练习中，我还会结交到许多好朋友，大家互相鼓励，共同坚持。这让我获得了友谊。少年的汗水，顺着脸颊落到红色跑道上，那是学校中的一道风景日常练习中，我还会结交到许多好朋友，大家互相鼓励、共同坚持。这让我获得了友谊。少年的汗水，顺着脸颊落到红色跑道上，那是学校中的一道风景线。积极向上似乎是会传染的，感染了每个人，感染了整个校园。

初中生活如此丰富、如此多彩。放慢脚步，沿途皆是风景；加快脚步，追寻梦想与未来。前途坎坷，亦有阳光；岁月平淡，亦有美好。我们手握大好年华，更要不负韶华，坚定地走在自己的道路上。愿我们都有面对困难的勇气，面对挫折的豁达，一路向前，一路生花。

祝

前程似锦！

姜思屹

2024 年 9 月 15 日

线。积极向上似乎是会传染的，感染了每个人，感染了整个校园。

初中生活如此丰富，如此多彩。放慢脚步，沿途皆是风景；加快脚步，追寻梦想与未来。前途坎坷，亦有阳光；岁月平淡，亦有美好。我们手握大好年华，更要不负韶华，坚定地走在自己的道路上。愿我们都有面对困难的勇气，面对挫折的豁达，一路向前，一路生花。

祝

前程似锦！

姜思屹

2024年9月15日

你喜欢哪一位作者的书籍

季晓鑫（内蒙古自治区呼伦贝尔市海拉尔区扎罗木得学校）
指导教师：谷永健

亲爱的梁笑荧同学：

你好！

见字如晤，展信舒颜。虽然我们从未相见，但命运的齿轮已然转动。我急切地提起笔，想将我的所见所闻、所思所感传递给远方的你。你我虽相隔甚远，但我希望这封信可以跨越山河的距离，抵达你的心间。

听闻你喜爱画画。嘿！我也喜欢。画画对我来说是一种内心情绪的释放。在我第一次握起画笔时，就被绘画所吸引。无论是色彩的交融，还是思想与艺术的碰撞，都让我沉迷。但随着时间的推移，我对画画的热情后来慢慢被冲淡，现在的我喜欢阅读。不知道你喜欢哪一位作者的书籍。我喜欢鲁迅的作品，他的作品充满了批判性，创新、犀利，常被人们称为“匕首投枪”。我和同学曾开玩笑地说，当时摇滚乐没进入中国，不然鲁迅一定是中国“第一 Rocker”。

我很喜欢你的家乡——北京，也一直期待能够去北京游玩。北京在我的心中是一座极具文化底蕴的城市。红墙金瓦，千年古都，是辉煌历史的代名词。香山红叶、颐和园的玉兰、紫禁城的银装素裹都很让人向往。如若有机会去北京，你可以陪我看一看天安门广场上随朝阳冉冉升起的五星红旗，尝一尝原汁原味的豆汁儿吗？

我也非常欢迎你到呼伦贝尔游玩。我会带你看看广阔无垠的草原，陪你骑着骏马在草原上驰骋，带你喝奶茶，吃正宗的呼伦贝尔羊肉串，还要带你感受呼伦贝尔人的热情。可惜我文笔平平，写不出草原的辽阔壮美和牛羊不亲爱的梁笑荧同学：

你好！

见字如晤，展信舒颜。虽然我们从未相见，但命运的齿轮已然转动。我急切地提起笔，想将我的所见所闻，所思所感传递给远方的你。你我虽相隔甚远，但我希望这封信可以跨越山河的距离，抵达你的心间。

听闻你喜欢画画。嘿！我也喜欢。画画对我来说是一种内心情绪的释放。在我第一次握起画笔时，就被绘画所吸引。无论是色彩的交融，还是思想与艺术的碰撞，都让我沉迷。但随着时间的推移，我对画画的热情后来慢慢被冲淡，现在的我喜欢阅读

不知道你喜欢哪一位作者的书籍。我喜欢鲁迅的作品，他的作品充满了批判性，创新，犀利，常被人们称为"匕首投枪"。我和同学曾开玩笑地说，当时摇滚乐没进入中国，不然鲁迅一定是中国"第一Rocker"。

我很喜欢你的家乡—北京，也一直期待能够去北京游玩。北京在我的心中是一座极具文化底蕴的城市。红墙金瓦，千年古都，是辉煌历史的代名词。香山红叶、颐和园的玉兰、紫禁城的银装素裹都很让人向往。如若有机会去北京，你可以陪我看一看天安门广场上冉冉升起的五星红旗，尝一尝原汁原味的豆汁儿吗？

我也非常欢迎你到呼伦贝尔游玩。我会带你看看广阔无垠的草原，陪你骑着骏马在草原上驰骋，带你喝奶茶，吃正宗的呼伦贝尔羊肉串，还要带你感受呼伦贝尔人的热情。可惜我文笔平平，写不出草原的辽阔和牛羊不问来客的悠然自得

问来客的悠然自得，写不出晨光爬上天边、万物复苏的景色。纸短情意长，暂且搁笔。待到明年春暖花开时，再与君畅言。

愿我们都能在各自选择的道路上渐入佳境！

季晓鑫

2024 年 9 月 19 日

写不出晨光爬上天边，万物复苏的景色。纸短情意长，暂且搁笔待到明年春暖花开时，再与君畅言。

愿我们都能在各自选择的道路上渐入佳境！

李晓鑫

2024年9月9日.

最期待的莫过于与你交流学习

陈傲雪（内蒙古自治区呼伦贝尔市海拉尔区桃李学校）
指导教师：王洪颖

北京的同学：

你好！见字如面！

在这个阳光明媚的日子里，我坐在窗前，遥望着远方那座熟悉而又充满魅力的城市——北京，心中涌动着无尽的期待和喜悦。

请允许我先自我介绍一下。我是来自呼伦贝尔大草原的陈傲雪，一名对历史文化和现代化建设都充满好奇的初中生。此刻，我正迫不及待地想要与你分享我的北京之梦。

从小便耳濡目染，我对北京这座古都有着难以言喻的向往。从古代的燕京风光到现代的奥运盛景，从天安门的庄严到长城的壮丽，北京的每一处景观都承载着深厚的历史文化底蕴，同时又展现着现代化的活力与创新。

在我心中，北京不仅是中国的政治、文化中心，更是一座融合了历史与现代、东方与西方元素的国际大都市。天安门广场、故宫、颐和园，这些世界闻名的名胜古迹，是我梦寐以求的旅行目的地。而奥林匹克森林公园、三里屯等地的现代化建筑，则让我对北京的现代化建设充满了期待。此外，北京的地理位置优越，拥有丰富的自然资源和人文资源，八达岭长城宏伟、巍峨，周口店遗址见证了人类历史的变迁。这座城市多元、包容，让人赞叹不已。

如今，我最期待的莫过于与北京的同学交流学习。你们生活在这片热土上，对北京的了解和感受必定比我更为深刻。我渴望与你们互相分享各自的经验和体会，共同感受这座城市的脉搏，探讨这座城市的历史与未来。我相信这将是一次难忘的交流，也是我人生旅程中的一笔宝贵财富。

北京的同学：

你好！见字如面！

在这个阳光明媚的日子里，我坐在窗前，遥望着远方那座熟悉而又充满魅力的城市——北京，心中涌动着无尽的期待和喜悦。

请允许我先自我介绍一下。我是来自呼伦贝尔大草原的陈傲雪，一名对历史文化和现代化建设都充满好奇的初中生。此刻，我正迫不及待地想要与你分享我的北京之梦。

从小便耳濡目染，我对北京这座古都有着难以言喻的向往。从古代的燕京风光到现代的奥运盛景，从天安门的庄严到长城的壮丽，北京的每一处景观都承载着深厚的历史文化底蕴，同时又展现着现代化的活力与创新。

在我心中，北京不仅是中国的政治、文化中心，更是一座融合了历史与现代、东方与西方元素的国际大都市。天安门广场、故宫、颐和园，这些世界闻名的名胜古迹，是我梦寐以求的旅行目的地。而奥林匹克森林公园、三里屯等地的现代化建筑，则让我对北京的现代化建设充满了期待。此外，北京的地理位置优越，拥有丰富的自然资源和人文资源，八达岭长城宏伟、巍峨，周口店遗址见证了人类历史的变迁。这座城市多元、包容，让人赞叹不已。

如今，我最期待的莫过于与北京的同学交流学习。你们生活在这片热土上，对北京的了解和感受必定比我更为深刻。我渴望与你们互相分享各自的经验和体会，共同感受这座城市的脉搏，探讨这座城市的历史与未来。我相信这将是一次难忘的交流，也是我人生旅程中的一笔宝贵财富。

我想说，无论未来我们的生活如何改变，这封书信和其中的真挚情感将永远留存。期待在不久的将来，我们能在北京的街头相逢，共同领略这座城市的魅力和韵味。

祝

身体健康！

陈傲雪

2024 年 9 月 10 日

我想说，无论未来我们的生活如何改变，这封书信和其中的真挚情感将永远留存。期待在不久的将来，我们能在北京的街头相逢，共同领略这座城市的魅力和韵味。

祝

身体健康！

陈傲雪

2024年9月10日

我相信你，你也要相信自己

陈佳琪（内蒙古自治区呼伦贝尔市海拉尔区第七中学）
指导教师：瓦然

神秘的郝梦涵同学：

你好呀！

通过你的自我介绍，我想你一定十分内向。你说自己不善于表达想法，但是你一定非常具有想象力吧。虽然我们素不相识，但我希望你可以敢于说出自己的观点，不需要在意他人的目光哦！

我是一名在小城市里生活的中学生。我时常对外面的世界很向往，可是我每天总是早出晚归，不仅要在学校里学习，还要处理复杂的人际关系。你应该很喜欢交朋友吧。好巧，刚好我也十分喜欢交友。如果我们真的有缘，那么我们一定会在未来的某一天成为好朋友。我期待与另一座城市的你相识。

我有一项学习了许久的爱好——美术。在小学时，我还学过一段时间跳舞与唱歌，但我五音不全，唱歌总是跑调，所以一直坚持下来的只有美术了。看到你的名字，我想你一定是一个温柔的小女孩。希望你有梦想，又有内涵。

我家在呼伦贝尔大草原，那里有一望无际的草原。夏天时，那里的小草绿油油的。我们并不是每天骑马上学的哦！哈哈，虽然我们这里没有大城市发达，但我非常热爱我的家乡。如果有机会你一定要来大草原看看。我在内蒙古靠北的地方，这里每年下雪都很早。现在是 9 月中旬，我们这座城市已经非常冷了。你生活的城市肯定也十分美丽。你在那里也一定有很多精彩故事吧。期待你能与我分享这些故事。我有机会一定要去北京看看。

我看过 2008 年北京奥运会的视频，太壮观了！可惜那个时候你和我都还没有出生。我与你应该是同龄，初二的学习是否感觉有些辛苦呢？要注意劳逸结合哦。总之，希望你开心地做自己，过好每一天！不畏惧困难，勇敢地表达自己的观点。我相信你。你也要相信自己！

祝

开心健康！

陈佳琪

2024 年 9 月 13 日

神秘的郝梦涵同学：

你好呀！

通过你的自我介绍，我想你一定十分内向，你说自己不善于表达想法，但是你一定非常具有想象力吧。虽然我们素不相识，但我希望你可以敢于说出自己的观点，不需要在意他人的目光哦！

我是一名在小城市里生活的中学生。我时常对外面的世界很向往，可是我每天总是早出晚归，不仅要在学校里学习，还要处理复杂的人际关系。你应该很喜欢交朋友吧。好巧，刚好我也十分喜欢交友。如果我们真的有缘，那么我们一定会在未来的某一天成为好朋友。我期待与另一座城市的你相识。

我有一项学习了许久的爱好——美术。在小学时，我还学过一段时间跳舞与唱歌，但我五音不全，唱歌总是跑调，所以一直坚持下来的只有美术了。看到你的名字，我想你一定是一个温柔的小女孩。希望你有梦想，又有内涵。

我家在呼伦贝尔大草原，那里有一望无际的草原。夏天时，那里的小草绿油油的。我们并不是每天骑马上学的哦！哈哈，虽然我们这里没有大城市发达，但我非常热爱我的家乡。如果有机会你一定要来大草原看看。我在内蒙古靠北的地方，这里每年下雪都很早。现在是9月中旬，我们这座城市已经非常冷了。你生活的城市肯定也十分美丽。你在那里也一定有很多精彩故事吧。期待你能与我分享这些故事。我有机会一定要去北京看看。

我看过2008年北京奥运会的视频，太壮观了！可惜那个时候你和我都还没有出生。我与你应该是同龄，初二的学习是否感觉有些辛苦呢？要注意劳逸结合哦。总之，希望你开心地做自己，过好每一天！不畏惧困难，勇敢地表达自己的观点。我相信你。你也要相信自己！

祝

开心健康！

陈佳琪

2024年9月13日

我觉得写信交流是一件很酷的事

孙敬萱（内蒙古自治区呼伦贝尔市海拉尔区第七中学）
指导教师：史庆红

北京的紫馨月同学：

你好！

我是来自呼伦贝尔市海拉尔区第七中学初二（10）班的孙敬萱，很高兴能通过“京蒙同心 · 见字如面”书信交流活动与你建立联系。虽然我们相隔千山万水，但可以通过这种方式紧密相连，我觉得是一件很酷的事。我们可以分享彼此的故事和梦想。

先让我介绍一下自己吧。我是一个性格外向的人，我的脸有些“婴儿肥”。但我没有容貌焦虑，所以依然心安理得地享受着各种美食。我喜欢唱歌，尤其是那些充满励志精神的歌曲，比如《光辉岁月》和《海阔天空》。这些歌曲总能在我遇到挑战时，给予我无限的力量和勇气。除此之外，我也很喜欢听英文歌曲，音乐总是能跨越语言和地域的界限，带给我们共同的感动和欢乐。听说你也喜欢唱歌，那我们可真是志同道合呢！而且，我还得知你喜欢京剧和街舞，这不禁勾起了我的北京的紫馨月同学：

你好！

我是来自呼伦贝尔市海拉尔区第七中学初二(10)班的孙敬萱，很高兴能通过“京蒙同心·见字如面”书信交流活动与你建立联系。虽然我们相隔千山万水，但可以通过这种方式紧密相连，我觉得是一件很酷的事。我们可以分享彼此的故事和梦想。

先让我介绍一下自己吧。我是一个性格外向的人，我的脸有些“婴儿肥”。但我没有容貌焦虑，所以依然心安理得地享受各种美食。我喜欢唱歌，尤其是那些充满励志、精神的歌曲，比如《光辉岁月》和《海阔天空》。这些歌曲总能在我遇到挑战时，给予我无限的力量和勇气。除此之外，我也很喜欢听英文歌曲，音乐总是能跨越语言和地域的界限，带给我们共同的感动和欢乐。听说你也喜欢唱歌，那我们可真是志同道合呢！而且，我还得知你喜欢京剧和街舞，这不禁勾起了我的好奇心。

好奇心。我想，集这些爱好于一身的你，一定是一个特别美好而富有朝气的女孩。

说到北京，我对这座城市充满了向往。我大约六岁的时候去过一次北京，游览了北京动物园，遗憾的是当时没有去故宫和长城。我渴望有一天能够见到这些名胜古迹的壮丽。

我非常期待再次前往北京，亲身感受这座城市的魅力。同时，我也非常欢迎你来我的家乡做客。这里有广袤无垠的土地，拥有令人心旷神怡的自然风光和丰富的文化底蕴。这里的天空湛蓝如洗，草原一望无垠。每当夏季来临，绿意盎然的草地上点缀着无数色彩斑斓的花朵，美不胜收。而我的学校就坐落在这里。我们的老师慈祥而严格，他们用知识和热情点燃了我求知的火花。同学之间也十分友爱，互帮我想，集这些爱好于一身的你，一定是一个特别美好而富有朝气的女孩。

说到北京，我对这座城市充满了向往。我大约六岁的时候去过一次北京，游览了北京动物园，遗憾的是当时没有去故宫和长城。我渴望有一天能够见到这些名胜古迹的壮丽。

我非常期待再次前往北京，亲身感受这座城市的魅力。同时，我也非常欢迎你来我的家乡做客。这里有广袤无垠的土地，拥有令人心旷神怡的自然风光和丰富的文化底蕴。这里的天空湛蓝如洗，草原一望无垠。每当夏季来临，绿意盎然的草原上点缀着无数色彩斑斓的花朵，美不胜收。而我的学校就坐落在这里。我们的老师慈祥而严格，他们用知识和热情点燃了我求知的火花。同学之间也十分友爱，互帮互助，一起学习、一起成长，共同编织着属于我们的青春记忆。

我期待在未来的日子里能够与你通过更多的方式交流

互助，一起学习，一起成长，共同编织着属于我们的青春记忆。

我期待在未来的日子里能够与你通过更多的方式交流互动，分享彼此的学习生活和成长故事。希望我们有一天能够在北京相见，一起探索这座城市的奥秘。同时，我也非常期盼你能够来到呼伦贝尔，体验这里的美丽和神奇。愿我们的友谊能够像草原上的花朵一样，绽放出绚丽多彩的光芒。

孙敬萱

2024 年 9 月 12 日

互动，分享彼此的学习生活和成长故事。希望我们有一天能够在北京相见，一起探索这座城市的奥秘。同时，我也非常期盼你能够来到呼伦贝尔，体验这里的美丽和神奇。愿我们友谊的能够像草原上的花朵一样，绽放出绚丽多彩的光芒。

孙敬萱

2024年9月12日

一起走进书中的“黄金屋”

张硕（内蒙古自治区呼伦贝尔市海拉尔区第七中学）
指导教师：李鑫

亲爱的康艺馨同学：

你好！

钟表的指针悄然转动，转眼间，已步入金秋。秋天是丰收的季节，也是充满欢笑的季节。

宁静的午后，我坐在书桌前，提笔写下这封信。笔尖流淌的是我对你的亲切问候，还有对北京的深深祝福。

我先介绍一下自己吧：

我叫张硕，来自美丽的内蒙古自治区呼伦贝尔市，这里被誉为“草原明珠”。今年 15 岁的我，是一名初二学生，热爱声乐和阅读，最喜欢看漫画和悬疑小说，因为它们总能带给我无限的想象空间。你呢？喜欢什么类型的书籍？希望我们能一起分享阅读的欢乐，在文字的“黄金屋”中结伴而行。

提到北京，我的思绪便不由自主地飘回那段难忘的旅程。故宫的红墙黄瓦沉淀着历史的厚重，颐和园的昆明湖荡漾着诗意的波光，长城的巍峨蜿蜒诉说着千年的传奇…… 每一处风景，都深深印在我的记忆里。

北京不仅是中国的首都，更是一座融合了古老文明与现代活力的亲爱的康艺馨同学：

你好！

钟表的指针悄然转动，转眼间，已步入金秋。秋天是丰收的季节，也是充满欢笑的季节。

宁静的午后，我坐在书桌前，提笔写下这封信。笔尖流淌的是我对你的亲切问候，还有对北京的深深祝福。

我先介绍一下自己吧：

我叫张颜，来自美丽的内蒙古自治区呼伦贝尔市，这里被誉为"草原明珠"。今年15岁的我，是一名初二学生，热爱声乐和阅读。最喜欢看漫画和悬疑小说，因为它们总能带给我无限的想象空间。你呢？喜欢什么类型的书籍？希望我们能一起分享阅读的欢乐，在文字的"黄金屋"中结伴而行。

提到北京，我的思绪便不由自主地飘回那段难忘的旅程。故宫的红墙黄瓦沉淀着历史的厚重，颐和园的昆明湖荡漾着诗意的波光，长城的巍峨蜿蜒诉说着千年的传奇……每一处风景，都深深印在我的记忆里。

北京不仅是中国的首都，更是一座融合了

城市。我常常想象自己穿梭在高楼林立的街道，或是漫步在曲折幽静的胡同，去感受它独特的脉搏与呼吸。真希望有一天，我能和你一起探索这座城市的每一个角落，见证它的变迁与成长。

同样，我也期待不久的将来，你能来到我的家乡呼伦贝尔。我会带你驰骋在辽阔的草原，仰望湛蓝的天空，感受牧民的热情与豪迈。相信我，这里的一切都会让你流连忘返！

亲爱的朋友，愿你的每一天都洒满阳光，愿我们的友谊如草原般辽阔，如长城般坚固。未来，让我们携手奔赴更灿烂的明天！

张硕

2024 年 9 月 12 日

古老文明与现代活力的城市。我常常想象自己穿梭在高楼林立的街道，或是漫步在曲折幽静的胡同，去感受它独特的脉搏与呼吸。真希望有一天我能和你一起探索这座城市的每一个角落，见证它的变迁与成长。

同样，我也期待不久的将来，你能来到我的家乡呼伦贝尔。我会带你驰骋在辽阔的草原，仰望湛蓝的天空，感受牧民的热情与豪迈。相信我，这里的一切都会让你流连忘返！

亲爱的朋友，愿你的每一天都洒满阳光，愿我们的友谊如草原般辽阔，如大树般坚固。未来，让我们携手奔赴更灿烂的明天！

张硕

2024年9月12日

你的家乡有我的“梦想学校”——清华大学

张雅轩（内蒙古自治区呼伦贝尔市海拉尔区桃李学校）
指导教师：施越

亲爱的同学：

见字如晤，展信舒颜。

我是内蒙古自治区呼伦贝尔市海拉尔区桃李学校八年级三班的张雅轩，今年 13 岁。我擅长跳舞，喜欢朗诵。不知此时正在看这些文字的你，又有哪些爱好呢？

我对北京的印象永远是具象化的，比如 2008 年那场盛大的奥运会，比如神圣而庄严的天安门广场，再比如我的“梦想学校”——清华大学。我喜欢北京，因为生在小县城的我渴望喧闹的街市、林立的高楼。我知道首都北京孕育了数不清的民生政策，泽润万民。

对我来说，北京不仅仅是一座城市，更是我心驰神往的地方。在那里，有更丰富的资源，有更多的高等院校，有雄伟的长城，有壮丽的河山。所以，我期待有一天能再次踏入北京城，不是以游客身份，而是成为那里的一员。当然，我的家乡呼伦贝尔也有独属于草原城市的精彩。这里有广袤无垠的草原，有鲜嫩无比的手把肉，有奔驰的骏马、可爱的牛羊，更有热情好客的呼伦贝尔人。所以，我想告诉素未谋面的来自北京的你，我在呼伦贝尔随时欢迎你！

旦逢良辰，顺颂时宜！

张雅轩

2024 年 9 月 10 日

亲爱的同学：

见字如晤，展信舒颜。

我是内蒙古自治区呼伦贝尔市海拉尔区桃李学校八年级三班的张雅轩，今年13岁。我擅长跳舞，喜欢朗诵。不知此时正在看这些文字的你，又有哪些爱好呢？

我对北京的印象永远是具象化的，比如2008年那场盛大的奥运会，比如神圣而庄严的天安门广场，再比如我的“梦想学校”——清华大学。我喜欢北京，因为生在小县城的我渴望喧闹的街市、林立的高楼。我知道首都北京孕育了数不清的民生政策，泽润万民。

对我来说，北京不仅仅是一座城市，更是我心驰神往的地方。在那里，有更丰富的资源，有更多的高等院校，有雄伟的长城，有壮丽的河山。所以，我期待有一天能再次踏入北京城，不是以游客身份，而是成为那里的一员。当然，我的家乡呼伦贝尔也有独属于草原城市的精彩。这里有广袤无垠的草原，有鲜嫩无比的手把肉，有奔驰的骏马、可爱的牛羊，更有热情好客的呼伦贝尔人。所以，我想告诉素未谋面的来自北京的你，我在呼伦贝尔随时欢迎你！

旦逢良辰，顺颂时宜！

张雅轩

2024年9月10日

我在北京等你

任宛菡（北京十一学校）
指导教师：李玉玲

内蒙古的同学：

你好！我是北京十一学校的一名初二学生，很开心能向你介绍我眼中的北京和我的学习生活！

北京，是一座传统和现代并存的城市。在市中心，你既可以看到充满人情味的胡同，老人们在街角闲聊，小贩们在家门口卖矿泉水和老冰棍，也可以在商业区看见高大密集的办公大楼，这里就连夜晚也依旧灯火通明。北京是一座生活节奏很快的城市。大街上，人们总是行色匆匆，为自己的梦想而拼搏着。希望你也能为自己的梦想、为自己喜欢的事而一直努力奋斗。

再来说说我的校园生活吧。在北京十一学校，我们并没有固定的教室。我们可以根据自己的成绩、兴趣，自主选择不同难度层级、类型的学科教室。这样，同一学科水平近似的学生可以在一个学科教室上课。对于我们来说，没有最好的班级，只有最适合自己的班级。不用担心因为班级不固定而交不到朋友，因为同学们都十分友善，并且内蒙古的同学：

你好！我是北京十一学校的一名初二学生，很开心能向你价介绍我眼中的北京和我的学习生活！

北京，是一座传统和现代并存的城市。在市中心，你既可以看到充满人情味的胡同，老人们在街角闲聊，小贩们在家门口卖矿泉水和老冰棍，也可以在商业区看见高大密集的办公大楼，这里就算夜晚也依旧灯火通明。北京是一座生活节奏很快的城市。大街上，人们总是行色匆匆，为自己的梦想而拼搏着。希望你也能为自己的梦想、为自己喜欢的事而一直努力奋斗。

再来说说我的校园生活吧。在北京十一学校，我们并没有固定的教室。我们可以根据自己的成绩、兴趣，自主选择不同难度层级、类型的学科教室。这样同一学科水平近似的学生可以在一个学科教室上课。对于我们来说，没有最好的班级，只有最适合自己的班级。不用担心因为班级不固定而交不到朋友，因为总会有一些同学和你一起上同样的课程。我们学校的艺术和体育学科设置了很多选修课，我们可以自主选择自己喜欢的课程（我已经学会飞盘和射箭了）进行学习。我们每学期也可以选择不同的游学路线，体验真正的边学边玩，一览祖国的大好河山。

篇幅有限，无法再向你介绍更多有趣的校园生活了，希望你能来到北京游玩，体验北京的城市文化。

我在北京等你！

任宛菡

2024 年 9 月 15 日

同学们都十分友善，并且总会有一些同学和你一起上同样的课程。我们学校的艺术和体育学科设置了很多选修课，我们可以自己主选择自己喜欢的课程（我已经学会飞盘和射箭了）进行学习。我们每学期也可以选择不同的游学路线，体验真正的边学边玩，一览祖国的大好河山。

篇幅有限，无法再向你介绍更多有趣的校园生活了，希望你能来到北京游玩，体验北京的城市文化。

我在北京等你！

任宛菡

2024年9月15日

你能帮我提高写作水平吗

赵媛淇（内蒙古自治区呼伦贝尔市海拉尔区哈克学校）
指导教师：李增华

李雨轩同学：

你好！

通过你的自我介绍，我对你有了大概的了解。我想如果我们认识的话，一定可以成为好朋友。请收下我对你的赞美：你的字非常好看，性格十分随和，我想你的学习成绩也一定很好。

借此信，我想告诉你一个关于我的事情。在我四年级的时候，我开始热爱看各种类型的小说，于是我也尝试着自己写小说。现在，我已经写了四篇小说，但我的写作水平并没有明显的提高。这是我一直头疼的问题，希望你可以帮助我解决。

我一直有一个遗憾，就是没有去过首都北京游玩、观赏。听我姐姐说，北京很有趣，是一座传统与现代融合发展的城市。我想看看天安门广场，也想尝尝豆汁儿，不知这种饮品是否像姐姐说的那样不合我的胃口……

看到你所描述的我的家乡，真是生动美好，让人身临其境。那广阔的草原，悠闲的牛、马、羊群，还有五彩缤纷的花朵仿佛就在眼前。希望你可以再次来到内蒙古，领略内蒙古的自然风光，聆听内蒙古草原上那轻柔的风声。谢谢你对我家乡的赞美，随时欢迎你再次光临内蒙古！

祝

身体健康，学业有成！

赵媛淇

2024 年 9 月 19 日

李雨轩同学：

你好！

通过你的自我介绍，我对你有了大概的了解。我想如果我们认识的话，一定可以成为好朋友。请收下我对你的赞美：你的字非常好看，性格十分随和，我想你的学习成绩也一定很好。

借此信，我想告诉你一个关于我的事情。在我四年级的时候，我开始热爱看各种类型的小说，于是我也尝试着自己写小说。现在，我已经写了四篇小说，但我的写作水平并没有明显的提高。这是我一直头疼的问题，希望你可以帮助我解决。

我一直有一个遗憾，就是没有去过首都北京游玩、观赏。听我姐姐说，北京很有趣，是一座传统与现代融合发展的城市。我想看看天安门广场，也想尝尝豆汁儿，不知这种饮品是否像姐姐说的那样合我的胃口……

看到你所描述的我的家乡，真是生动美好，让人身临其境。那广阔的草原，悠闲的牛马、羊群，还有五彩缤纷的花朵仿佛就在眼前。希望你可以再次来到内蒙古，领略内蒙古的自然风光，聆听内蒙古草原上那轻柔的风声。谢谢你对我家乡的赞美，随时欢迎你再次光临内蒙古。

祝

身体健康，学业有成！

赵媛滇

2024年9月19日

多希望能够幸运地遇上一个“同好”

葛雨桐（首都师范大学附属中学大兴北校区）
指导教师：解丽媛

亲爱的詹子轩同学：

你好！

我叫葛雨桐，是就读于首都师范大学附属中学大兴北校区的一名普普通通的中学生。

我很喜欢历史，准确地说，是中国古代史。想想看，当你捧起一本史书，随手翻过的一页，便是多少豪杰波澜壮阔的人生。通过这一本本史书，你可以踏入时间的长河，感受流转了千年的岁月。这里的一字一句，皆是追忆往昔的故事……多浪漫啊，是吧？

写下这封信的时候，我还不知道你是谁，是个什么样的人。你是高是矮，是胖是瘦……我都不太清楚。我多么希望，我能够足够幸运地遇上一个我的“同好”，哪怕只是在喜欢历史这点上志同道合也会让我感到无比幸福。

除了自我介绍，我还想再跟你聊聊我对呼伦贝尔的认识。我一直觉得，呼伦贝尔就是一片大草原。其实现在我也这么觉得。

我想象中的呼伦贝尔是这样的：蓝天、白云、草原、奔驰的骏马、悠扬的牧笛声、零星的牛羊群……这是我从许多文字中了解到的草原景象。《呼伦贝尔大草原》中写道：“碧毯连绵长调起，牛羊恋舍向霞奔。”《游呼伦贝尔草原》中写道：“北国碧玉望无垠，苍穹蔚蓝挂白云。”“平川渐渐蒙蒙色，草野匆匆淡淡纱”写的是草原暮景，“天苍苍，野茫茫，亲爱的詹子轩同学：

你好！

我叫葛雨桐，是就读于首都师范大学附属中学大兴北校区的一名普普通通的中学生。

我很喜欢历史，准确地说，是中国古代史。想想看，当你捧起一本史书，随手翻过的一页，便是多少豪杰波澜壮阔的人生。通过这一本本史书，你可以踏入时间的长河，感受流转了千年的岁月。这里的一字一句，皆是追忆往昔的故事……多浪漫啊，是吧？

写下这封信的时候，我还不知道你是谁，是个什么样的人。你是高是矮，是胖是瘦……我都不太清楚。我多么希望，我能够足够幸运地遇上一个我的"同好"，哪怕只是在喜欢历史这点上志同道合也会让我感到无比幸福。

除了自我介绍，我还想再跟你聊聊我对呼伦贝尔的认识。我一直觉得，呼伦贝尔就是一片大草原。其实现在我也这么觉得。

我想象中的呼伦贝尔是这样的：蓝天、白云、草原、奔驰的骏马、悠扬的牧笛声、零星的牛羊群……这是我从许多文字中了解到的草原景象。《呼伦贝尔大草原》中写道："碧野连绵长调起，牛羊恋舍向霞奔。"《游呼伦贝尔草原》中写道："北国碧玉望无垠，苍穹蔚蓝挂白云。""平川渐渐蒙蒙色，草野匆匆淡淡纱"写的是草原风吹草低见牛羊”写的是那辽阔的原野和小小的牛羊。老舍称颂莫日格勒河为“天下第一曲水”，而艾平则让草原于她的笔下熠熠生辉……

真正的呼伦贝尔是这样吗？是不是比这还要美丽？我好想去看看，去看看那千里之外的盛景。到了那儿，我便能见到你了。那时，我们能否一同跨上骏马，走一遭壮丽的草原？我期待着去呼伦贝尔的旅程。

你呢？你会来北京吗？你会来看看北京壮丽的城市景观吗？我热烈而诚挚地欢迎你来到北京，看北京的风光。

祝

天天开心！

葛雨桐

2024 年 9 月 10 日

暮景，"天苍苍，野茫茫，风吹草低见牛羊"写的是那辽阔的原野和小小的牛羊。老舍称颂莫日格勒河为"天下第一曲水"，而艾平则让草原于她的笔下熠熠生辉……

　　真正的呼伦贝尔是这样吗？是不是比这还要美丽？我好想去看看，去看看那千里之外的盛景。到了那儿，我便能见到你了。那时，我们能否一同骑上骏马，走一遭壮丽的草原？我期待着去呼伦贝尔的旅程。

　　你呢？你会来北京吗？你会来看看北京壮丽的城市景观吗？我热烈而诚挚地欢迎你来到北京，看北京的风光。

　　祝

天天开心！

葛雨桐

2024年9月10日

来北京逛逛顶级学府的校园吧

赵芮圻（首都师范大学附属中学大兴北校区）
指导教师：阎建宇

亲爱的张梓慧同学：

你好呀！很开心能给你写信。我是北京市大兴区的一名中学生。尽管我们不能见面，但很幸运可以通过书信的形式和你聊天。

我先做个自我介绍吧。我今年 13 岁，是一个喜欢幻想的女孩。我做事认真，对未来有着清晰的目标，虽然有些内向，但待人真诚，很喜欢和大家交朋友。我平时喜欢看书，各种题材的书籍都喜欢。虽然我看书的速度比不上妈妈给我买书的速度，但是只要一有时间，我就喜欢自己安静地去阅读。现在每周末我还会去学习打快板。每当心情不好或者压力大时，我就会拿着快板打上一段，心情会好很多。另外，我还可以用“快板吟唱”的方式背诵文言文或者古诗。将来如果有机会见面的话，我也可以教你打快板。对了，我还会玩魔方。虽然我复原魔方的速度不是特别快，但是把一个打乱的魔方一点点复原，能给我带来很大的成就感和幸福感。不知道你有什么兴趣爱好呢？

虽然我没有去过呼伦贝尔，只是从电视上看见过那一望无际的草原，但这也足以让我这种在北京长大的孩子向往了。之前在地理课上学到过，呼伦贝尔属于中温带大陆性季风气候，四季分明，春季干燥多风，夏季温暖湿润，秋季凉爽宜人。北京虽然也是四季分明，但是亲爱的张梓慧同学：

你好呀！很开心能给你写信。我是北京市大兴区的一名中学生。尽管我们不能见面，但很幸运可以通过书信的形式和你聊天。

我先做个自我介绍吧。我今年13岁，是一个喜欢幻想的女孩。我做事认真，对未来有着清晰的目标，虽然有些内向，但待人真诚，很喜欢和大家交朋友。我平时喜欢看书，各种题材的书籍都喜欢。虽然我看书的速度比不上妈妈给我买书的速度。但是只要一有时间，我就喜欢自己安静地去阅读。现在每周末我还会去学习打快板。每当心情不好或者压力大时，我就会拿着快板打上一段，心情会好很多。另外，我还可以用“快板吟唱”的方式背诵文言文或者古诗。将来如果有机会见面的话，我也可以教你打快板。对了，我还会玩魔方。虽然我复原魔方的速度不是特别快，但是把一个打乱的魔方一点点复原，能给我带来很大的成就感和幸福感。不知道你有什么兴趣爱好呢？

虽然我没有去过呼伦贝尔，只是从电视上看见过那一望无际的草原，但这也足以让我这种在北京长大的孩子向往了。之前在地理课上学到过，呼伦贝尔属于中温带大陆性季风气候，四季分明，春季干燥多风，夏季温暖湿润，秋季凉爽宜人。北京虽然也是四季分明，但是夏夏季热情如火，尤其是三伏天，炎热多雨，所以我很多同学都会选择暑假去呼伦贝尔度假，想想都很凉爽。我也期待明年暑假能去感受你那里的夏天，看看“风吹草低见牛羊”的诗意画卷，体验在草原上策马奔腾的乐趣，品尝当地美食。

当然，我也欢迎你来北京看一看。北京作为首都，有着太多的故事。你可以到天安门广场看升国旗，探秘故宫博物院，感受颐和园的风景，爬上雄伟的万里长城，还可以去清华大学、北京大学，逛逛顶级学府的校园。对了，北京的美食也非常值得一尝。

祝愿你成为更好的自己，期待收到你的回信哟！

赵芮圻

2024 年 9 月 12 日

季热情如火，尤其是三伏天，炎热多雨，所以我很多同学都会选择暑假去呼伦贝尔度假，想想都很凉爽。我也期待明年暑假能去感受你那里的夏天，看看"风吹草低见牛羊"的诗意画卷，体验在草原上策马奔腾的乐趣，品尝当地美食。

当然，我也欢迎你来北京看一看。北京作为首都，有着太多的故事。你可以到天安门广场看升国旗，探秘故宫博物院，感受颐和园的风景，爬上雄伟的万里长城，还可以去清华大学、北京大学，逛逛顶级学府的校园。对了，北京的美食也非常值得一尝。

祝愿你成为更好的自己，期待收到你的回信哟！

赵芮圻

2024年9月12日

想听你讲讲你心中优秀的作品

李文萱（北京市第八中学大兴分校）
指导教师：高彦岗

侯姝伊同学：

你好，见字如面。

我是来自北京市第八中学大兴分校的李文萱。我觉得自己是一个内向又敏感的人。所以在我看来，写信交流比面对面交谈更令人轻松愉快。我是一个很普通的人，我的家庭也是。家中父母健康，上有一兄长。我们在家不太安分，经常会因为一件小事而吵闹，想来在父母眼中必定是麻烦的孩子。了解到你很喜欢唱歌，不知是否对说唱感兴趣呢？近来我与朋友计划合作出一张专辑。如果你对此颇感兴趣，我会热烈欢迎你的加入。除此外，我对画画、写作、舞蹈、音乐等也有一些了解。但相对传统舞蹈而言，我更喜欢一种叫作“宅舞”的舞蹈类型，不知你是否有所耳闻？

我很喜欢文学，同时也喜欢带有科幻色彩的事物。在闲暇之余，我会看动漫小说一类的作品。有一部动漫在结尾处的设计我十分喜欢，借用网友的点评就是“即使是故事中的公主，也可以骑上马去救属于自己的王子”。当我看到这条点评时大为震惊，很难想象这是一部十侯姝伊同学：

你好，见字如面。

我是来自北京市第八中学大兴分校的李文萱。我觉得自己是一个内向又敏感的人。所以在我看来，写信交流比面对面交谈更令人轻松愉快。我是一个很普通的人，我的家庭也是。家中父母健康，上有一兄长。我们在家不太安分，经常会因为一件小事而吵架，想来在父母眼中必定是麻烦的孩子。了解到你很喜欢唱歌，不知是否对说唱感兴趣呢？近来我与朋友计划合作出一张专辑。如果你对此感兴趣的话，我会热烈欢迎你的加入。除此之外，我对画画、写作、舞蹈、音乐等也有一些了解。但相对传统舞蹈而言，我更喜欢一种叫作“宅舞”的舞蹈类型，不知你是否有所耳闻？

我很喜欢文学，同时也喜欢带有科幻色彩的事物。在闲暇之余，我会看动漫小说一类的作品。有一部动漫在结尾处的设计我十分喜欢，借用网友的点评就是“即使是故事中的公主，也可以骑上马去救属于自己的王子”。当我看几年前的动漫所呈现的思想。再如有一部小说写过这样一句话：“未来的你埋葬了你，但你的未来没有被埋葬。”我想，好的作品不应是难以理解的长篇大论，而应让人在轻松阅读之余收获知识，每个人心中的优秀作品都是不同的，我也希望能听你讲一讲你心中的优秀作品。

我很向往草原。在这次的短片中，我最喜欢的是篝火晚会的部分。大家聚在一起开开心心，有说有笑，看起来好不热闹。像骑马这类具有挑战性的事情我也喜欢，想来必定很有乐趣吧。

希望你也可以来到北京，尝尝稻香村的糕点、南门涮肉、北京烤鸭等特色美食，还可以去参观“北京中轴线”、故宫、天坛，还有长城！愿你在北京有一次难忘的经历！

祝

天天开心，万事顺遂！

李文萱

2024 年 9 月 11 日

到这条点评时大为震惊，很难想象这是一部十几年前的动漫所呈现的思想。再如有一部小说写过这样一句话：“未来的你埋葬了你，但你的未来没有被埋葬”我想，好的作品不应是难以理解的长篇大论，而应让人在轻松阅读之余收获知识，每个人心中的优秀作品都是不同的，我也希望能听你讲一讲你心中的优秀作品。

我很向往草原。在这次的短片中，我最喜欢的是篝火晚会的部分。大家聚在一起开开心心，有说有笑，看起来好不热闹。像骑马这类具有挑战性的事情我也喜欢，想来必定很有乐趣吧。

希望你也可以来到北京，尝尝稻香村的糕点，南门涮肉、北京烤鸭等特色美食，还可以去参观“北京中轴线”、故宫、天坛，还有长城！愿你在北京有一次难忘的经历！

祝

天天开心，万事顺遂！

李文萱

2024年9月11日

我喜欢看书、听歌、写作，你呢

徐子淇（国家教育行政学院附属实验学校）
指导教师：陈康

亲爱的王雅萱同学：

你好！

我是来自北京市大兴区国家教育行政学院附属实验学校的徐子淇，很开心能有机会与你交流。我先介绍一下自己吧。我喜欢看书，是个“侦探迷”，因此最喜欢的图书是《福尔摩斯探案集》。我有时也会追剧，最喜欢的电视剧是《神探夏洛克》。羽毛球是我最擅长的运动，我经常周末和同学一起打比赛。不过话说回来，我最喜欢的还是听歌，特别是听纯音乐。当然，如果是小提琴曲，就更好了。我的理想是成为一名考古学家兼业余作家，所以我经常出入各种博物馆。比如这个暑假，我就去了三星堆博物馆。我现在正在尝试写作，已经快写完两万字了。在学校，我还很乐意为班级服务，所以担任班长这一职务。那么，你呢？

对于呼伦贝尔，这个暑假我刚去过，让我印象最深的还是满洲里和白桦林。在满洲里，我尝到了俄罗斯美食——列巴，味道真的很好！我也去了国门，看到了界碑，站在瞭望塔上看到了俄罗斯的边境小镇，亲爱的王雅萱同学：

你好！

我是来自北京市大兴区国家教育行政学院附属实验学校的徐子淇，很开心能有机会与你交流。我先介绍一下自己吧。我喜欢看书，也是个“侦探迷”，因此最喜欢的图书是《福尔摩斯探案集》。我有时也会追剧，最喜欢的电视剧是《神探夏洛克》。羽毛球是我最擅长的运动，我经常周末和同学一起打比赛。不过话说回来，我最喜欢的还是听歌，特别是听纯音乐。当然，如果是小提琴曲，就更好了。我的理想是成为一名考古学家兼业余作家，所以我经常出入各种博物馆。比如这个暑假，我就去了三星堆博物馆。我现在正在尝试写作，已经快写完两万字了。在学校，我还很乐意为班级服务，所以担任班长这一职务。那么，你呢？

对于呼伦贝尔，这个暑假我刚去过，让我印象最深的还是满洲里和白桦林。在满洲里，我尝到了俄罗斯美食——列巴，味道真的很好！我也去了国门，看到了界碑，站在瞭望塔上看也看到了绵延的高山和蒙古国……心里油然而生一种自豪感。我还去了套娃广场，看了俄罗斯大马戏、空中飞人、马术。这些表演看得我心惊胆战，可又回味无穷。在白桦林景区，我感到十分舒适，阳光透过绿叶洒下来，一切如同童话世界般。我看到了真正的驯鹿，也看到了鄂温克族的传统民居（有一本书叫《额尔古纳河右岸》，很不错，可以看看），还尝到了白桦汁，味道还可以。

这就是我对内蒙古印象较深的地方，如果还有什么有趣的地方，记得推荐给我，我会再次造访的。我也希望你能来北京。故宫、长城、天坛、香山、中国国家博物馆……北京有很多地方可以参观。烤鸭、铜锅涮肉、卤煮、豆汁儿，还有我们大兴的西瓜，又大又甜……北京有很多好吃的可以品尝。北京随时欢迎你！

祝

学业进步，身体健康！

来自北京的朋友：徐子淇

2024 年 9 月 13 日

到了俄罗斯的边境小镇，也看到了绵延的高山和蒙古国……心里油然而生一种自豪感。我还去了套娃广场，看了俄罗斯大马戏、空中飞人、马术。这些表演看得我心惊胆战，可又回味无穷。在白桦林景区，我感到十分舒适，阳光透过绿叶洒下来，一切如同童话世界般。我看到了真正的驯鹿，也看到了鄂温克族的传统民居（有一本书叫《额尔古纳河右岸》，很不错，可以看看），还尝到了白桦汁，味道还可以。

这就是我对内蒙古印象较深的地方，如果还有什么有趣的地方，记得推荐给我，我会再次造访的。我也希望你能来北京。故宫、长城、天坛、香山、中国国家博物馆……北京有很多地方可以参观。烤鸭、铜锅涮肉、卤煮、豆汁儿，还有我们大兴的西瓜，又大又甜……北京有很多好吃的可以品尝。北京随时欢迎你！

祝

学业进步，身体健康！

来自北京的朋友：徐子淇

2024年9月13日

第四章

我们一起成长

我们一起成长

旭仁花（内蒙古自治区呼伦贝尔市海拉尔区第九中学）
指导教师：马胜君　鲍爱梅

亲爱的王雪菡同学：

你好呀！

我是内蒙古自治区呼伦贝尔市海拉尔区第九中学的一名学生，现在是八年级三班的班长，很高兴认识你。在所有学科中我更喜欢语文，因为语文不仅仅是语言的文化，更是我们民族的传统和文化。我的运动能力也名列前茅，其中我最喜欢打篮球和跑步，这些运动都可以令我身心愉悦。妈妈说，我最开心的时光莫过于和伙伴一起打球了。

虽然我还没有去过北京，但关于北京那些名胜古迹倒是耳熟能详。比如“不到长城非好汉”中所指的长城，再比如埋葬十三位明朝皇帝的陵园——明十三陵，清朝皇帝的皇家园林——颐和园……而我最想去的还是坐落于“北京中轴线”和长安街交汇点之处的天安门。我想看国旗护卫队整齐的步伐，我想看升旗时台下人们骄傲的眼神，我想看五星红旗飘荡在蓝天白云间，我想看国旗下一张张幸福、骄傲的笑脸。

我想要去沉浸在这座城市的繁华中，探索其古老的胡同和传统的街巷，品尝北京美食的地道风味。我渴望目睹现代与传统的和谐融合，

亲爱的王雪菡同学

你好呀！我是内蒙古自治区呼伦贝尔市海拉尔区第九中学的一名学生，现在是八年级三班的班长。在所有的学科中我更喜欢语文，是因为语文不仅仅是语言的文化，更是我们民族的传统和文化。我的运动能力也名列前茅，其中我最喜欢打篮球和跑步，这些运动都可以令我身心愉悦。妈妈说，我最开心的时光莫过于和伙伴一起打球了。

虽然我还没有去过北京，但关于北京那些名胜古迹倒是耳熟能详。比如"不到长城非好汉"中所指的长城，再比如埋葬十三位明朝皇帝的陵园——明十三陵，清朝皇帝的皇家园林——颐和园……而我最想去的还是坐落于"北京中轴线"和长安街交汇点之处的天安门。我想看国旗护卫队整齐的步伐，我想看升旗时台下人们自豪的神情，我想看五星红旗飘荡在蓝天白云间，我想看国旗下一张张幸福、骄傲的笑脸。

我想要去沉浸在这座城市的繁华中，探索其古老的胡同和传统的街巷，品味北京美食的感受当地人的热情好客。如果你来内蒙古玩，我极力争取做你的小导游，带你参观这美丽的大草原，呼吸草原上清新的空气，带你去吃羊肉、牛肉和我亲手包的“迎接饺”，定会让你在这次旅途中过得十分开心愉悦，来过一次定还想再来的！

希望我们可以成为好朋友，一起进步，一起成长，每天快快乐乐，无烦恼！

旭仁花

2024 年 9 月 12 日

地道风味。我渴望目睹现代与传统的和谐融合，感受当地人的热情好客。如果你来内蒙古玩，我极力争取做你的小导游，带你参观这美丽的大草原，呼吸草原上清新的空气，带你去吃羊肉、牛肉和我亲手包的"迎接饺"，定会让你在这次旅途中过得十分开心愉悦，来过一次定还想再来的！

希望我们可以成为好朋友，一起进步，一起成长，每天快快乐乐，无烦恼！

旭仁花

2024年9月12日

与你分享生活中的点滴

张恬宁（北京一零一中）
指导教师：袁艳丽

亲爱的王佳懿同学：

你好！

我是北京一零一中的张恬宁，很高兴能以这样的方式与你交流。我有很多爱好。其中，阅读是我生活中不可或缺的一部分。我喜欢沉浸在各种故事中，感受不同的人生经历。通过阅读，我不仅拓宽了知识面，还提高了自己的写作能力。

我还热爱运动，经常参加各种体育活动，如跑步、打乒乓球、打羽毛球等。无论是跑步时的自由恣意，还是打球时的酣畅淋漓，都让我感受到了生命的活力与激情。

我非常期待与你分享我生活中的点滴，也希望从你那里了解更多关于呼伦贝尔的故事。

呼伦贝尔湖，这颗镶嵌在美丽草原中的璀璨明珠，犹如一面巨大的明镜，倒映着云卷云舒。额尔古纳河，作为一条中华民族的重要水系，流淌着历史的变迁与岁月的沧桑。呼伦贝尔大草原，广袤无垠，宛如一片绿色的汪洋，是大自然最美好的馈赠。

亲爱的王佳懿同学：

你好！

我是北京一零一中的张恬宁，很高兴能以这样的方式与你交流。我有很多爱好。其中，阅读是我生活中不可或缺的一部分。我喜欢沉浸在各种故事中，感受不同的人生经历。通过阅读，我不仅拓宽了我的知识面，还提高了自己的写作能力。

我还热爱运动，经常参加各种体育活动，如跑步、打乒乓球、打羽毛球等。无论是跑步时的自由恣意，还是打球时的酣畅淋漓，都让我感受到了生命的活力与激情。

我非常期待与你分享我生活中的点滴，也希望从你那里了解更多关于呼伦贝尔的故事。

呼伦贝尔湖，这颗镶嵌在美丽草原上的璀璨明珠，犹如一面巨大的明镜，倒映着云卷云舒。额尔古纳河，作为一条中华民族的重要水系，流淌着历史的变迁与岁月的沧桑。呼伦贝尔大草原，广袤无垠，宛如一片绿色的汪洋，是大自然最美好的馈赠。

我对呼伦贝尔充满了向往，渴望有一天能踏上那片神奇的土地。在呼伦贝尔湖畔漫步，感受微风的轻抚；在额尔古纳河边沉思，聆听历史的声音；在大兴安岭的白桦林中徜徉，寻找内心的平静。

同时，我也诚挚地欢迎你来到北京。北京，这座古老而现代的城市，有着悠久的历史和灿烂的文化。故宫的红墙黄瓦，诉说着它六百年来的沧桑与厚重；长城的雄伟与壮丽，展现着中华民族的伟大精神……它们都在默默地等待着你的到来。让我们一起分享彼此的故事，增进彼此的了解，共同书写友谊的篇章。

祝

学业进步！

张恬宁

2024 年 9 月 15 日

我对呼伦贝尔充满了向往，渴望有一天能踏上那片神奇的土地。在呼伦贝尔湖畔漫步，感受微风的轻抚；在额尔古纳河边沉思，聆听历史的声音；在大兴安岭的白桦林中徜徉，寻找内心的平静。

同时，我也诚挚地欢迎你来到北京。北京，这座古老而现代的城市，有着悠久的历史和灿烂的文化。故宫的红墙黄瓦，诉说着它六百年来的沧桑与厚重；长城的雄伟与壮丽，展现着中华民族的伟大精神……它们都在默默地等待着你的到来。让我们一起分享彼此的故事，增进彼此的了解，共同书写友谊的篇章！

祝

学业进步！

张恬宁

2024年7月15日

期待一次无比难忘的旅途

周玥彤（北京一零一中）
指导教师：孙军艳

亲爱的李思妤：

你好！

我是周玥彤，一名普普通通的中学生，很高兴能在这次交流活动中与你相识。说实话，其实我的文笔不是很好，希望你不要介意。

在北京这座高楼林立的城市里，好像努力学习，在茫茫人海中脱颖而出，考上一所优秀的高中才是一名初中生的本分，但我有不同观点。幸运的是，在忙碌的学习与生活中，我拥有了自己的小爱好：打排球和解数学题（虽然这听起来很荒谬，但我确实很享受破解难题后的成就感）。打排球是我在小学时便有的兴趣特长。我相信喜爱羽毛球的你一定能对在运动场上奋力拼搏的快乐感同身受。但很遗憾，我上了初中后，留给我打排球的时间越来越少了。

呼伦贝尔这座城市，在我年少时的心中，只是一片一望无际的草原，是“游牧”的代名词。但当阅历随着年龄的增长而逐渐增加，我对那里的了解更加丰富。那里历史悠久，有着丰富的文化内涵；那里绿草如茵，有着大自然的神奇馈赠……

亲爱的李思妤：

你好！

我是周玥彤，一名普普通通的中学生，很高兴能在这次交流活动中与你相识。说实话，其实我的文笔不是很好，希望你不要介意。

在北京这座高楼林立的城市里，好像努力学习，在茫茫人海中脱颖而出，考上一所优秀的高中才是一名初中生的本分，但我有不同观点。幸运的是，在忙碌的学习与生活中，我拥有了自己的小爱好：打排球和解数学题（虽然这听起来很荒谬，但我确实很享受破解难题后的成就感）。打排球是我在小学时便有的兴趣特长。我相信喜爱羽毛球的你一定能对在运动场上奋力拼搏的快乐感同身受。但很遗憾，我上了初中后，留给我打排球的时间越来越少了。

呼伦贝尔这座城市，在我年少时的心中，只是一片一望无际的草原，是“游牧”的代名词。但当阅历随着年龄的增长而逐渐增加，我对那里的了解更加丰富。那里历史悠久，有着丰富的文化内涵；那里绿草如茵，有着大自然虽然我从未去过呼伦贝尔，但那里独具特色的景色和文化哪怕只是在课本或照片里看过，也足以让我心生向往。带有童话色彩，犹如绿色海洋中点点白帆的蒙古包让我感受到了独特的地域文化；“风吹草低见牛羊”，放眼望去满目青绿的大草原让我感觉心旷神怡；每逢冬天被皑皑白雪覆盖，却依然到处活跃着各种野生动物的大兴安岭让我感叹大自然的生命力……

如果有机会到呼伦贝尔，那一定会是一次让我无比难忘的旅途。同样，如果你可以来到北京，那你一定会感到无比幸福。若我们能够见面，我会带你去看北京古老宫殿和胡同与现代高楼大厦的交相呼应，去品传统文化与现代科技的相互融合，去逛美丽校园中的林荫小道，去感受别样的北京生活。

愿这一切理想终成现实！

祝

学业有成，天天开心！

周玥彤

2024 年 9 月 15 日

的神奇馈赠……

虽然我从未去过呼伦贝尔，但那里独具特色的景色和文化哪怕只是在课本或照片里看过，也足以让我心生向往。带有童话色彩，犹如绿色海洋中点点白帆的蒙古包让我感受到了独特的地域文化；“风吹草低见牛羊”，放眼望去满目青绿的大草原让我感觉心旷神怡；每逢冬天被皑皑白雪覆盖，却依然到处活跃着各种野生动物的大兴安岭让我感叹大自然的生命力……

如果有机会到呼伦贝尔，那一定会是一次让我无比难忘的旅途。同样，如果你可以来到北京，那你一定会感到无比幸福。若我们能够见面，我会带你去看北京古老宫殿和胡同与现代高楼大厦的交相呼应，去品传统文化与现代科技的相互融合，去逛美丽校园中的林荫小道，去感受别样的北京生活。

愿这一切理想终成现实！

祝

学业有成，天天开心！

周玥彤

2024年9月15日

我能想象你站在球桌前的样子

赵昕宇（北京市怀柔区第五中学）
指导教师：刘红英

王浩宇同学：

你好！

当我提笔写这封信的时候，你的身影便在我的脑海中逐渐清晰起来。虽与你相隔千里，但我仿佛看到了你在内蒙古那片广袤的土地上尽情挥洒青春的身影。

听说你性格外向，这可是一种令人羡慕的品质。外向的人像阳光，能温暖周围的每一个人。我可以想象，在你身边一定围绕着许多志同道合的朋友，和你一起分享自己的喜怒哀乐。这样的你，一定有着无数精彩的故事和难忘的经历吧。

打乒乓球是你的爱好，这让我钦佩不已。那小小的白球，在球桌上跳跃、旋转，仿佛有着无穷的威力。你的每一次挥拍，都是力量与技巧的结合；每一次击球，都是速度与智慧的激烈碰撞。我能想象你站在球桌前的样子，眼神专注而坚定，身姿矫健而灵活。你手中的球拍，就像一把利剑，在球场上披荆斩棘，为你赢下一场又一场胜利。

运动是生命的源泉，不仅能让我们拥有健康的体魄，同时还能培养我们的毅力、勇气和团结合作的精神。你对运动的热爱，让我看到王浩宇同学：

你好！

当我提笔写这封信的时候，你的身影便在我的脑海中逐渐清晰起来。虽与你相隔千里，但我仿佛看到了你在内蒙古那片广袤的土地上尽情挥洒青春的身影。

听说你性格外向，这可是一种令人羡慕的品质。外向的人像阳光，能温暖周围的每一个人。我可以想象，在你身边一定围绕着许多志同道合的朋友，和你一起分享自己的喜怒哀乐。这样的你，一定有着无数精彩的故事和难忘的经历吧。

打乒乓球是你的爱好，这让我钦佩不已。那小小的白球，在球桌上跳跃、旋转，仿佛有着无穷的威力。你的每一次挥拍，都是力量与技巧的结合；每一次击球，都是速度与智慧的激烈碰撞。我能想象你站在球桌前的样子，眼神专注而坚定，身姿矫健而灵活。你手中的球拍，就像一把利剑，在球场上披荆斩棘，为你赢下一场又一场胜利。

运动是生命的源泉，不仅能让我们拥有健康的体魄，同时还能培养我们的毅力、勇气和了你对生活的积极态度和对未来的无限憧憬。我相信，在运动的陪伴下，你一定能不断挑战自我、超越自我，实现自己的梦想。

内蒙古，那是一片充满魅力的土地。辽阔的草原、奔腾的骏马、悠扬的马头琴声，构成了一幅美丽的有声画卷。我想，在这样的环境中成长的你，一定有着宽广的胸怀和豪迈的气概。你是否曾在草原上恣意奔跑，感受着风的呼啸和阳光的温暖？我很想听听你在内蒙古的故事，感受那片土地的独特魅力。

而我生活的城市——北京，是承载着悠久历史的大都市。故宫、圆明园等古迹承载着数百年的沧桑，彰显着皇家的威严与气派；商业街热闹非凡，王府井步行街店铺林立，人来人往。北京，一座繁华的城市，既有古老的历史底蕴，又充满现代的活力与激情，以独特的魅力吸引着来自各地的人们。欢迎你来到美丽的北京！

祝

学习进步，身体健康！

赵昕宇

2024 年 9 月 9 日

团结合作的精神。你对运动的热爱，让我看到了你对生活的积极态度和对未来的无限憧憬。我相信，在运动的陪伴下，你一定能不断挑战自我、超越自我，实现自己的梦想。

内蒙古，那是一片充满魅力的土地。辽阔的草原、奔腾的骏马、悠扬的马头琴声，构成了一幅美丽的有声画卷。我想，在这样的环境中成长的你，一定有着宽广的胸怀和豪迈的气概。你是否曾在草原上恣意奔跑，感受着风的呼啸和阳光的温暖？我很想听听你在内蒙古的故事，感受那片土地的独特魅力。

而我生活的城市——北京，是承载着悠久历史的大都市。故宫、圆明园等古迹承载着数百年的沧桑，彰显着皇家的威严与气派；商业街热闹非凡，王府井步行街店铺林立，人来人往。北京，一座繁华的城市，既有古老的历史底蕴，又充满现代的活力与激情，以独特的魅力吸引着来自各地的人们。欢迎你来到美丽的北京！

祝

学习进步，身体健康！

赵昕宇

2024年9月9日

希望一睹你在篮球场上的风采

姚圣楠（北京市怀柔区第五中学）
指导教师：付荣国

李雪剑同学：

见字如晤，展信舒颜。

远方的你同我似有些许不同。杜甫有言："人生交契无老少，论交何必先同调。"我想无论隔着多远的距离，我们仍然会被呼伦贝尔低垂的云层和广袤的苍穹联结在一起。听说你喜欢打篮球，我虽然不擅长运动，但十分羡慕能在运动场上挥汗如雨的人。希望未来的某天，我能一睹你在篮球场上的风采！

呼伦贝尔的草浪绿海令我着迷。我曾读过欧阳修的《丰乐亭游春》，里面形容草原"长郊草色绿无涯"，广阔的郊野，草色青绿，一眼望不到边际。在我很小的时候，父母曾带我到过呼伦贝尔。长风万里，掠过长河与无垠的草原，越过俯身吃草的牛羊，飞向远方，像一曲邈远的挽歌。高坡之下，远方苍茫，漫山遍野的新生命欣欣向荣。傍晚，牛羊完全隐没在暮色之中，起伏的山峦也渐渐只剩下不明显的轮廓，只有天上的繁星闪动着明亮的光。这是呼伦贝尔比"暮霭沉沉楚天阔"更吸引我的地方。写到这里，多年前的那几幕凝固的画面再次浮现在李雪剑同学：

见字如晤，展信舒颜。

远方的你同我似有些许不同。杜甫有言："人生交契无老少，论交何必先同调。"我想无论隔着多远的距离，我们仍然会被呼伦贝尔厚重的云层和广袤的苍穹联结在一起。听说你喜欢打篮球，我虽然不擅长运动，但十分羡慕能在运动场上挥汗如雨的人。希望未来的某天，我能一睹你在篮球场上的风采！

呼伦贝尔的草浪绿海令我着迷。我曾读过欧阳修的《丰乐亭游春》，里面形容草原"长郊草色绿无涯"，广阔的郊野，草色青绿，一眼望不到边际。在我很小的时候，父母曾带我到过呼伦贝尔。长风万里，掠过长风与无垠的草原，越过俯身吃草的牛羊，飞向远方，像一曲遥远的挽歌。高坡之下，远方苍茫，漫山遍野的新生命欣欣向荣。傍晚，牛羊完全隐没在暮色之中，起伏的山峦也渐渐只剩下不明显的轮廓，只有天上的繁星闪动着明亮的光。这是呼伦贝尔比"暮霭沉沉楚天阔"更吸引我的地我的脑海中，直到现在于我而言仍旧清晰得仿佛发生在昨天。

呼伦贝尔的草原景色像一幅美丽多彩的画。有朝一日，当我再次踏在呼伦贝尔的草原上时，希望我们能一起骑着马在草原上飞奔。同时，我也期待你能够来到我的家乡——北京。我们可以一同穿过大街小巷，直到日暮时分。夕阳“熔化”在地平线上，我们可以一起欣赏它映照在鳞次栉比的高楼上反射出的耀眼金光，看车水马龙，众生熙熙攘攘。祈尔繁芜胜常春。

祝

学业进步，心想事成！

姚圣楠

2024 年 9 月 10 日

方。写到这里，多年前的那几幕凝固的画面再次浮现在我的脑海中，直到现在于我而言仍旧清晰得仿佛发生在昨天。

呼伦贝尔的草原景色像一幅美丽多彩的画。有朝一日，当我再次踏在呼伦贝尔的草原上时，希望我们能一起骑着马在草原上飞奔。同时，我也期待你能够来到我的家乡——北京。我们可以一同穿过大街小巷，直到日暮时分。夕阳“熔化”在地平线上，我们可以一起欣赏它映照在鳞次栉比的高楼上反射出的耀眼金光，看车水马龙，众生熙熙攘攘。祈尔繁英胜常春。

祝

学业进步，心想事成！

姚圣楠

2024年9月10日

我们可以找时间合作

庞皓铭（北京市文汇中学）
指导教师：张思博

亲爱的刘雨轩：

你好！

我是来自北京的庞皓铭，很高兴认识你！我在课余时间里喜欢阅读书籍。很开心的是，我在交流的表格中看到你也热爱阅读。你最喜欢什么类型的书？说不定咱们两个有共同的爱好呢。除了读书，我还喜欢听音乐、拉二胡和弹钢琴。我了解到你还会跳舞。期待你能在回信中说说你跳舞时喜欢的配乐。等我练习后，我们可以找时间合作，你跳舞，我配乐。

今年暑假，我去了呼伦贝尔大草原。那里的风景真的很美。草地上随处可见可爱的牛儿羊儿。白桦林的树干洁白如玉、高耸入云，在云雾缭绕中宛如一群优雅的舞者，在风中摇曳，展现出大自然的灵动与美妙……

在满洲里国门，当我看到戍守在那里的军人，心中的敬佩之情油然而生。在满洲里套娃广场上，我感受到了不同文化之间的交流与碰撞。不知道是否还有我没去游览的“必打卡”景点，期待你在回信中能够告诉我。希望有机会，你能带我去内蒙古转转，带我去看看那些亲爱的刘雨轩：

你好！

我是来自北京的庞皓铭，很高兴认识你！我在课余时间里喜欢阅读书籍。很开心的是，我在交流的表格中看到你也热爱阅读。你最喜欢什么类型的书？说不定咱们两个有共同的爱好呢。除了读书，我还喜欢听音乐、拉二胡和弹钢琴。我了解到你还会跳舞。期待你能在回信中说说你跳舞时喜欢的配乐。等我练习后，我们可找时间合作，你跳舞，我配乐。

今年暑假，我去了呼伦贝尔大草原。那里的风景真的很美。草地上随处可见可爱的牛儿、羊儿。白桦林的树干洁白如玉、高耸入云，在云雾缭绕中宛如一群优雅的舞者，在风中摇曳，展现出大自然的灵动与美妙……

在满洲里国门，当我看到戍守在那里的军人，心中的敬佩之情油然而生。在满洲里套娃广场上，我感受到了不同文化之间的交流与碰撞。不知是否还有我没去游览的"必打卡"景点，期待你在回信中能够告诉我。希望有机会，驰骋的骏马，体验骑在马背上奔驰的快乐。

北京是否也让你有些期待？你来北京时，一定要告诉我。我会带你游遍北京城的名胜古迹，尝遍北京的特色美食。虽然北京没有内蒙古那么贴近自然，但它有着悠久的历史和深厚的文化底蕴。欢迎你来北京，领略不一样的风光。

呼伦贝尔，不仅有自然美好的景色，还有热情好客的人们，让人流连忘返。我还想去看看呼伦贝尔的大草原、白桦林、野生动物，还有在北京见不到的“地标”建筑——满洲里国门。非常期待与呼伦贝尔再次遇见！期待你的回信！

祝

身体健康，学业顺利！

庞皓铭

2024 年 9 月 14 日

你能带我去内蒙古转转，带我去看看那些驰骋的骏马，体验骑在马背上奔驰的快乐。

北京是否也让你有些期待？你来北京时，一定要告诉我。我会带你游遍北京城的名胜古迹，尝遍北京的特色美食。虽然北京没有内蒙古那么贴近自然，但它有着悠久的历史和深厚的文化底蕴。欢迎你来北京，领略不一样的风光。

呼伦贝尔，不仅有自然美好的景色，还有热情好客的人们，让人流连忘返。我还想去看看呼伦贝尔的大草原、白桦林、野生动物，还有在北京见不到的"地标"建筑——满洲里国门。非常期待与呼伦贝尔再次遇见！期待你的回信！

祝

身体健康，学业顺利！

庞锆铭

2024年9月14日

想游遍海拉尔最美的地方

姜笔心（北京市文汇中学）
指导教师：米彦

张敬豪：

你好！

见字如面。很高兴认识你，并成为你的笔友。

爱听歌的你，知道有个歌手和你同名同姓吗？知道你是我的笔友后，我专门在百度上查了你的学校和名字。尽管我没查到什么和你有关的消息，有点遗憾，但我发现有个歌手和你同名同姓，觉得也挺有趣的。这个歌手身高 185 厘米。爱好打篮球的你呢？应该也一样高大帅气吧。

向你介绍一下我吧，我叫姜笔心。这个名字是不是很好记？妈妈给我起这个名字，一方面是希望我能将心比心地与人相处，多交好朋友；另一方面是希望我能将笔、将心用于学习，做个笔耕不辍、博览群书的人。我和你一样，也喜欢打篮球。我六岁的时候就开始学习打篮球了。我觉得篮球是一项非常有趣的运动，它不仅能锻炼身体，还能培养团队精神、毅力和抗压能力。如果有机会，咱俩一起切磋一下。

张敬豪：

你好！

见字如面。很高兴认识你，并成为你的笔友。

爱听歌的你，知道有个歌手和你同名同姓吗？知道你是我的笔友后，我专门在百度上查了你的学校和名字。尽管我没查到什么和你有关的消息，有点遗憾，但我发现有个歌手和你同名同姓，我觉得也挺有趣的。这个歌手身高185厘米。爱好打篮球的你呢？应该也一样高大帅气吧。

向你介绍一下我吧，我叫姜笔心。这个名字是不是很好记？妈妈给我起这个名字，一方面是希望我能将心比心地与人相处，多交好朋友；另一方面是希望我能将笔、将心用于学习，做个笔耕不辍、博览群书的人。我和你一样，也喜欢打篮球。我六岁的时候就开始学习打篮球了。我觉得篮球是一项非常有趣的运动，它不仅能锻炼身体，还能培养团队精神、毅力和抗压能力。如果有机会，咱俩一起切磋一下。

我对海拉尔的印象还停留在十年前，那时我还不到四岁。在那次旅行中，我们一家人游览了巴尔虎蒙古部落、国门景区、套娃广场、呼伦湖，还有根河湿地，逛了俄罗斯商城，还去蒙餐店里品尝了蒙餐。由于我们是跟团游，加上那时候我还小，所以我对那里景色的印象还停留在照片里，但在那里品尝到的美食，我至今仍印象深刻。尤其是奶茶，之前我在北京喝过的奶茶都是甜的。在海拉尔，我头一次尝到了咸味的奶茶，感觉真是别有一番风味。

除了我能想起的这些特色景区和美食外，你们那里一定还有很多更有趣的地方和更好吃的美食吧。我很期待有机会能闲适自在地漫步在海拉尔的街头，没有导游的催促，远离熙熙攘攘的人群。那时，你愿意带我去看看你最爱游玩的地方，尝尝你最喜欢的特色小吃吗？

也欢迎你来北京旅游。如果你喜欢历史，我就带你去看恢宏壮阔的故宫、天坛、长城；如果你是个闲不住的淘气包，那咱们就一起去

　　我对海拉尔的印象还停留在十年前，那时我还不到四岁。在那次旅行中，我们一家人游览了巴尔虎蒙古部落、国门景区、套娃广场、呼伦湖，还有根河湿地，逛了俄罗斯商城，还去蒙餐店里品尝了蒙餐。由于我们是跟团游，加上那时候我还小，所以我对那里景色的印象还停留在照片里，但在那里品尝到的美食，我至今仍印象深刻。尤其是奶茶，之前我在北京喝过的奶茶都是甜的。在海拉尔，我头一次尝到了咸味的奶茶，感觉真是别有一番风味。

　　除了我能想起的这些特色景区和美食外，你们那里一定还有很多更有趣的地方和更好吃的美食吧。我很期待有机会能闲适自在地漫步在海拉尔的街头，没有导游的催促，远离熙熙攘攘的人群。那时，你愿意带我去看看你最爱游玩的地方，尝尝你最喜欢的特色小吃吗？

　　也欢迎你来北京旅游。如果你喜欢历史，我就带你去看恢宏壮阔的故宫、天坛、长城；如果你是个闲不住的淘气包，那咱们就一起去欢乐谷和环球度假玩耍；如果你心里已经有了

北京　区

欢乐谷和环球影城玩耍；如果你心里已经有了更向往的地方，写信告诉我，我也愿意陪你一起走一遭。

祝

心想事成！

姜笔心

2024 年 9 月 19 日

更向往的地方，写信告诉我，我也愿意陪你一起走一遭。

祝

心想事成！

姜笔心

2024年9月19日

运动让我变得勇敢和自信

李威葳（北京汇文中学朝阳学校）
指导教师：张佳佳

素未谋面的刘爽同学：

你好！

你的来信我已经收到。我是来自北京汇文中学朝阳学校的一名初二学生。我和你一样，热爱运动。我会跑步、跳高和打排球。对我而言，运动是一种对自我认知、理解、突破的无尽追求，永无止境。运动让我变得勇敢和自信，让我有勇气去面对那个不完美的自己，有信心去探索新的领域，直面一切困难与挑战；运动也让我学会了乐观和坚强，让我在逆境中仍坚信自己，即便在坚持不住时也能够咬紧牙关抗争到底，在迷茫时重拾对生活的希望；运动还让我学会了自律和坚持，时刻对自己保持高标准、严要求，依靠意志力克服懒惰与疲惫，即使困难重重，仍能坚守自己的理想和信念。除了运动，我的爱好还有阅读和做手工。它们一个让我从前人的思想中获取知识，一个让我用双手去创造属于自己的童话世界。在你的来信中，我看到你对运动也用了“热爱”一词，可见我们对运动的态度是一致的。希望你能在回信中详细讲述一下你的想法。

素未谋面的刘爽同学：

你好！

你的来信我已经收到。我是来自北京汇文中学朝阳学校的一名初二学生。我和你一样，热爱运动。我会跑步、跳高和打排球。对我而言，运动是一种对自我认知、理解、突破的无尽追求，永无止境。运动让我变得勇敢和自信，让我有勇气去面对那个不完美的自己，有信心去探索新的领域，直面一切困难与挑战；运动也让我学会了乐观和坚强，让我在逆境中仍坚信自己，即便在坚持不住时也能够咬紧牙关抗争到底，在迷茫时重拾对生活的希望；运动还让我学会了自律和坚持，时刻对自己保持高标准、严要求，依靠意志力克服懒惰与疲惫，即使困难重重，仍能坚守自己的理想和信念。除了运动，我的爱好还有阅读和做手工。它们一个让我从前人的思想中获取知识，一个让我用双手去创造属于自己的童话世界。在你的来信中，我看到你对运动也用了"热爱"一词，可见我们对运动的态度是一致的。希望你能在回在收到你的来信时，我兴奋至极。因为这是我第一次通过书信的方式与同龄人交流。当我小心翼翼地拆开信封，取出里面折叠得整整齐齐的稿件时，你那清秀的字迹与质朴的语言，让我对你充满了美好的想象。这种感觉十分奇妙，让我意识到你我之间存在着一种不受时间和空间阻碍的“距离”。这种距离可以让我们彼此的情感化作更深沉、更真挚的问候与祝愿。我希望我们能珍惜每一次的书信往来，在信中多交流一些有质量的内容与话题，相互促进彼此的思考。你说好吗，刘爽同学？

再来聊聊你所生活的城市吧。呼伦贝尔市的海拉尔区是你上学的地方，也是我的老家。你的学校与我家相距只有 13 公里。如果我们聊得投缘的话，或许可以线下相见呢。在我的印象中，海拉尔只有盛夏与隆冬。盛夏时节，每次当我走下飞机时，总能闻到一股野草、野花的芳香，这气味使人沉醉。风缓缓吹过，暖暖的，让人感觉很惬意。这里是个避暑的宝地。乘车驶出市区，广袤无垠的翠绿扑面而来，远信中详细讲述一下你的想法。

在收到你的来信时，我兴奋至极。因为这是我第一次通过书信的方式与同龄人交流。当我小心翼翼地拆开信封，取出里面折叠得整整齐齐的稿件时，你那清秀的字迹与质朴的语言，让我对你充满了美好的想象。这种感觉十分奇妙，让我意识到你我之间存在着一种不受时间和空间阻碍的"距离"。这种距离可以让我们彼此的情感化作更深沉、更真挚的问候与祝愿。我希望我们能珍惜每一次的书信往来，在信中多交流一些有质量的内容与话题，相互促进彼此的思考。你说好吗，刘爽同学？

再来聊聊你所生活的城市吧。呼伦贝尔市的海拉尔区是你上学的地方，也是我的老家。你的学校与我家相距只有13公里。如果我们聊得投缘的话，或许可以线下相见呢。在我的印象中，海拉尔只有盛夏与隆冬。盛夏时节，每次当我走下飞机时，总能闻到一股野草、野花的芳香，这气味使人沉醉。风缓缓吹过，暖暖的，让人感觉很惬意。这里是个避暑的宝地。

处有河流在流淌，有时还能看见金黄色的油菜花田、雪白的羊群，以及各色的牛群、马群。到了隆冬时节，这里的积雪很厚，每次出门我都得裹得严严实实。小区草坪的雪又干又厚，没法揉成团打雪仗。成吉思汗广场每年都会展览晶莹剔透的冰雕，夜晚亮灯之后绚丽无比。那里的雪上项目也十分有趣，有滑雪圈、冰滑梯和滑雪。东山的滑雪场十分好玩。我在那里学会了双板滑雪，明年还想去尝试单板滑雪。那里的烟花也很美，烤串和火锅都特别好吃。对了，俄罗斯大列巴也超级美味。如果还有什么有意思的地方和特色小吃是我没体验过的，麻烦你推荐给我，我今年过年去体验一下。

关于北京，我推荐你一定要来。正如信中所说，北京有深厚的历史和文化底蕴，很值得你游历一番。除了你在信中提到的那些景点，我还推荐你去故宫、天坛、北海、圆明园和中国国家博物馆，这些都是北京“必游”景点。另外，北京的美食也有很多。除了家喻户晓的乘车驶出市区，广袤无垠的翠绿扑面而来，远处有河流在流淌，有时还能看见金黄色的油菜花田、雪白的羊群，以及各色的牛群、马群。到了隆冬时节，这里的积雪很厚，每次出门我都得裹得严严实实。小区草坪的雪又干又厚，没法揉成团打雪仗。成吉思汗广场每年都会展览晶莹剔透的冰雕，夜晚亮灯之后绚丽无比。那里的雪上项目也十分有趣，有滑雪圈滑冰滑梯和滑雪。东山的滑雪场十分好玩。我在那里学会了双板滑雪，明年还想去尝试单板滑雪。那里的烟花也很美，烤串和火锅都特别好吃。对了，俄罗斯大列巴也超极美味。如果还有什么有意思的地方和特色小吃是我没体验过的，麻烦你推荐给我，我今年过年去体验一下。

关于北京，我推荐你一定要来。正如信中所说，北京有深厚的历史和文化底蕴，很值得你游历一番。除了你在信中提到的那些景点，我还推荐你去故宫、天坛、北海、圆明园和中国国家博物馆，这些都是北京"必游"景点。另外，北京的美食也有很多。除了家喻户晓的烤鸭和各种京味菜，我还想向你推荐几款点心，像驴打滚和豌豆黄都很美味，稻香村的点心物美价廉且好吃，也很适合作为礼品赠送他人。当然，如果你有充足的时间，还可以穿上传统服饰去照相，记录下这活力四射的青春。我非常欢迎你来北京游玩。期待你的回信。

希望我们能成为挚友！愿你以梦为马，不负韶华，朝着心中的目标前行吧！

李威葳

2024 年 9 月 26 日

烤鸭和各种京味菜，我还想向你推荐几款点心，像驴打滚和豌豆黄都很美味，稻香村的点心物美价廉且好吃，也很适合作为礼品赠送他人。当然，如果你有充足的时间，还可以穿上传统服饰去照相，记录下这活力四射的青春。我非常欢迎你来北京游玩。期待你的回信。

希望我们能成为挚友！愿你以梦为马，不负韶华，朝着心中的目标前行吧！

李威葳

2024年9月26日

还有什么神奇物种生活在你那里吗

刘冉（国家教育行政学院附属实验学校）
指导教师：安晋芳

裴子涵同学：

你好！

我是来自国家教育行政学院附属实验学校的刘冉。我的爱好是古筝。除此之外，我还很爱读书，是一个“小说迷”，很希望能够通过这封书信与你成为朋友。

几年前，我曾去过呼伦贝尔，不过由于当时急于赶路，所以就只是走马观花地观看了一些路边的景色。在这些景色当中，让我印象最深刻的就是大草原。从车窗向外看去，成片成片的大草原像绿色的地毯似的，一望无际，仿佛连着天。周围有许多牛羊，我们的车子甚至经常会被一些过路的牛羊拦下呢！我在网络上看到过一些从那边拍的短视频，我想那种有着弯弯曲曲小河的草原拍出来一定会很美，你知道哪里有这样的风景吗？

我记得前一段时间，大概是冬天，那边的驯鹿火遍网络。当时我就超级想去，感觉骑驯鹿应该会是特别有意思的体验，就像圣诞老人似的。听说有的鹿角上还挂着铃铛，一步一响，我都不敢想象骑上它裴子涵同学：

　　你好！

　　我是来自国家教育行政学院附属实验学校的刘冉。我的爱好是古筝。除此之外，我还很爱读书，是一个“小说迷”，很希望能够通过这封书信与你成为朋友。

　　几年前，我曾去过呼伦贝尔，不过由于当时急于赶路，所以就只是走马观花地观看了一些路边的景色。在这些景色当中，让我印象最深刻的就是大草原。从车窗向外看去，成片成片的大草原像绿色的地毯似的，一望无际，仿佛连着天。周围有许多牛羊，我们的车子甚至经常会被一些过路的牛羊拦下呢！我在网络上看到过一些从那边拍的短视频，我想那种有着弯弯曲曲小河的草原拍出来一定会很美，你知道哪里有这样的风景吗？

　　我记得前一段时间，大概是冬天，那边的驯鹿火遍网络。当时我就超级想去，感觉骑驯鹿应该会是特别有意思的体验，就像圣诞老人似的。听说有的鹿角上还挂着铃铛，一步一响，会有多酷。你骑过驯鹿吗？还有，你们那边的白桦林也极为漂亮。虽然我未曾亲眼见过，但在老师放的宣传片中也略微了解了一些。夏天的白桦林绿树成荫，冬日的白桦林白雪皑皑，雪花落满枝头，素雅洁白。白桦林真实的风景一定比视频中的还美吧。白桦林中有哪些珍稀、可爱的小动物呢？你还知道什么隐秘、神奇的物种生活在那里吗？

除了那边的美景，我还想了解那边的校园生活与风俗习惯。在校园里，大家聊天或讲课时会使用蒙古语吗？你们平常会吃那边的特色小吃吗？在北京有超多有名的小吃，如香气四溢的烤鸭、酥酥脆脆的焦圈、味道一言难尽的豆汁儿等。北京还有不少名胜古迹呢，像故宫、颐和园、天坛…… 欢迎你来北京游玩，到时候我给你当导游呀！

祝

学习进步，身体健康！

北京的朋友：刘冉

2024 年 9 月 13 日

我都不敢想象骑上它会有多酷。你骑过驯鹿吗？还有，你们那边的白桦林也极为漂亮。虽然我未曾亲眼见过，但在老师放的宣传片中也略微了解了一些。夏天的白桦林绿树成荫，冬日的白桦林白雪皑皑，雪花落满枝头，素雅洁白。白桦林真实的风景一定比视频中的还美吧。白桦林中有哪些珍稀、可爱的小动物呢？你还知道什么隐秘、神奇的物种生活在那里吗？

除了那边的美景，我还想了解那边的校园生活与风俗习惯。在校园里，大家聊天或讲课时会使用蒙古语吗？你们平常会吃那边的特色小吃吗？在北京有超多有名的小吃，如香气四溢的烤鸭、酥酥脆脆的焦圈、味道一言难尽的豆汁儿等。北京还有不少名胜古迹呢，像故宫、颐和园、天坛……欢迎你来北京游玩，到时候我给你当导游呀！

祝

学习进步，身体健康！

北京的朋友：刘冉

2024年9月13日

我们一起进步，共享快乐

于坤钰（北京十一学校）
指导教师：孙妍

亲爱的内蒙古同学：

你好！

我是来自北京十一学校的于坤钰，很高兴认识你！

我生活在北京海淀，你听说过这个地方吗？虽然它是“卷王”胜地，但压力与美好也是并存的。我的校园生活十分丰富多彩，有着一群可以交心的好朋友。我们平时一起吃饭、聊天，去图书馆学习，一起进步，共享快乐。我时常觉得有他们真是太好了！你呢？在学校和同学们相处得怎么样？就算还没有特别要好的朋友也没关系，那你就有更多提升自己的机会了！

你来过北京吗？对北京的印象如何？如果你有来北京的打算，一定要来尝尝烤鸭，逛逛胡同！在这里，你可以和传说中“扇着蒲扇，坐着摇摇椅”的北京大爷大妈们聊聊天。别担心，他们都很好相处！这座城市有许多惊喜，等待着你来慢慢挖掘。

我们最近在学习地理的疆域，我了解到内蒙古的行政中心是呼和浩特。地理老师说，那是个好地方，有机会我一定要去看看！

亲爱的内蒙古同学：

你好！

我是来自北京十一学校的于坤钰，很高兴认识你！

我生活在北京海淀，你听说过这个地方吗？虽说它是"卷王"胜地，可压力与美好也是并存的。我的校园生活十分丰富多彩，有着一群可以交心的好朋友。我们平时一起吃饭、聊天、去图书馆学习，一起进步，共享欢乐。我时常觉得有他们真是太好了！你呢？在学校和同学们相处得怎么样？就算没有特别要好的朋友也没关系！那你就有更多提升自己的机会了！

你来过北京吗？对北京印象如何？如果你有来北京的打算，一定要尝尝烤鸭，逛逛胡同！在这里，你可以和传说中"扇着蒲扇，坐着摇摇椅"的北京大爷大妈们聊聊天。别担心，他们都很好相处！这座城市有许多惊喜，等待着你来慢慢挖掘。

我们最近在学习地理的疆域，我了解到内蒙古的行政中心是呼和浩特。地理老师说，那你比较喜欢什么学科呢？我最喜欢的学科是语文。从初一开始，我的语文成绩就相对优异，我也十分喜欢我的语文老师，热爱阅读文学作品。我把对所有学科的喜爱程度排了个序（从前到后）：语文、历史、英语、道德与法治、数学、生物、物理、地理。因此，我最近投入了大量时间在地理上，是不是很意外？所谓“越不想做的事情越要去做”，就是这样的吧。

一封信的时间里，我可能无法为你提供学习上的帮助，但我希望你能从当下开始反思自己的学业成绩，积极地查漏补缺。

距离中考还有两年，现在开始规划还来得及。我们一定要把握好当下。

我的导师说，初二我们心里会“长草”，会浮躁，但这也是一个让大家拉开距离的时期。

祝

一切顺利！好好学习，天天向上！

北京十一学校初二学生：于坤钰

2024 年 9 月 15 日

是个好地方，有机会我一定要去看看！

你比较喜欢什么学科呢？我最喜欢的学科是语文。从初一开始，我的语文成绩就相对优异，我也十分喜欢我的语文老师，热爱阅读文学作品。我把对所有学科的喜爱程度排了个序（从前到后）：语文、历史、英语、道法、数学、生物、物理、地理。因此，我最近投入了大量时间在地理上，是不是很意外？所谓“越不想做的事情越要去做”，就是这样的吧。

一封信的时间里，我可能无法为你提供学习上的帮助，但我希望你能从当下开始反思自己的学业成绩，积极地查漏补缺。

距离中考还有两年，现在开始规划还来得及。我们一定要把握好当下。

我的导师说，初二我们心里会“长草”，会浮躁，但这也是一个让大家拉开距离的时期。

祝

一切顺利！好好学习，天天向上！

北京十一学校初二学生：于坤钰

2024年9月15日

我们也有汽车，不是骑马上课哟

海芮铫（内蒙古自治区呼伦贝尔市海拉尔区第九中学）
指导教师：马胜君　鲍爱梅

亲爱的黄祺桢同学：

你好啊！

我是来自内蒙古自治区呼伦贝尔市海拉尔区第九中学的一名初二学生。我是我们班的班长，大家都叫我小海。当然了，如果你愿意叫我大海的话也是可以的。我平常喜欢唱歌，曾在万人之中选拔出来参加了奥运会开幕式。除了唱歌，我还喜欢弹古筝和跳舞，平时也写写小说。我看了你的兴趣爱好，你的长跑一定很优秀吧。至于我的长跑……就不多说了。总之，希望我们能成为好朋友。

在我的印象中，北京拥有悠久的历史，是多个朝代的都城，同时也是一个美丽富饶的充满着生命力的地方。当然，北京还是我国的首都。第 29 届夏季奥林匹克运动会，又称 2008 年北京奥运会，便是在这里举行的。对了，我最常听说的便是北京烤鸭了。如果有幸去北京，我定要吃遍北京的美食。

我很期待去北京这座繁华的城市。这里是怀揣梦想的年轻人的聚集地。我还希望了解北京的人文风俗。当然了，我也超级希望你能来到呼伦贝尔，见见自由的一望无际的草原，感受轻风偶尔拂过脸庞，留下青草的馨香。我可以带你骑马、住蒙古包，带你吃羊肉火锅，还有烤全羊，羊肉肥而不腻，也不膻。对了，手扒肉也很香，再来吃点自己做的韭菜花酱，超级美味，保证你会流连忘返。

我们呼伦贝尔也非常繁华，也有高楼大厦，不是只住蒙古包。蒙古包更多的是给贵客住的，是我们这里最高礼遇。我们也有汽车，不是骑马上学、上课哟！欢迎你来呼伦贝尔大草原！

祝

平平安安，一路繁花，学业有成，天天开心！

海芮铫

2024 年 9 月 12 日

亲爱的黄祺桢同学：

你好啊！

我是来自内蒙古自治区呼伦贝尔市海拉尔区第九中学的一名初二学生。我是我们班的班长，大家都叫我小海。当然了，如果你愿意叫我大海的话也是可以的。我平常喜欢唱歌，曾在万人之中选拔出来参加了冬季奥运会开幕式。除了唱歌，我还喜欢弹古筝和跳舞，平时也写写小说。我看了你的兴趣爱好，你的长跑一定很优秀吧。至于我的长跑……就不多说了。总之，希望我们成为好朋友。

在我的印象中，北京拥有悠久的历史，是多个朝代的都城，同时也是一个美丽富饶的充满着生命力的地方。当然，北京还是我国的首都。第29届夏季奥林匹克运动会，又称2008年北京奥运运动会，便是在这里举行的。对了，我最常听说的便是北京烤鸭了。如果有幸去北京，我定要吃遍北京的美食。

我很期待去北京这座繁华的城市，这里是怀揣梦想的年轻人的聚集地。我还希望了解北京的人文风俗。当然了，我也超级希望你能来到呼伦贝尔，见见自由的一望无际的草原，感受轻风偶尔拂过脸庞，留下青草的馨香。我可以带你骑马，住蒙古包，带你吃羊肉火锅，还有烤全羊，羊肉肥而不腻，也不膻。对了，手扒肉也很香，再来吃点自己做的韭菜花酱，超级美味，保证你会流连忘返。

我们呼伦贝尔也非常繁华，也有高楼大厦，不是只住蒙古包。蒙古包更多的是给贵客住的，是我们这里最高的礼遇。我们也有汽车，不是骑马上学，上课哟！欢迎你来呼伦贝尔大草原！

祝

平平安安，一路繁花，学业有成，天天开心！

海芮铱

2024年9月12日

不知你所在的地方如何

包欣雨（内蒙古自治区呼伦贝尔市海拉尔区第九中学）
指导教师：李艳　刘洋

高怡然同学：

你好！

我叫包欣雨，来自内蒙古自治区呼伦贝尔市海拉尔区第九中学。我的性格比较内向，但我们有着共同的爱好，我也喜欢听歌，比如《*Salvatore*》《千年》等。

写作业、画画和坐车的时候我都会听歌，因为音乐可以让我感到放松，沉浸在轻松愉快的氛围中。

我还喜欢看小说，以及在旅游时拍一些好看的风景照。

内蒙古的夏天，绿叶在树枝间错落，枝丫作为盛夏的脉络，做着永恒的搏动，风吻向树上的绿意，于是这绿色的血液开始流淌在夏的体内。内蒙古的夏，是绿意盎然间透出的勃勃生机。

不知你所在的地方如何？北京是我国首都，不仅是政治中心、文化中心，同时也是国际交流中心。

北京有着天安门、故宫、天坛、鼓楼等著名的景点，听上去就让人很想去参观一下。

北京有一处名胜古迹叫圆明园遗址公园，我想去那里瞻仰遗迹，不忘国耻。也欢迎你来内蒙古游玩，欣赏美丽的大草原！

让我们一起满怀期望，迎接新篇章！

包欣雨

2024 年 9 月 12 日

高怡然同学：

你好！

我叫何欣雨，来自内蒙古自治区呼伦贝尔市海拉尔区第九中学。我的性格比较内向，但我们有着共同的爱好，我也喜欢听歌，比如《Salvatore》《件》等。

写作业，画画和坐车的时候我都会听歌，因为音乐可以让我感到放松，沉浸在轻松愉快的氛围中。

我还喜欢看小说，以及在旅游时拍一些好看的风景照。

内蒙古的夏天，绿叶在树枝间错落，枝丫作为盛夏的脉络，做着永恒的搏动，风吹向树边的绿意，于是这绿色的血液开始流淌在夏的体内。内蒙古的夏，是绿意盎然间透出的勃勃生机。

不知你所在的地方如何？北京是我国首都，不仅是政治中心，文化中心，同时也是国际交流中心。

北京有着天安门，故宫，天坛，鼓楼等著名的景点，听上去就让人很想去参观一下。

北京有一处名胜古迹叫圆明园遗址公园，我想去那里瞻仰遗迹，不忘国耻。也欢迎你来内蒙古游玩，欣赏美丽的大草原！

让我们一起满怀期望，迎接新篇章！

何欣雨

2024.9.12.

生活要埋没我，却不料我是一颗种子

张梓桐（内蒙古自治区呼伦贝尔市海拉尔区第五中学）
指导教师：徐丽婷

亲爱的北京同学：

你好！

见字舒颜，展信如晤。我怀着激动的心情提笔写下这封信，想要送给远方的你。希望我的信件能够跨越千山万水，带给你无限的温暖与勇气。

正值中秋佳节，月圆正当时。不知道你爱吃什么馅儿的月饼？我喜欢吃奶皮子馅儿和牛肉干馅儿的，这是内蒙古的特产，希望你也能品尝到。

前些日子，我趁着假期去了一次北京。北京和我想象中的不太一样。高楼林立、车水马龙，是我对北京的第一印象。我与家人参观了许多景点，静谧的清华园、宏伟的天安门城楼、庄严的人民大会堂，都令我印象深刻。不过我还是无法适应北京快节奏的生活方式，特别是第一次使用共享单车，我遇到了不小的麻烦。

在北京的那几天，我几乎没有停下来休息的时候。甚至到了晚上，亲爱的北京同学：

你好！

见字舒颜，展信如晤。我怀着激动的心情提笔写下这封信，想要送给远方的你。希望我的信件能够跨越千山万水，带给你无限的温暖与勇气。

正值中秋佳节，月圆正当时。不知道你爱吃什么馅儿的月饼？我喜欢吃奶皮子馅儿和牛肉干馅儿的，这是内蒙古的特产，希望你也能品尝到。

前些日子，我趁着假期去了一次北京。北京和我想象中的不太一样。高楼林立、车水马龙，是我对北京的第一印象。我与家人参观了许多景点，静谧的清华园、宏伟的天安门城楼、庄严的人民大会堂，都令我印象深刻。不过我还是无法适应北京快节奏的生活方式，特别是第一次使用共享单车，我遇到了不小的麻烦。

在北京的那几天，我几乎没有停下来休息的时候。甚至到了晚上，我还会和家人一起去夜骑。不知道我在北京遇到的那么多人中有没

我还会和家人一起去夜骑。不知道我在北京遇到的那么多人中有没有你，是否曾和你擦肩而过呢？

总之，北京给我留下了深刻的印象。当然，我也欢迎你到内蒙古来玩。

在内蒙古的东部地区，有一片充满生机的绿色草原。欢迎你来游玩，品尝当地特色的奶制品和牛羊肉，感受我们内蒙古人的热情好客。我们会为你弹奏悠扬的马头琴曲，献上洁白的哈达。你还可以参观内蒙古博物院，领略呼伦贝尔的民俗风情。此外，边境城市满洲里也非常值得参观。

虽然我现在还不知道你会为我写一封怎样的回信，也不知道你是什么样子的，但我相信你一定也像我一样满怀激动的心情。此刻，我们心意相通，对吗？

最后，我想送给你一句话，希望能激励你——生活要埋没我，却不料我是一颗种子。

祝

中秋快乐，学业有成！

未曾相逢的朋友：张梓桐

2024 年 9 月 15 日

有你，是否曾和你擦肩而过呢？

总之，北京给我留下了深刻的印象。当然我也欢迎你到内蒙古来玩。

在内蒙古的东部地区，有一片充满生机的绿色草原。欢迎你来游玩，品尝当地特色的奶制品和牛羊肉，感受我们内蒙古人的热情好客。我们会为你弹奏悠扬的马头琴曲，献上洁白的哈达。你还可以参观内蒙古博物院，领略呼伦贝尔的民俗风情。此外，边境城市满洲里也非常值得参观。

虽然我现在还不知道你会为我写一封怎样的回信，也不知道你是什么样子的，但我相信你一定也像我一样满怀激动的心情。此刻，我们心意相通，对吗？

最后，我想送给你一句话，希望能激励你——生活要埋没我，却不料我是一颗种子。

祝

中秋快乐，学业有成！

未曾相逢的朋友：张梓桐

2024年9月15日

期待与你游走在万里长城上

白齐格齐（内蒙古自治区呼伦贝尔市海拉尔区蒙古族中学）
指导教师：包红莉

韩京哲同学：

你好！

我是内蒙古自治区呼伦贝尔市海拉尔区蒙古族中学的白齐格齐。你可能会对我的名字感到好奇，这个名字在蒙古语中是“真诚”的意思，父母希望我长大以后能诚实、明事理。听说你喜欢打羽毛球这项运动，我也会打羽毛球，但打得不是很好，希望你能传授我经验。

北京给我的第一印象就是她是中国的首都。她坚强、伟大，所有优秀的品质都在她的身上体现得淋漓尽致。每一次在电视上看到天安门广场上空国旗冉冉升起，我都会想象那些革命英雄在战场上浴血奋战的场景。他们所做的一切都是为了国家的安定富强和老百姓的幸福安宁。

北京，这座古老的城市，仿佛一本厚重的历史书，每一页都镌刻着岁月的痕迹，承载着文化的厚度。长城，就像一条巨龙蜿蜒在山峰之上，雄伟壮观，让人流连忘返。踏上长城的那一刻，我仿佛能听见两千多年的历史在耳边细语。走在长城的石砖地上，抚摸着厚重的城墙，我感到了无比的骄傲。每一块石砖都凝结着劳动人民辛勤的汗水，展示着中华民族的辉煌与强大。

我期待着再一次到北京，与你游走在万里长城上，同时也欢迎你来到内蒙古，期待和你一起漫步于一望无垠的大草原，品尝新鲜的牛羊肉……

祝

心想事成，十全十美！

白齐格齐

2024 年 9 月 18 日

韩亦哲同学：

你好！

我是内蒙古自治区呼伦贝尔市海拉尔区蒙古族中学的白音格希。你可能会对我的名字感到好奇，这个名字在蒙古语中是"真诚"的意思，父母希望我长大以后能诚实、明事理。听说你喜欢打羽毛球这项运动，我也会打羽毛球，但打得不是很好，希望你能传授我经验。

北京给我的第一印象就是她是中国的首都。她坚强、伟大，所有优秀的品质都在她的身上体现得淋漓尽致。每一次在电视上看到天安门广场上空国旗冉冉升起，我都会想象那些革命英雄在战场上浴血奋战的场景。他们所做的一切都是为了国家的安定富强和老百姓的幸福安宁。

北京，这座古老的城市，仿佛一本厚重的历史书，每一页都镌刻着岁月的痕迹，承载着文化的厚度。长城，就像一条巨龙蜿蜒在山峰之上，雄伟壮观，让人流连忘返，踏上长城的那一刻，我仿佛能听见两千多年的历史在耳边细语。走在长城的石砖地上，抚摸着厚重的城墙，我感到了无比的骄傲。每一块石砖都凝结着劳动人民辛勤的汗水，展示着中华民族的辉煌与强大。

我期待着再一次到北京，与你游走在万里长城上，同时也欢迎你来到内蒙古，期待和你一起漫步于一望无垠的大草原，品尝新鲜的牛羊肉……

祝

心想事成，十全十美！

白音格希

2024年9月18日

带你看遍呼伦贝尔的美丽风景

温都日（内蒙古自治区呼伦贝尔市海拉尔区蒙古族中学）
指导教师：石静松

远方的你：

你好呀！

虽然你我相隔两地，但当我开始写这封信时，我感觉你已经坐到了我的对面，我心中充满了兴奋与期待。很开心我能够通过“京蒙同心·见字如面”活动，结交到你这个新朋友，很高兴与你相识。

首先来自我介绍一下吧。我叫温都日，是呼伦贝尔市海拉尔区蒙古族中学的学生，今年13岁了。我是巨蟹座，性格很外向。我的爱好有画画、弹钢琴。和你一样，我的钢琴也过了九级，相信我们俩肯定有许多共同的话题。每次想到这里，我的心里就充满了期待。

另外，我非常喜欢听音乐，尤其喜欢在跑步时听音乐，这让我感到很放松。我比较喜欢听说唱类的音乐，你呢？我也很擅长拍照，等我们见面了可以给你拍许多好看的照片哦！

非常欢迎你来到我们这里。呼伦贝尔大草原是呼伦贝尔的著名景观。它在内蒙古自治区的东北部，是“世界四大草原”之一。这里绚丽多彩的自然风景和丰富多样的生物肯定会让你流连忘返。同时，著名的呼伦湖和贝尔湖，也为草原增添了美丽的景色。呼伦贝尔的美食融合了许多民族的风味，而且非常鲜美，体现着我们的风土人情。

呼伦贝尔拥有丰富的传统文化和民俗。伊慕额节，也被称为“丰收节”，是呼伦贝尔大草原一年一度的盛大节日。每年5月22日，人们举行庆祝活动，欢庆春天的到来和畜牧业的丰收。这一天，草原上绿意盎然，充满了生机。

远方的你：

你好呀！

虽然你我相隔两地，但当我开始写这封信时，我感觉你已经坐到了我的对面。我心中充满了期待，很开心我能通过“京蒙同心，见字如面”活动，结交到你这个新朋友，很高兴与你相识。

首先来自我介绍一下吧。我叫温都日，是呼伦贝尔市海拉尔区蒙古族中学的学生，今年13岁了。我是巨蟹座，性格很外向。我的爱好有画画，弹钢琴。和你一样，我的钢琴也过了九级，相信我们俩肯定有许多共同话题。每次想到这里，我的心里就充满了期待。

另外，我非常喜欢听音乐，尤其喜欢在跑步时听音乐，这让我感到很放松。我比较喜欢听说唱类的音乐，你呢？我也很擅长拍照，等我们见面了可以给你拍许多好看的照片哦！

非常欢迎你来到我们这里。呼伦贝尔大草原是呼伦贝尔的著名景观。它在内蒙古自治区的东北部，是“世界四大草原”之一。这里绚丽多彩的自然风景和丰富多样的生物肯定会让你流连忘返。同时，著名的呼伦湖和贝尔湖，也为草原增添了美丽的景色。呼伦贝尔的美食融合了许多民族的风味，而且非常鲜美，体现着我们的风土人情。

呼伦贝尔拥有丰富的传统文化和民俗。伊慕额节，也被称为“丰收节”，是呼伦贝尔大草原一年一度的盛大节日。每年5月22日，人们举行庆祝活动，欢庆春天的到来和畜牧业的丰收。这一天，草原上绿意盎然，充满了生机。祭敖包是蒙古

祭敖包是蒙古族的传统习俗，一般是在山顶上堆砌石头，将由此形成的敖包作为祭祀的场所进行祭祀。还有那达慕大会，这是我最喜欢的节日。它是蒙古族历史悠久的传统节日，在每年的夏天举行，里面包括各种体育竞技和艺术表演。

美丽的呼伦贝尔热烈欢迎你的到来。我愿带你游山玩水，看遍呼伦贝尔的美丽风景。相信你一定会爱上这里！我也想去看看北京的美丽风景！

很高兴通过这次的活动与你结缘！

温都日

2024 年 9 月 15 日

族的传统习俗，一般是在山顶上堆砌石头，将由此形成的敖包作为祭祀的场所进行祭祀。还有那达慕大会，这是我最喜欢的节日。它是蒙古族历史悠久的传统节日，在每年的夏天举行，里面包括各种体育竞技和艺术表演。

美丽的呼伦贝尔热烈欢迎你的到来。我愿带你游山玩水，看遍呼伦贝尔的美丽风景，相信你一定会爱上这里！我也想去看看北京的美丽风景！

很高兴通过这次的活动与你结缘！

温都日

2024年9月15日

古老的风吹拂过你和我

内蒙
2024.09.15.10
见字如面

王硕（内蒙古自治区呼伦贝尔市海拉尔区南开路中学）
指导教师：任彬彬

素未谋面的门琪涵同学：

你好！

我是一名来自内蒙古自治区呼伦贝尔市海拉尔区南开路中学的学生。我热爱音乐，喜欢用音符和歌声表达情感。同时，我也和你拥有相似的兴趣爱好：我热爱运动，尤其是打羽毛球。这种酣畅淋漓的运动让我体会到生命的活力。我还喜欢阅读，从文学到科学，从历史到哲学，每一段文字对我来说都是生命旅途中的一场邂逅。

听说你的家乡在北京，我曾无数次在作家的笔下、书本的插图中了解过这座城市。在我的印象中，它不仅是我国的首都，更是一座千年古都。颐和园、紫禁城等名胜古迹都承载着辉煌的历史。几年前，我有幸游览了北京，登上了八达岭长城。站在长城之上，我仿佛感受到历史的遗风拂面而来，“不到长城非好汉”的豪迈之情在我的心中油然而生。

我钟情于北京，那里无不散发着古老的韵味。我渴望着再次拜访这座辉煌的城市。当然，也欢迎你来到我生长的故乡——呼伦贝尔。这里草长莺飞、一碧千里、风光无限，是个值得游山玩水的好地方。

祝

平安顺利，天天开心！

你远方的同学：王硕

2024 年 9 月 15 日

素未谋面的门琪涵同学：

你好！

我是一名来自内蒙古自治区呼伦贝尔市海拉尔区南开路中学的学生。我热爱音乐，喜欢用音符和歌声表达情感。同时，我也和你拥有相似的兴趣爱好：我热爱运动，尤其是打羽毛球，这种酣畅淋漓的运动让我体会到生命的活力。我还喜欢阅读，从文学到科学，从历史到哲学，每一段文字对我来说都是生命旅途中的一场邂逅。

听说你的家乡在北京，我曾无数次在作家的笔下、书本的插图中了解过这座城市。在我的印象中，它不仅是我国的首都，更是一座千年古都。颐和园、紫禁城等名胜古迹都承载着辉煌的历史。几年前，我有幸游览了北京，登上了八达岭长城，站在长城之上，我仿佛感受到历史的遗风拂面而来，“不到长城非好汉”的豪迈之情在我的心中油然而生。

我钟情于北京，那里无处不散发着古老的韵味。我渴望着再次拜访这座辉煌的城市。当然，也欢迎你来到我生长的故乡——呼伦贝尔。这里草长莺飞、一碧千里、风光无限，是个值得游山玩水的好地方。

祝

平安顺利，天天开心！

你远方的同学：王硕

2024年9月15日

停下脚步，看看美丽的风景

孙昕蕊（内蒙古自治区呼伦贝尔市海拉尔区南开路中学）
指导教师：李媛

素未谋面的诸葛燊：

你好！

见字如晤，展信舒颜。

第一次给陌生人写信，我的心中万分激动。我叫孙昕蕊，是一名喜欢绘画、听音乐的中学生。

听老师说，你也喜欢画画和听歌。你是否也像我一样，很享受绘画的过程呢？在我看来，自己一个人的时光是惬意的。温暖的阳光洒在笔上、纸上，反射出金灿灿的光芒；窗外的花香一阵阵飘来，耳机里循环播放着喜欢的歌；鸟儿的鸣叫声加上汽车飞速而过的声音……这一切都让人感到无比放松。

在我的印象中，北京是一座很美的城市。那里有庄严的天安门，有喧闹的小巷，有宏伟的故宫，还有隐藏在胡同深处的“本味”。无论是传统戏曲的婉转悠扬，还是现代艺术的前卫激进，在北京都能找到它们的一席之地。

而我的家乡，是一片美丽广阔的草原。草原上到处都是飞驰的马、吃草的羊，以及戏水的小牛犊。

最后，我想说，生活虽然忙碌，但也不要忘记停下脚步，好好看看这个世界上美丽的风景。“花有重开日，人无再少年。”希望你喜欢你的小世界，喜欢你现在听的歌，珍惜当下的每一分、每一秒，努力学习，勇敢向前冲，加油呀！

我很欢迎你来到呼伦贝尔，来到我的家乡，欣赏这里的美景！

祝

天天开心，学业有成！

孙昕蕊

2024 年 9 月 15 日

素未谋面的诸葛燊：

你好！

见字如晤，展信舒颜。

第一次给陌生人写信，我的心中十分激动。我叫孙昫蕊，是一名喜欢绘画、听音乐的中学生。

听老师说你也喜欢画画和听歌，你是否也像我一样，很享受绘画的过程呢？在我看来自己一个人的时间是惬意的。温暖的阳光洒在笔上、纸上，反射出金灿灿的光芒；窗外的花香一阵阵飘来，耳机里循环播放着喜欢的歌；鸟儿的鸣叫声和汽车飞速而过的声音……这一切都让人感到无比放松。

在我的印象中，北京是一座很美的城市，那里有庄严的天安门，有喧闹的小巷，有宏伟的故宫，还有隐藏在胡同深处的“本味”。无论是传统戏曲婉转悠扬，还是现代艺术的前卫激进，在北京都能找到它们的一席之地。

而我的家乡是一片美丽广阔的草原。草原上到处都是飞驰的马，吃草的羊，以及成群的小牛犊。

最后，我想说，生活虽然忙碌，但也不要忘记停下脚步，好好看看这个世界上美丽的风景。“花有重开日，人无再少年。”希望你喜欢你的小世界，喜欢你现在听的歌，珍惜当下的每一分每一秒，努力学习，勇敢向前冲，加油呀！

我很欢迎你来到呼伦贝尔，来到我的家乡，欣赏这里的美景！

祝

天天开心，学业有成！

孙昫蕊

2024年9月15日

我在充满诗意的呼伦贝尔等你

高美琦（内蒙古自治区呼伦贝尔市海拉尔区南开路中学）
指导教师：郭梦琦

素未谋面的李霄喆：

你好！

我是来自海拉尔的高美琦，很荣幸能够与你一同交流。听说你很擅长画中国画，我相信你一定是一位才艺双全的女孩子。

在我的印象中，北京是一座繁华的大都市。这里是中国的政治中心，还有在此生根发芽的传统艺术，以及令人回味无穷的特色美食。同时，这里更是一座拥有悠久历史的文化古城，名胜古迹数不胜数。我曾有幸登上过北京的长城，俯瞰祖国的壮丽山河。如果可以，我还想去品尝一次豆汁儿，游览一次故宫，观看一场升旗仪式。

当然，美丽的内蒙古也欢迎你的到来。呼伦贝尔大草原一眼望不到边，牛羊成群，美景如画。蜿蜒的莫日格勒河，宛如一条白色的哈达，迎接着各方宾客的到来。而特色的奶制品和牛羊肉更是天下一绝，地道而美味。

呼伦贝尔，这个充满诗意的地方，用它不同的四季美景和独特的民族文化，迎接着八方宾客。在这里，你可以享受大自然的恩赐，感受不同民族的魅力，体验心灵与视觉的双重盛宴。

“寻梦大草原，醉美内蒙古。”内蒙古永远欢迎你！

高美琦

2024 年 9 月 16 日

素未谋面的李霄喆：

你好！

我是来自海拉尔的高美琦，很荣幸能够与你一同交流。听说你很擅长画中国画，我相信你一定是一位才艺双全的女孩子。

在我的印象中，北京是一座繁华的大都市。这里是中国的政治中心，还有在此生根发芽的传统艺术，以及令人回味无穷的特色美食。同时，这里更是一座拥有悠久历史的文化古城，名胜古迹数不胜数。我曾有幸登上过北京的长城，俯瞰祖国的壮丽山河。如果可以，我还想去品尝一次豆汁儿，游览一次故宫，观看一场升旗仪式。

当然，美丽的内蒙古也欢迎你的到来。呼伦贝尔大草原一眼望不到边，牛羊成群，美景成画。蜿蜒的莫日格勒河，宛如一条白色的哈达，迎接着各方宾客的到来。而特色的奶制品和牛羊肉更是天下一绝，地道的美味

呼伦贝尔，这个充满诗意的地方用它不同的四季美景和独特的民族文化，迎接着八方宾客。在这里，你可以享受大自然的恩赐，感受不同民族的魅力，体验心灵与视觉的双重盛宴。

"寻梦大草原，醉美内蒙古。"内蒙古永远欢迎你！

高美琦

2014年9月16日

在这风华正茂的年纪做最好的自己

杨然（内蒙古自治区呼伦贝尔市海拉尔区第七中学）
指导教师：夏银雪

我亲爱的朋友：

见字如面，展信舒颜！

许久未见，我亲爱的小大人最近过得还顺利吗？我好像也不知道该怎么描述我们的友情。虽然与你相识很久，我也总结了许多形容词，但最后都觉得这些词不足以描述我们之间的感情。我只知道我们是可以同频共振的人。

初见时，你的明媚张扬便感染着我。很幸运，在风华正茂的年纪与你相遇。或许是对音乐共同的热爱，又或许是命中注定的缘分，让我们成为彼此的挚友。我们会聊各种话题，彼此之间能第一时间“接”住对方的话语。即使不能常常见面，但屏幕和距离也没有阻碍我们的心。

风里已经有了冬的味道，枫叶纷纷落下，街道在寒风的包裹下只剩下了寂寥与空旷，灯光在微亮的天幕下闪烁。北京是否也和我们这边一样呢？还记得你和我说过，最想和我做的事就是一起看内蒙古冬天的初雪，希望我们可以梦想成真。写着写着，内心已经止不住对你的思念。下一次见面会是什么时候呢？

我永远记得你站在舞台上的那一刻，四周炽热的灯光，全部都汇集起来照向你。你翩翩起舞的身姿，赢得台下雷鸣般的掌声。对我来说，你是那么的闪耀！我骄傲地对旁边的同学说：“看，那是我最好的朋友！”

我亲爱的朋友，希望你在这风华正茂的年纪做最好的自己，永远都能开心。希望我们各自在忙碌的同时都能照顾好自己，快乐并充实地生活。

平安喜乐，祝你也祝我！

杨然

2024 年 9 月 30 日

我亲爱的朋友：

见字如面，展信舒颜！

许久未见，我亲爱的小大人最近过得还顺利吗？我好像也不知道该怎么描述我们的友情，虽然与你相识很久，我也总结了许多形容词，但最后都觉得这些词不足以描述我们之间的感情。我只知道我们是可以同频共振的人。

初见时，你的明媚张扬便感染着我。很幸运，在风华正茂的年纪与你相遇。或许是对音乐共同的热爱，又或许是命中注定的缘分，让我们成为彼此的挚友。我们会聊各种话题，彼此之间能第一时间"接"住对方的话语。即使不能常常见面，但屏幕和话题也没有阻碍我们的心。

风里已经有了冬的味道，枫叶纷纷落下，街道在寒风的包裹下只剩下寂寥与空旷，灯光在微亮的天幕下闪烁。北京是否也和我们这边一样呢？还记得你和我说过，最想和我做的事就是一起看内蒙古冬天的初雪，希望我们可以梦想成真。写着写着，内心已经止不住对你的想念。下次见面会是什么时候呢？

我永远记得你站在舞台上的那一刻，四周炽热的灯光，全部都汇集起来照向你。你翩翩起舞的身姿，赢得如雷鸣般的掌声。对我来说，你是那么的闪耀！我骄傲地对旁边的同学说："看，那是我最好的朋友！"

我亲爱的朋友，希望你在这风华正茂的年纪做最好的自己，永远都能开心。希望我们各自在忙碌的同时都能照顾好自己，快乐、充实的生活。

平安喜乐，祝你也祝我！

杨然

2024年9月30日

风是自由的，希望以后的你也是

程鑫蕊（内蒙古自治区呼伦贝尔市海拉尔区第七中学）
指导教师：史庆红

北京的赵婉淇同学：

展信佳，见字如晤。

羡慕这些文字可以越过千山万水，代我见你。

我叫程鑫蕊，很荣幸以这种方式与你交流。我是一个平凡的人，没有什么长远的目标。我的爱好不多，但我会认真地对待每一项爱好。比起倾诉，我更愿意倾听。

北京在我印象中是一座有着红墙金瓦的千年古都，是辉煌历史的代名词。北京既有车水马龙，又有人间烟火。故宫、颐和园、香山……名满京城，吸引着多少人远赴京城，一睹这遗落人间的瑰宝。北京烤鸭、炸酱面、豌豆黄……香飘京城，我又如何不期待？

内蒙古葱蔚洇润。我曾以为大自然只是给这里泼洒了一层底色，但当我走近才发现，这片辽阔的土地上有很多浑然天成的美景。额尔古纳河温婉流淌，山峦点缀似星，万木峥嵘，水草丰美。莫日格勒河百转千回，当晨光爬上天际，曲水映着美丽的倒影，泛起闪闪的金光。原来草原在恬静的外表下，也充满灵动与生机。

如果你感觉学习压力太大，想要感受一下宁静与自由，那就来我们这里吧。我可以带你去看一望无际的草原。如果你喜欢跳舞，那我们便参加一次极具特色的篝火晚会。我还可以带你尝尝水煮羊肉和多种多样的奶制品。草原的浪漫从不停止，哈达的祝福永远真挚。

我坚信，这里拥有抚慰心灵的力量。风是自由的，希望以后的你也是。

信止于此。

遥祝明春葳蕤，前路尽美，未来璀璨如瑰。

敬希赐复，顺颂时祺。

程鑫蕊

2024 年 9 月 15 日

北京的赵婉淇同学：

展信佳，见字如晤。

羡慕这些文字可以越过千山万水，代我见你。

我叫程冠蕊，很荣幸以这种方式与你交流。我是一个平凡的人，没有什么长远的目标。我的爱好不多，但我会认真对待每一项爱好，也起倾听，我更愿意倾听。

北京在我印象中是一座有着红墙金瓦的千年古都，是辉煌历史的代名词。北京既有车水马龙，又有人间烟火。故宫、颐和园、香山……名满京城，吸引着多少人远赴京城，一睹着遗落人间的瑰宝。北京烤鸭、炸酱面、豌豆黄……香满京城，我又何不期待？

内蒙古葱蔚洇润。我曾以为大自然只是给这里泼洒了一层底色，但当我走近才发现，这片辽阔的土地上有很多浑然天成的美景。额尔古纳河逶迤流淌，山峦点缀似星，万木峥嵘，水草丰美。莫日格勒河百转千回，当晨光爬上天际，曲水映着美丽的倒影，泛起闪闪的金光。原来草原在恬静的外表下，也充满灵动与生机。

如果你感觉学习压力太大，想要感受一下宁静与自由，那就来我们这里吧。我可以带你去看一望无际的草原。如果你喜欢跳舞，那我们便参加一次极具特色的篝火晚会。我还可以带你尝尝水煮羊肉和多种多样的奶制品。草原的浪漫从不停止，哈达的祝福永远真挚。

我坚信，这里拥有抚慰心灵的力量。风是自由的，希望以后的你也是。

信止于此。

遥祝明春葳蕤，前路尽美，未来璀璨如瑰。

敬希赐复，顺颂时祺。

程冠蕊

2024年9月15日

期待与你下次再见

田文静（内蒙古自治区呼伦贝尔市海拉尔区第七中学）
指导教师：夏银雪

亲爱的同学：

你好！

我是呼伦贝尔市海拉尔区第七中学八年级六班的田文静。我很喜欢看书，而且最喜欢看的就是沈石溪的动物系列小说。对于各种各样的小动物，我都非常喜欢。相较于小仓鼠来说，我更喜欢可爱的小羊。它们毛茸茸的，会乖巧地卧在人的怀里，吃饭时还会蹦蹦跳跳地跑来。不知道你喜不喜欢小羊呢？

你所在的北京是中国的首都，我认为它是一座历史悠久且充满现代气息的城市。北京拥有非常丰富的文化遗产，金碧辉煌的故宫、巍峨雄壮的长城……这些都非常令人向往。同时，我认为北京的教育资源也十分丰富，拥有众多著名的高等学府。北京还是一个热门的旅游城市，拥有众多的名胜古迹和旅游景点。你肯定去过很多地方吧？北京的美食也非常出名，并且十分丰富。我觉得最出名的便是北京烤鸭、豆汁儿、炸酱面等具有特色的美食，你认为哪些更好吃呢？总的来说，我印象中的北京是一个古老而现代、传统而时尚、充满活力和魅力的城市。

在夏季，呼伦贝尔也是热门的旅游目的地，有着湛蓝的天空和朵朵白云，还有一望无际的大草原。我们可以在草原上自由地奔跑，呼吸新鲜的空气，吃草原上的特色美食，观赏草原的美丽风景。我期待着你下一次的到来，我会在草原上欢迎你。

田文静

2024 年 9 月 13 日

亲爱的同学：

你好！

我是呼伦贝尔市海拉尔区第七中学八年级六班的田文青争。我很喜欢看书，而且最喜欢看的就是沈石溪的动物系列小说。对于各种各样的小动物，我都非常喜欢。相较于小仓鼠来说，我更喜欢可爱的小羊。它们毛茸茸的，会乖巧地卧在人的怀里，吃饭时还会蹦蹦跳跳地跑来。不知道你喜不喜欢小羊呢？

你所在的北京是中国的首都，我认为它是一座历史悠久且充满现代气息的城市。北京拥有非常丰富的文化遗产，金碧辉煌的故宫、巍峨雄壮的长城……这些都非常令人向往。同时，我认为北京的教育资源也十分丰富，拥有众多著名的高等学府。北京还是一个热门的旅游城市，拥有众多的名胜古迹和旅游景点。你肯定去过很多地方吧？北京的美食也非常出名，并且十分丰富。我觉得最出名的便是北京烤鸭、豆汁儿、炸酱面等具有特色的美食，你认为哪些更好吃呢？总的来说，我印象中的北京是个古老而现代、传统而时尚、充满活力和魅力的城市。

在夏季，呼伦贝尔也是热门的旅游目的地，有着湛蓝的天空和朵朵白云，还有一望无际的大草原。我们可以在草原上自由地奔跑，呼吸新鲜的空气，吃草原上的特色美食，观赏草原的美丽风景。我期待着你下一次的到来，我会在草原上欢迎你。

田文青争

2024年9月13日

我在呼伦贝尔等你

生佳鑫（内蒙古自治区呼伦贝尔市海拉尔区第七中学）

指导教师：夏银雪

亲爱的吕佳霖：

久慕芳范，未亲眉宇。

很高兴给你写信！我叫生佳鑫，是一名来自呼伦贝尔的中学生。我的姓氏不常见，是不是很独特？我也像你一样，阳光开朗，积极向上。我的兴趣爱好有很多。我喜欢游泳，所以从不轻言放弃。我喜欢画油画，曾获过“美院杯”的金奖。我喜欢的画家是凡·高，喜欢的画作是凡·高的《向日葵》和《星空》。我的家里还有《星空》的拼图呢！我很喜欢音乐，我喜欢的乐器是钢琴和小提琴，尤其是小提琴。听说你也喜欢音乐，不知道你有没有想和我分享的音乐呢？我喜欢阅读书籍，尤其是刑侦探案类的小说。我喜欢毛绒玩偶，还喜欢小猫、小狗等小动物。

作为中国的首都，北京是中国蓬勃发展的一个缩影，从故宫到中央电视台总部大楼，从天坛到环球影城……生动地展现了北京在历史传承与时代发展方面的独特魅力。北京拥有深厚的文化底蕴，汇聚了中华文化的精髓。无论是京剧还是皮影戏，无论是剪纸还是武术，都各具风采。我很期待前往北京见证这座城市的辉煌与变迁，还有见见你。

呼伦贝尔不仅有壮美的自然风光，还有丰富的历史文化和传奇故事。在这片蓝天和草原相接的土地上，曾经发生过许多震撼人心的历史故事。在这里还有丰富的民族文化和民俗风情，如那达慕大会的马术表演等，也为呼伦贝尔增添了无限魅力。

欢迎你的到来。我在呼伦贝尔等你！

楮墨有限，不尽欲言。

生佳鑫

2024 年 9 月 13 日

亲爱的吕佳霖：

久慕芳范，未亲眉宇。

很高兴给你写信！我叫生佳鑫，是一名来自呼伦贝尔的中学生。我的姓氏不常见，是不是很独特？我也像你一样，阳光开朗，积极向上。我的兴趣爱好有很多。我喜欢游泳，所以从不轻言放弃。我喜欢画油画，曾获过"美院杯"的金奖。我喜欢的画家是凡·高，喜欢的画作是凡·高的《向日葵》和《星空》，我的家里还有《星空》的拼图呢！我很喜欢音乐，我喜欢的乐器是钢琴和小提琴，尤其是小提琴。听说你也喜欢音乐，不知道你有没有想和我分享的音乐呢？我喜欢阅读书籍，尤其是刑侦探案类小说。我喜欢毛绒玩偶，还喜欢小猫、小狗等小动物。

作为中国的首都，北京是中国蓬勃发展的一个缩影。从故宫到中央电视台总部大楼，从天坛到环球影城……生动地展现了北京在历史传承与时代发展方面的独特魅力。北京拥有深厚的文化底蕴，汇聚了中华文化的精髓。无论是京剧还是皮影戏，无论是剪纸还是武术，都各具风采。我很期待前往北京见证这座城市的辉煌与变迁，还有见见你。

呼伦贝尔不仅有壮美的自然风光，还有丰富的历史文化和传奇故事。在这片蓝天和草原相接的土地上，曾经发生过许多震撼人心的历史故事。在这里还有丰富的民族文化和民俗风情，如那达慕大会的马术表演等，也为呼伦贝尔增添了无限魅力。

欢迎你的到来。我在呼伦贝尔等你！

楮墨有限，不尽欲言。

生佳鑫

2024年9月13日

越过万水千山，了解彼此的故事

胡雨桐（内蒙古自治区呼伦贝尔市海拉尔区桃李学校）
指导教师：高莉

北京的同学：

你好！

纵素未谋面，愿似如旧友。虽然我不会什么华丽的辞藻，也不会讲述动人的故事，更没有浪漫的话语，但我希望能够“回到”那个仅能通过书信交流的年代，与你浅谈相识的惊喜，越过万水千山，了解彼此的故事。

弄花折柳，意气风发，千难万险不停留，落子无悔不回头，高歌猛进，不畏霜雪满轻舟，单刀赴会，不惧世俗破高楼，这就是我。我是内蒙古自治区呼伦贝尔市海拉尔区桃李学校八年级一班的胡雨桐，很高兴也很荣幸能够与你相识。我热爱绘画，也曾描绘过北京的壮丽河山，梦想有一天能亲身感受北京的繁华。

北京，这座古老而又现代的城市，如同一位历经沧桑却风华正茂的智者，静静地坐落在华北平原的北端。它不仅是我国的经济中心，更是文化的宝库、历史的见证者，以及时代发展的前沿阵地。然而北京的魅力远不止于此。胡同，这个北京特有的城市肌理，像一张细密的网交织在高楼大厦之间，保留着老北京的生活韵味。当然，我对北京的了解是微不足道的，仅仅是表面而已，深层的了解还需亲身体会。

总而言之，北京是一座令人向往的城市。它以独特的方式，将历史与现代、传统与创新完美融合，向世界展示了一个既古老又年轻、既庄重又活力四射的首都形象。如有机会，我必将前往北京领略一番。当然也随时欢迎北京的同学来到呼伦贝尔大草原上游山玩水，品内蒙古奶茶，共享自由人生，感受我们的热情好客。

祝

学习有成，不负韶华！

胡雨桐

2024 年 9 月 10 日

北京的同学：

你好！

纵素未谋面，愿似如旧友，虽然我不会什么华丽的辞藻，也不会讲述动人的故事，更没有浪漫的情话，但我希望能够“回到”那个仅能通书信交流的年代，与你浅谈相识的惊喜，越过万水千山，了解彼此的故事。

拈花折柳，意气风发，千难万险不停留，落子无悔不回头，高歌猛进，不畏霜雪满轻舟，单刀赴会，不惧也能破高楼，这就是我，我是内蒙古自治区呼伦贝尔市海拉尔区桃李学校八年级一班的胡雨桐，很高兴也很荣幸能够与你相识，我热爱绘画，也曾描绘过北京的壮丽河山，梦想有一天能亲身感受北京的繁华。

北京，这座古老而又现代的城市，如同一位历经沧桑却风华正茂的智者，静静地坐落在华北平原的北端，它不仅是我国的经济中心，更是文化的宝库，历史的见证者，以及时代发展的前沿阵地，然而北京的魅力远不止于此，胡同，这个北京特有的城市肌理，像一张细密的网交织在高楼大厦之间，保留着老北京的生活韵味，当然，我对北京的了解是微不足道的，仅仅是表面而已，深层的了解还需亲身体会。

总而言之，北京是一座令人向往的城市，它以独特的方式，将历史与现代，传统与创新完美融合，向世界展示了一个古老又年轻，既庄重又活力四射的首都形象。如有机会，我必将前往北京领略一番，当然也随时欢迎北京的同学来到呼伦贝尔大草原上游山玩水，品内蒙古奶茶，共享自由人生，感受我们的热情好客。

祝

学习有成，不负韶华！

胡雨桐

2024年9月10日

体验在草原上恣意驰骋的感觉

张雅欣（内蒙古自治区呼伦贝尔市海拉尔区学府路中学）
指导教师：侯丹丹

远方的朋友：

你好！

北京，一个耳熟能详的名字。很荣幸以这样的方式“遇见”远在北京的你。我曾有幸参观过繁华而又庄重的中国首都——北京。故宫雄伟辉煌的皇家建筑群让我惊叹不已。关于北京，你了解得肯定比我多。今天，我就向你介绍一下我的家乡呼伦贝尔，在山的那边，在大草原上，又是一番怎样独特的景色呢？

你一定读过老舍笔下的“天下第一曲水”吧，这描写的就是呼伦贝尔的莫日格勒河。关于这条河，有一个凄美的传说：很久以前，有一个叫莫日格勒的善良勤劳的女孩。她为了挽救干旱的草原，发誓去大兴安岭寻找神泉，引泉回乡。但她踏遍崇山峻岭，跨越千山万水，始终没有找到神泉。她最终倒在了山坡上。第二年，冰雪消融，在女孩倒下的地方涌出了一股清泉。人们坚信这股清泉是被这个女孩引出的，于是将其命名为“莫日格勒河”。

在这神秘的大草原上孕育出了一群热情好客、能歌善舞的孩子。他们远离城市的喧嚣，闲时可以坐在草地上，感受清风拂过脸庞，欣赏牧人悠扬的马头琴声。这何尝不是一种幸福呢？

我希望你有机会来到呼伦贝尔！跨上马背，体会一下在草原上恣意驰骋的感觉。那种洒脱和无拘无束的感觉，一定会让你终生难忘的。

远方的朋友啊，蒙古包里的奶茶盛满了热情的期盼，呼伦贝尔大草原永远为你敞开温暖的胸怀！

张雅欣

2024 年 9 月 12 日

远方的朋友：

你好！

北京，一个耳熟能详的名字。很荣幸以这样的方式“遇见”远在北京的你。我曾有幸参观过繁华而庄重的中国首都——北京。故宫雄伟辉煌的皇家建筑群让我惊叹不已。关于北京，你了解得肯定比我多。今天我就向你介绍一下我的家乡呼伦贝尔，在山的那边，在大草原上，又是一番怎样独特的景色呢？

你一定读过老舍笔下的“天下第一曲水”吧，这描写的就是呼伦贝尔的莫日格勒河。关于这条河，有一个凄美的传说：很久以前，有一个叫莫尔格勒的善良勤劳的女孩。她为了拯救干旱的草原，发誓要去大兴安岭寻找神泉，引泉回乡。但她踏遍崇山峻岭，跨越千山万水，始终没有找到神泉。她最终倒在了山坡上。第二年，冰雪消融，在女孩倒下的地方涌出了一股清泉。人们坚信这股清泉是被这个女孩引出的，于是将其命名为“莫尔格勒河”。

在这神秘的大草原上孕育出了一群热情好客、能歌善舞的孩子。他们远离城市的喧嚣，闲时可以坐在草地上，感受清风拂过脸庞，欣赏牧人悠扬的马头琴声，这何尝不是一种幸福呢？

我希望你有机会来到呼伦贝尔！跨上马背，体会一下在草原上恣意驰骋的感觉。那种洒脱和无拘无束的感觉，一定会让你终生难忘的。

远方的朋友啊！蒙古包里的奶茶盛满了热情的期盼，呼伦贝尔大草原永远为你敞开温暖的胸怀！

张雅欣

2024年9月12日

短短的书信不足以表达我的感受

张秋颖（内蒙古自治区呼伦贝尔市海拉尔区学府路中学）
指导教师：张跃

北京的同学：

你好！

虽然我们素不相识，但我愿意将一颗真诚的渴望友谊的心献给你。

我叫张秋颖，今年 14 岁。同你一样，我比较内向也不善于与人交往，但会和自己的好朋友吐露心声。所以，在朋友眼中，我乐观开朗。我有双弯月般的小眼睛，一副黑框眼镜顶在小鼻梁上。我的脸颊上还有两颗并不突兀的小黑痣。我喜欢绘画、制作手工。我学习过水粉、素描和中国画。我认为这些艺术活动能让我陶冶情操、放松身心。在闲暇之余，我也会阅读一些课外书，尤其喜爱各种小说。你呢？

我来自呼伦贝尔。我的家乡有蔚蓝的天、绿油油的一望无际的草原。草原上有窃窃私语的花儿、曲折回旋的小溪、奔腾的骏马……如果有一天你来到我的家乡，我也一定会带你参观草原，体验民俗的。

我很向往北京。北京是著名的“双奥之城”，有着悠久的历史，是世界历史文化名城和“中国四大古都”之一。倘若我在未来的某一天真的到了北京，希望你能带我参观颐和园、圆明园。

这短短书信并不足以表达我所有的感受，只愿在未来能够有机会与你相见。

素未谋面的好友：张秋颖

2024 年 9 月 13 日

北京的同学：

你好！

虽然我们素不相识，但我愿意将一颗真诚的、渴望友谊的心献给你。

我叫张秋颖，今年14岁，同你一样，我比较内向，也不善交往，但会和自己的好朋友吐露心声。所以在朋友眼中，我乐观开朗。我有双眼皮的小眼睛，一副黑框眼镜顶在小鼻头上，我的脸颊上有两颗不突兀的小黑痣。我喜欢绘画、制作手工。学习过水粉、素描也接触过一些国画，我认为这些艺术活动能让我更沉静、陶冶情操，放松身心。在闲暇之余，我也会阅读一些课外书，尤其喜爱各种小说。你呢？

我来自呼伦贝尔。我的家乡有蔚蓝的天，绿油油的那一望无际的草原，草原上有窃窃私语的花儿、曲折回旋的小溪、奔腾的骏马……如果有一天你来到我的家乡我也一定会带你参观草原，体验民俗的。

我很向往北京，北京是著名的"双奥之城"有着悠久的历史，是世界历史文化名城和"中国四大古都"之一。倘若我在未来的某一天真的到了北京，希望你能带我参观颐和园、圆明园。

这短短书信并不足以表达我所有的感受，只愿在未来能够有机会与你相见。

素未谋面的好友：张秋颖

2024年9月13日

我时常想象着你在北京的生活

宋梓涵（内蒙古自治区呼伦贝尔市海拉尔区学府路中学）

指导教师：王渤

亲爱的杨子以琳同学：

你好！

我是来自呼伦贝尔的一名学生。当我提笔写下这封信的时候，心中满是对远方的你的好奇，同时我也很荣幸能以书信的方式与你交流。

我叫宋梓涵，生活在呼伦贝尔这片美丽的土地上。我很喜欢大自然，喜欢在草原上奔跑，感受微风的轻拂。我也对我们的民族文化充满自豪，悠扬的马头琴声、绚丽的蒙古族服饰，都十分令我着迷。

我印象中的北京是一座承载着千年历史的古都。庄严的故宫，红墙黄瓦，每一块砖石似乎都在诉说着往昔的辉煌岁月。北京又是一座充满现代气息的国际化大都市。2008 年的北京奥运会如同一颗璀璨的明星照亮了世界的天空，也让我对这座城市有了全新的认识。在奥运会开幕式上，那一幅幅展现中国古老文明的画卷，如活字印刷、丝绸之路等，让更多的人领略到了北京作为历史名城的独特魅力。

我时常想象着你在北京的生活，你或许会在清晨的阳光中走过古老的胡同，听着鸽哨声在天空中回荡，感受那份宁静与悠然；又或许会在周末时走进国家图书馆，沉浸在知识的海洋中。

亲爱的同学，希望这封信能跨越千山万水，将我的问候与祝福带给你。愿你的生活充满阳光，愿我们的友谊如同草原的美酒一样醇厚绵长。

祝

健康快乐！

宋梓涵

2024 年 9 月 11 日

亲爱的杨子以琳同学：

你好！

我是来自呼伦贝尔的一名学生。当我提笔写下这封信的时候，心中满是对远方的你的好奇，同时我也很荣幸能以书信的方式与你交流。

我叫宋梓涵，生活在呼伦贝尔这片美丽的土地上。我很喜欢大自然，喜欢在草原上奔跑，感受微风的轻拂。我也对我们的民族文化充满自豪，悠扬的马头琴声，绚丽的蒙古族服饰，都十分令我着迷。

我印象中的北京是一座承载着千年历史的古都。庄严的故宫，红墙黄瓦，每一块砖石似乎都在诉说着往昔的辉煌岁月。北京又是一座充满现代气息的国际化大都市。2008年的北京奥运会如同一颗璀璨的明星照亮了世界的天空，也让我对这座城市有了全新的认识。在奥运会开幕式上，那一幅幅展现中国古老文明的画卷，如活字印刷、“丝绸之路”等，让更多的人领略到了北京作为历史名城的独特魅力。

我时常想象着你在北京的生活，你或许会在清晨的阳光中走进古老的胡同，听着鸽哨声在天空中回荡，感受那份宁静与悠然；又或许会在周末时走进国家图书馆，沉浸在知识的海洋中。

亲爱的同学，希望这封信能跨越千山万水，将我的问候与祝福带给你。愿你的生活充满阳光，愿我们的友谊如同草原的美酒一样醇厚绵长。

祝

健康快乐！

宋梓涵

2024年9月11日

你积极向上的生活态度一直激励着我

张伊诺（北京市第二十七中学）
指导教师：吴冰峰

亲爱的胡雨彤同学：

你好！

当我在北京给你写下这封信时，心中满是温暖与喜悦。我是北京市第二十七中学的一名学生，叫张伊诺。有幸与你相遇，踏上那片你生活的土地——海拉尔，万分激动和喜悦。

海拉尔，那里是一个如诗如画的地方。我至今仍清晰地记得那里广袤无垠的草原，仿佛一块巨大的绿色绒毯，一直铺向天边。微风拂过，青草摇曳，一条碧绿的长河从中穿过，似在讲述大自然的故事。天空是那样的澄澈，一片片洁白的云朵像棉花糖一般飘浮在空中，仿佛触手可及。远处，成群的牛羊在草原上悠闲地吃草，那画面美得让人窒息。

走进海拉尔，那里让我感受到一种独特的魅力。古老的建筑与现代的高楼交相辉映，诉说着这座城市的历史与变迁。街道上，人们的脸上洋溢着热情的笑容，让人感受到这座城市的温暖与活力。我想象着你们在这样的城市中生活，该有多么的惬意。

亲爱的胡雨彤同学：

你好！

当我在北京给你写下这封信时，心中满是温暖与喜悦。我是北京市第二十七中学的一名学生，叫张伊诺。有幸与你相遇，踏上那片你生活的土地——海拉尔，万分激动和喜悦。

海拉尔，那里是一个如诗如画的地方。我至今仍清晰地记得那里广袤无垠的草原，仿佛一块巨大的绿色绒毯，一直铺向天边。微风拂过，青草摇曳，一条碧绿的大河从中穿过，似在讲述大自然的故事。天空是那样的澄澈，一片片洁白的云朵像棉花糖一般飘浮在空中，仿佛触手可及。远处，成群的牛羊在草原上悠闲地吃草，那画面美得让人窒息。

走进海拉尔，那里让我感受到一种独特的魅力。古老的建筑与现代的高楼交相辉映，诉说着这座城市的历史与变迁。街道上，人们的脸上洋溢着热情的笑容，让人感受到这座城市的温暖与活力。我想象着你们在这样的城市中生活，该有多么惬意。

我知道你喜欢阅读，如今回想起在海拉尔的日子，我仿佛能看到你坐在某个安静的地方，手捧一本书，沉浸在文字的世界里。阅读让你拥有了开阔的视野和丰富的内心，也让你在面对生活中的种种情况时，更加从容淡定。你可以在书里与不同的人物对话，体验不同的人生。一本好书，就像一位良师益友，陪伴着你成长。

你的兴趣广泛，这一点在海拉尔的点点滴滴中就能得到印证。听到你喜欢的音乐，你会闭上眼睛，用心感受那美妙的旋律，让自己的心灵得到洗礼。在画展上，你会驻足在一幅幅精美的画作前，品味画家们用色彩和线条勾勒出的世界。而在运动场地，你则会尽情地释放自己的活力，挑战自己的极限。你的生活充满了色彩和活力，让人羡慕不已。

而你对旅游的热爱，更让我佩服。海拉尔周边一定有很多美丽的地方等待着你去探索。你勇敢地踏上每一段旅程，去发现新的风景，结交新的朋友。在旅途中，你会遇到各种各样的挑战，但你从不退缩，总是积极主动地去面对；你会在陌生的城市里迷路，但你会凭借自己我知道你喜欢阅读，如今回想起在海拉尔的日子，我仿佛能看到你坐在某个安静的地方，手捧一本书，沉浸在文字的世界里。阅读让你拥有了开阔的视野和丰富的内心，也让你在面对生活中的种种情况时，更加从容淡定。你可以在书里与不同的人物对话，体验不同的人生。一本好书，就像一位良师益友，陪伴着你成长。

你的兴趣广泛，这一点在海拉尔的点点滴滴中就能得到印证。听到你喜欢的音乐，你会闭上眼睛，用心感受那美妙的旋律，让自己的心灵得到洗礼。在画展上，你会驻足在一幅幅精美的画作前，品味画家们用色彩和线条勾划出的世界。而在运动场地，你则会尽情地释放自己的活力，挑战自己的极限。你的生活充满了色彩和活力，让人羡慕不已。

而你对旅游的热爱，更让我佩服。海拉尔周边一定有很多美丽的地方等待着你去探索。你勇敢地踏上每一段旅程，去发现新的风景，结交新的朋友。在旅途中，你会遇到各种各样的挑战，但你从不退缩，总是积极主动地去面对；

的勇气和智慧找到方向；你会在旅途中遇到恶劣的天气，但你会用乐观的心态去看待，把它当成一种独特的体验。对于你来说，每一次旅行都是一次成长和冒险。你这种积极向上的生活态度，一直激励着我。

我在北京的生活忙碌而充实，但每当想起海拉尔，想起你，心中便会涌起一股暖流。我们虽然相隔千里，但因为有过共同的经历，似乎又拉近了彼此的距离。北京是一座古老而现代的城市，这里有悠久的历史文化，有繁华的商业街。有时候，我也会感到疲惫和迷茫。这时，我就会想起你，想起你的开朗和积极向上，或是想起你的勇敢和坚韧。你就像一束光，照亮了我前行的道路。

我常常想，如果有一天我们能够再次相遇，那会是怎样的场景呢？我们可以一起回忆在海拉尔的美好时光，一起分享彼此的故事和经历；我们可以一起去公园散步，欣赏美丽的风景，感受大自然的美好；我们可以一起去品尝美食，分享生活中的点滴快乐。我相信，无论时间你会在陌生的城市里迷路，但你会凭借自己的勇气和智慧找到方向；你会在旅途中遇到恶劣的天气，但你会用乐观的心态去看待，把它当成一种独特的体验。对于你来说，每一次旅行都是一次成长和冒险。你这种积极向上的生活态度，一直激励着我。

我在北京的生活忙碌而充实，但每当想起海拉尔，想起你，心中便会涌起一股暖流。我们虽然相隔千里，但因为有过共同的经历，似乎又拉近了彼此的距离。北京是一座古老而现代的城市，这里有悠久的历史文化，有繁华的商业街。有时候，我也会感到疲惫和迷茫。这时，我就会想起你，想起你的开朗和积极向上，或是想起你的勇敢和坚韧。你就像一束光，照亮了我前行的道路。

我常常想，如果有一天我们能够再次相遇，那会是怎样的场景呢？我们可以一起回忆在海拉尔的美好时光，一起分享彼此的故事和经历；我们可以一起去公园散步，欣赏美丽的风景，感受大自然的美好；我们可以一起品尝美食，如何流逝，无论距离多么遥远，我们的友谊都会像海拉尔的草原一样，坚韧且具有生命力。

在这个纷繁复杂的世界里，我们都在努力地寻找自己的方向。有时候，我们会遇到困难和挫折，会感到迷茫和无助，但是只要我们保持着那份开朗和积极向上的心态，勇敢地面对生活中的挑战，就一定能找到属于自己的幸福。你就是我的榜样，你的勇敢和坚韧让我相信，无论遇到什么苦难，我们都可以克服。

亲爱的海拉尔姑娘，希望你在海拉尔的生活一直充满阳光和快乐。愿你的阅读之旅永远丰富多彩，愿你的兴趣爱好带给你更多的惊喜和收获，愿你的旅行之路越走越远。我会在北京为你祝福，期待着我们相逢的那一天。

期待你的回信，我在北京等你。

祝

身体健康，学业有成！

北京的朋友：张伊诺

2024 年 9 月 6 日

分享生活中的点滴快乐。我相信，无论时间如何流逝，无论距离多么遥远，我们的友谊都会像海拉尔的草原一样，坚韧且具有生命力。

在这个纷繁复杂的世界里，我们都在努力地寻找自己的方向。有时候，我们会遇到困难和挫折，会感到迷茫和无助，但是只要我们保持着那份开朗和积极向上的心态，勇敢地面对生活中的挑战，就一定能找到属于自己的幸福。你就是我的榜样，你的勇敢和坚韧让我相信，无论遇到什么苦难，我们都可以克服。

亲爱的海拉尔姑娘，希望你在海拉尔的生活一直充满阳光和快乐。愿你的阅读之旅永远丰富多彩，愿你的兴趣爱好带给你更多的惊喜和收获，愿你的旅行之路越来越远。我会在北京为你祝福，期待着我们相逢的那一天。

期待你的回信，我在北京等你。

祝

身体健康，学业有成！

北京的朋友：张伊诺

2024年9月6日

你站在台上朗诵的样子，仿佛就在我眼前

刘子尧（内蒙古自治区呼伦贝尔市海拉尔区铁路第三中学）
指导教师：毕俊红

亲爱的王静涵同学：

你好！

很高兴能以这种方式和你聊天。我曾经去过北京，觉得这座城市特别大，人也很多，处处可见车水马龙、人山人海的景象。我印象最深的就是天安门广场、故宫以及北京动物园。在天安门广场上观看升旗仪式，让我感觉自豪不已。当然啦，北京的美食也数不胜数，我最爱吃的就是北京烤鸭了。你喜欢吗？我有时间一定会再去北京好好游玩一下。

内蒙古也有很多特色文化。我们这里有蒙古族的传统住宅——蒙古包。当然，我们现在很少有人住蒙古包了，现在多数人都住在高楼大厦里。在一望无际的草原上，我们每年还会举办那达慕大会，包括赛马、摔跤等体育活动。我们有可以体现浓厚民族特色的传统服饰。我们这边的美食也是很值得期待的，以牛羊肉和奶制品为主，如烤全羊、奶酪等。一到夏天，放眼望去，我们这里就是一望无际的青青草地。

我想这应该就是咱们的缘分吧。我非常喜欢阅读，常常在空闲的时间里看一看课外书，让自己得到很好的放松和自我提升。我们可以一起交流关于课外书的内容。我最近在看《傅雷家书》，已经接近尾声了。看到你喜欢朗诵，想必你也参加过很多省级的比赛吧。你自信地站在台上朗诵的样子，仿佛已经出现在了我的眼前。希望你未来越来越好哦！欢迎你来到内蒙古呼伦贝尔！

祝

身体健康，学业有成！

刘子尧

2024 年 9 月 13 日

亲爱的王静涵同学：

你好！

很高兴能以这种方式和你聊天。我曾经去过北京，觉得这座城市特别大，人也很多，处处可见车水马龙、人山人海的景象。我印象最深的就是天安门广场、故宫以及北京动物园。在天安门广场上观看升旗仪式，让我感觉自豪不已。当然啦，北京的美食也数不胜数，我最爱吃的就是北京烤鸭了。你喜欢吗？我有时间一定会再去北京好好游玩一下。

内蒙古也有很多特色文化。我们这里有蒙古族的传统住宅——蒙古包。当然，我们现在很少有人住蒙古包了，现在多数人都住在高楼大厦里。在一望无际的草原上，我们每年还会举办那达慕大会，包括赛马摔跤等体育活动。我们有可以体现浓厚民族特色的传统服饰。我们这边的美食也是很值得期待的，以牛羊肉和奶制品为主，如烤全羊、奶酪等。一到夏天，放眼望去，我们这里就是一望无际的青青草地。

我想这应该就是咱们的缘分吧。我非常喜欢阅读，常常在空闲的时间里看一看课外书，让自己得到很好的放松和提升自我。我们可以一起交流关于课外书的内容。我最近在看《傅雷家书》，已经接近尾声了。看到你喜欢朗诵，想必你也参加过很多省级的比赛吧。你自信地站在台上朗诵的样子，仿佛已经出现在了我的面前。希望你未来越来越好哦！欢迎你来到内蒙古呼伦贝尔！

祝

身体健康，学业有成！

刘子尧

2024年9月13日

很高兴能与你成为笔友

王馨瑜（北京教育学院附属丰台实验学校）
指导教师：周紫宣

亲爱的徐苛欣同学：

你好！

我是北京教育学院附属丰台实验学校的王馨瑜，很高兴能在此次书信活动中与你成为笔友。你的名字很好听，令人眼前一亮。我性格外向，喜欢画画。我看了你的自我介绍，知道了你喜欢踢足球。这项运动可以强身健体，是很棒的爱好。虽然我们在不同的地方，兴趣也各不相同，但这并不会影响我们渴望互相沟通、了解彼此的心情。我们必将跨越时空的距离，通过这封书信联结在一起。

不知道你是否来过北京，我去过两次内蒙古，一次是在很小的时候，一次是在刚过去的暑假。我还记得小时候乘坐大巴车前往内蒙古的情景。那时候路途颠簸，行进时车身摇摇晃晃，车里面很闷热，要用手臂撑在窗边才能看到窗外更多的风景。那情景让我记忆犹新。窗外不时掠过绵延起伏的青山，草地上缓慢走动着各色的牛羊。抬头望去，天空由浅灰过渡到深邃的湛蓝，没有一丝云彩，美得让人移不开亲爱的徐苛欣同学：

你好！

我是北京教育学院附属丰台实验学校的王馨谕，很高兴能在此次书信活动中与你成为笔友。你的名字很好听，令人眼前一亮。我性格外向，喜欢画画。我看了你的自我介绍，知道了你喜欢踢足球。这项运动可以强身健体，是很棒的爱好。虽然我们在不同的地方，兴趣也各不相同，但这并不会影响我们渴望互相沟通、了解彼此的心情。我们必将跨越时空的距离，通过这封书信联结在一起。

不知道你是否来过北京，我去过两次内蒙古，一次是在很小的时候，一次是在刚过去的暑假。我还记得小时候乘大巴车前往内蒙古的情景。那时候路途颠簸，行进时车身摇摇晃晃，车里边很闷热，要用手臂撑在窗边才能看窗外更多的风景。那情景我仍记忆犹新。窗外不时掠过绵延起伏的青山，草地上缓慢走动着各色的牛羊。抬头望去，天空由浅灰过渡到深邃的湛蓝，没有一丝云彩，美得让人移不开视线。

视线。不过，长时间的凝视也不免让人觉得有些疲惫。而现在车窗外不只有那些自然的景致，还能看到又高又大、数也数不尽的发电风车。可惜，这般景色，高铁上的我只有两个小时来欣赏。同时我也不禁感慨，内蒙古这几年的发展也如同搭乘了高铁一般迅速。

下了高铁，我们打出租车去酒店。司机师傅的普通话很标准，他热情地向我们介绍、推荐当地的景点，还提了许多让我们省时省力的建议。我住的宾馆附近有家餐厅叫“格日勒阿妈”，里面的烤肉、奶茶和酸奶都很好吃，如果你吃过的话，请告诉我这家店的味道是否正宗吧！我在北京也去过类似的餐厅，但是味道还是这里的更好。

我们去了将军衙署和希拉穆仁草原，体验了一晚水泥蒙古包。晚饭的时候我们点了奶皮子沙拉，这道菜的组合看起来很有创意。我以前没吃过奶皮子，还以为是那种又大又硬的酸奶片，没想到完全猜错了。它冰冰软软，有浓浓的牛奶味，意料之外的好吃。这何尝不是一不过，长时间的凝视不免让人觉得有些疲惫。而现在车窗外不只有那些自然的景致，还能看到又高又大、数也数不尽的发电风车。可惜，这般景色，高铁上的我只有两个小时来欣赏。同时我也不禁感慨，内蒙古这几年的发展也如同搭乘了高铁一般迅速。

下了高铁，我们打出租车去酒店。司机师傅的普通话很标准，他热情地向我们介绍、推荐当地的景点，还提了许多让我们省时省力的建议。我住的宾馆附近有家餐厅叫"格日勒阿妈"，里面的烤肉、奶茶和酸奶都很好吃，如果你吃过的话，请告诉我这家店的味道是否正宗吧！我在北京也去过类似的餐厅，但是味道还是这的更好。

我们去了将军衙署和希拉穆仁草原，体验了一晚水泥蒙古包。晚饭的时候我们点了奶皮子沙拉，这道菜的组合看起来很有创意。我以前并没有吃过奶皮子，还以为是那种又大又硬的酸奶片，没想到完全猜错了。它冰冰软软的，有浓浓的牛奶味，意料之外的好吃。这何尝不种新颖的体验呢？第二天，我们一路向西，游览了五当召和响沙湾。响沙湾已经听不到沙响了，可是来自不同地方的人们相聚于此，大家的欢声笑语也同样可贵。对了！在去鄂尔多斯吃饭的路上，我见到很多地段长满了整齐的向日葵，当中穿插着太阳能电池板，路边还有一路北上的蜂农们……这般和谐的场景在闹市是见不到的。再次回到呼和浩特，我们站在了敕勒川草原上。远山前净是绿草，远山上皆为碧空，耳边没有人的喧哗，只有悠悠的风声不时响起。这就是大自然馈赠给人类的宝贵礼物。

作为北京的学生，我由衷地欢迎你，也欢迎广大内蒙古人民来北京游玩。你我之间的一封封书信，无疑会拉近我们之间心灵的距离，帮助我们加深对彼此的了解，增进彼此的感情。这也是此次书信活动的意义吧。我们同为新时代的青少年，共同肩负着建设祖国的重任。努力学习之余，我们还可以通过自己的特长为时代进步作出贡献。刚才提到我喜欢画画，这是因为我发现人看到色调明快的画会展颜欢笑，是一种新颖的体验呢？第二天，我们一路向西游览了五当召和响沙湾。响沙湾已经听不到沙响了，可是来自不同地方的人们相聚于此，大家的欢声笑语也同样可贵。对了！在去鄂尔多斯吃饭的路上，我见到很多地段长满了整齐的向日葵，当中穿插着太阳能电池板，路边还有一路北上蜂农们……这般和谐的场景在闹市是见不到的。再次回到呼和浩特，我们站在了敕勒川草原上。远山前净是绿草，远山上皆为碧空，耳边没有人的喧哗，只有悠悠的风声不时响起。这就是大自然馈赠给人类的宝贵礼物。

作为北京的学生，我由衷地欢迎你，也欢迎广大的内蒙古人民来北京游玩。你我之间的一封封书信，无疑会拉近我们之间心灵的~~之间~~距离，帮助我们加深对彼此的了解，增进彼此的感情。这也是此次书信活动的意义吧。我们同为新时代的青少年，共同肩负着建设祖国的重任。努力学习之余，我们还可以通过自己的特长为时代进步作出贡献。刚才提到我喜欢画画，这是因为我发现人看到色调明快的画会展颜欢看到氛围严肃的画会陷入思考。大家的笑容与思考便是我继续精进画技和创作的动力。想必你对足球的热爱，也能带动很多人加入这项运动强身健体呢！

至此，这封信也要画上最后的句点了，希望我们可以常联系。期待与你分享更多生活中的乐趣，也盼望我们在书信的来往中携手成长，携手进步！

祝

学业有成，万事顺遂！

王馨瑜

2024 年 9 月 10 日

笑、看到氛围严肃的画会陷入思考。大家的笑容与思考便是我继续精进画技和创作的动力。想必你对足球的热爱，也能带动很多人加入这项运动强身健体呢！

至此，这封信也要画上最后的句点了，希望我们可以常联系。期待与你分享更多生活中的乐趣，也盼望我们在书信的来往中携手成长，携手进步！

祝

学业有成，万事顺遂！

王馨榆

2024年9月10日